あの時の彼女の笑顔を、
覚えている。
それが始まりだった。
黄昏色の詠使いV
全ての歌を夢見る子供たち

O la laspha , clue phes
「求める者も呼び出せず、会いたい者にも会えない。
だから真精《しんせい》の力に頼る。
——俺とお前たちは、とても似ているんだよ」
「夜明け《ネイト》だけでは無理だろうね。
クルーエルに、
もしも彼の声が届くのならば……」
「わたしはネイトを認めない。
あまにも弱く脆《もろ》い子だから」
「本当に大切なものが
名《めい》詠《えい》式《しき》では手に入らない」
shao jes medolia os qusi Yem lihit

getie memori
僕は
大切なものを見つけた。
だから——
qhaon lef paje
zette , noel

Selah pheno
“だいじょうぶ。
一緒に詠《よ》んであげるよ”
Miscross
via-ol-dia ris
co lue -l-sophie nett

黄昏色の詠使いⅤ

全ての歌を夢見る子供たち

1402

細音　啓

富士見ファンタジア文庫

174-5

口絵・本文イラスト　竹岡美穂

Contents

登場人物紹介に関する資料

『ケルベルク研究所までの小冊子』作成中のミオとサージェスのメモより

参加者名簿

（出先で事故があったりした時の緊急点呼用。あとで
整理するから順番はバラバラです）

ネイト・イェレミーアス

専攻：夜色名詠　13歳・男
飛び級しているのに、何にでも一生懸命な
がんばり屋さん。
彼は今、クルルと離れちゃいけない気がする。

サージェス・オーフェリア

専攻：黄色名詠　16歳・女

エイダ・ユン＝ジルシュヴェッサー

専攻：白色名詠　16歳・女
特記：鎗を持たせれば、とにかく強い！
　　　いざとなれば戦闘面で頼りになっちゃう。

ミオ・レンティア

専攻：緑色名詠　16歳・女

オーマ・ティンネル

専攻：黄色名詠

クルーエル・ソフィネット

専攻：赤色名詠　16歳・女
意識が戻らないままのクルルが、
運ばれていく時、
反対しないで見送っちゃった。
ネイトくんだけが、反対したんだよね。
でもきっとネイトくんが正しい。
今から、会いにいくからね！

ケイト先生への言い訳手紙　草案

わたしこういうの苦手だから、
ミオ修正よろしく！
サージェスより

ケイト先生へ
わたしたちは、クルーエルとネイティの
駆け落ちを助けて、ケルベルクへ
行くことにしました。
二人の愛は、誰にもとめられないので、
わたしたちも応援することにしました。
どうぞ、とめないでくださいませ。

サージェス、悪のりしすぎ！
何が伝えたいのか、わからないじゃん、コレ！

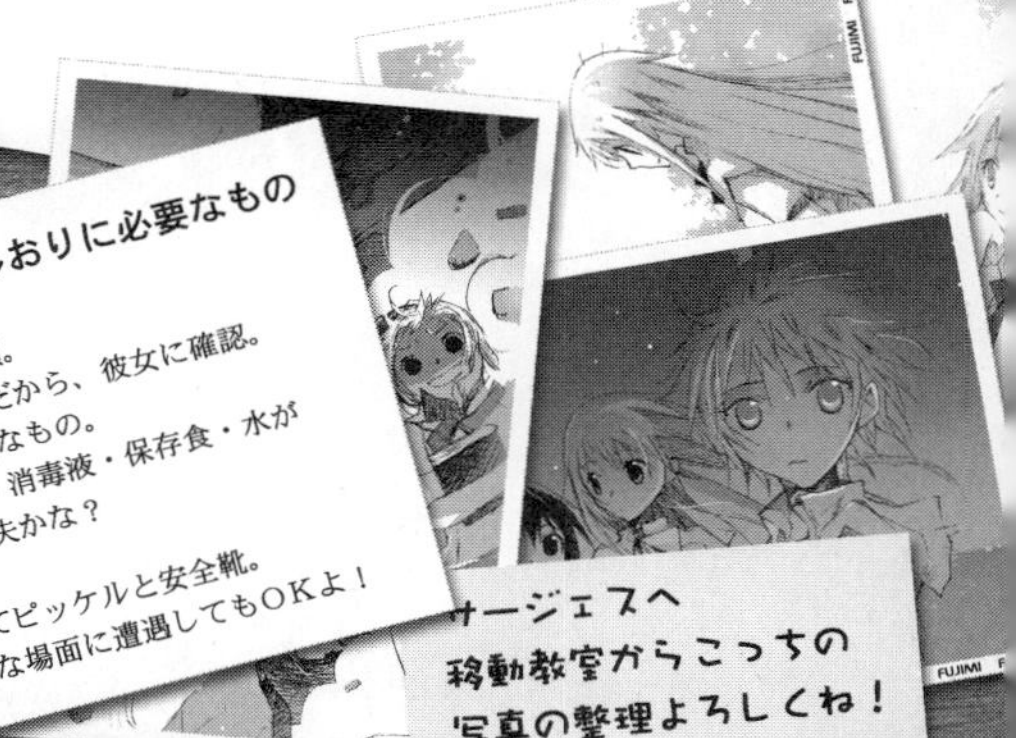

ケルベルク研究所までのしおりに必要なもの

ケルベルク研究所までのしおりに必要なもの
●経路（乗り換え情報含む）。
●電車賃などの必要なお金の額。
→上記二つはミオが詳しそうだから、彼女に確認。
●緊急時のサバイバルに必要なもの。
懐中電灯・バンソウコウ・消毒液・保存食・水が
あればとりあえずは大丈夫かな？

あとは私の標準装備としてピッケルと安全靴。
これがあれば、いつどんな場面に遭遇してもOKよ！

サージェスへ
移動教室からこっちの
写真の整理よろしくね！
ミオより

初めて訪《おとず》れる学校に向かう、その途中《とちゅう》のことだった。男子寮《りょう》までの道が分からないでいる僕《ぼく》は、あの時彼女が来てくれなかったら道に迷《まよ》っていたかもしれない。

道を教えてもらって、その別《わか》れ際《ぎわ》に見せた彼女の笑顔《えがお》を、今でも僕は覚えてる。

〝クルーエルよ。同じ学校ならまた会うかもしれないね〟

それが、始まりだった。

序奏『伝えられない、ということ』

真っ黒い水を満たしたような、冷たく澱《よど》んだ空間だけがあった。

どこまでも澄《す》んでいるのに何も見えず、ただ自分がそこに漂《ただよ》っている。手を伸《の》ばしても空虚《くうきょ》な何かを摑《つか》むだけ。その何かも、摑んだそばから指の隙間《すきま》をくぐって逃《に》げていく。

摑みたくても摑めない。何一つ触《ふ》れることも、抱《だ》きしめることもできない。そんな限《かぎ》りなく不安で孤独《こどく》な世界。

身を隠《かく》す場所もない、不定の場所をただゆらゆらと漂う自分。

その中で――

『クルーエル、何をそんなに悲しんでいるの』

ただ一つ、自分の五感に伝わってくるのがその声だった。

「……わたし、こんな一人ぼっち嫌《いや》だよ」

漂ったまま膝《ひざ》を抱きかかえ、クルーエルは頭をそこにうずめた。

自分は、このよく分からない場所にいる。その一方で——

病室でベッドに眠《ねむ》る自分が、遥《はる》か真下に幽《かす》かに見えた。

まるで自分の心と身体《からだ》が切り離《はな》されたようだった。起き上がろうとしても手を伸ばそうとしても、呼《よ》びかけに応《こた》えようとしてもそれができない。

友人や医者《いしゃ》が見舞《みま》いに来て声をかけてくれるのも分かった。なのに、ここで自分がどれだけ声を上げても彼らにはまるで届《とど》かないのだ。

「……こんなのやだよ」

『そんなに落胆《らくたん》することはない、わたしがいるから』

わたし？　あなたは誰《だれ》？

『わたしはアマリリス、あなたの殻《から》の内側であなたを守る者』

アマリリス、それがあなたの名前？

でも、違《ちが》うの！

わたしはみんなのところがいい。学校に帰りたいんだ。

『あなたがそれを望むのならばわたしはそれを叶《かな》えよう。全《すべ》ての願いを叶えてあげる。だけど、もう少しだけお待ちなさい』

それは、なぜ。

『うんん、あなたが気にすることではないわ。わたしたちの周りを無様《ぶざま》にうろつく者たち、それを追い払《はら》うだけだから』

……違うの。

……そんなこと、しなくていい。

なぜ伝わってくれないの。

わたしは、わたしが望んでいるのは――

一奏『別れる、ということ』

1

大陸辺境《へんきょう》の地にありながら、生徒数千五百人を数える大規模《だいきぼ》な専門《せんもん》学校。それがトレミア・アカデミーである。

名詠式《めいえいしき》と呼《よ》ばれる特殊技《とくしゅぎ》法《ほう》を学ぶための学園であり、そのための施設《しせつ》や教育水準《すいじゅん》も大陸中央部の名門校に劣《おと》らない。辺境という欠点を逆《ぎゃく》に活《い》かした広大な敷地《しきち》には各校舎《こうしゃ》に加え、自然豊《ゆた》かな山林までもがそのままの姿《すがた》で残っている。

その学園の舗装路《ほそうろ》を、登校時間ぎりぎり、無数の生徒たちが慌《あわ》ただしく駆《か》け抜《ぬ》けていく。トレミア・アカデミーでは一年を通してお決まりの光景だ。

その、数えきれぬほどの生徒による怒濤《どとう》の行進の中で――

「ああっ、遅刻《ちこく》遅刻!」

他《ほか》の生徒より一回り小柄《こがら》な少年が、肩《かた》で息をしながら一年生校舎へと走っていく姿があった。

「あぁ……まずいかも」

両手に黒の鞄《かばん》をぎゅっと抱《だ》きかかえ、校舎の二階に続く階段《かいだん》をその生徒が一足飛びで駆け上がる。

ネイト・イェレミーアス——二月ほど前、十三歳《さい》ながら飛び級で学園の高等部《ハイスクール》に転入した少年だ。男子ながらまだ華奢《きゃしゃ》な身体《からだ》つきに、幼《おさな》さの残る中性的《ちゅうせいてき》な顔立ち。青とも黒とも区別のつかない深い夜空の色をした髪《かみ》と瞳《ひとみ》が、どこか神秘《しんぴ》的な印象を与《あた》えている。

「遅刻遅刻、ケイト先生に怒《おこ》られちゃう！」

ちらっと確認《かくにん》した時刻は朝の八時半過《す》ぎ。既《すで》に朝のホームルームが始まっている時刻だ。出席確認も今まさに行われている最中《さなか》だろう。

しんと静まりかえる廊下《ろうか》。生徒はおろか、教師《きょうし》が歩く姿もない。これはいよいよまずい、遅刻後の反省レポートも覚悟《かくご》しなければ。

足音を立てない限界《げんかい》の速さで廊下を渡《わた》り、自分の教室の前でネイトはぴたりと足を止めた。息を殺し、そっと扉《とびら》の窓《まど》から内部の様子を覗《のぞ》き見る。

……先生の機《き》嫌《げん》はどうかな。

おそるおそる教壇《きょうだん》を見つめる。

「あれ、ケイト先生まだ来てないかも？」

普段《ふだん》の今頃《いまごろ》は、担任《たんにん》のケイト教師がとっくに教壇上で出席確認をしている時だ。けれど教室のどこにも女性教師の姿はないし、よくよく見れば教室のクラスメイトも席から離《はな》れて好き放題に雑談中《ざつだんちゅう》。

これはもしかして――

「ふっふっふ、『お、ラッキー。センセまだ来てないぞ』……なんて考えてるでしょ？」

「ひゃっ！」

突然《とつぜん》耳元でささやくように聞こえてきた声に、ネイトは反射的《はんしゃ》に全身を強張《こわば》らせた。

「あはは、そんなにびっくりしなくてもいいのに。あたしだよあたし」

首根っこを捕《つか》まえられ、おそるおそる背後《はいご》の相手へと振《ふ》り返った。

日焼けした肌《はだ》に大きな琥珀色《こはくいろ》の瞳をした、悪戯《いたずら》っぽい笑顔《えがお》を浮《う》かべた小柄な少女。何のことはない、自分と同じ教室で学ぶクラスメイトだった。

「おはよ、ちび君」

「……驚《おどろ》かさないでください、エイダさん」

エイダ・ユン。年齢《ねんれい》は自分より三つ上の十六歳。祓名民《ジルシエ》という特別な訓練を要する護衛《ごえい》職《しょく》に就《つ》く一族の生まれながら、名詠の専修《せんしゅう》学校であるトレミア・アカデミーに進学したという変わった経歴《けいれき》の持ち主でもある。

「いや遅刻《ちこく》かと思って慌《あわ》てて教室来てみれば、ちび君があんまり一生懸命《いっしょうけんめい》に教室を覗き見してるようだからさ。ついからかいたくなっちゃって」

……の、覗き見。

なんかものすごく人聞きの悪い言葉のような。

「だけどちび君気をつけなよ？　覗き見は場所を間違《まちが》えると大変なことになるから。特に女の子が沢山《たくさん》集まるような場所では――」

「そんなことしませんてばっ！」

顔を真っ赤にし、ネイトは勢《いきお》いよく顔を横に振った。

「いや、でもちび君なら女装《じょそう》すれば案外いけるかも。声と容姿《ようし》は問題ないな。残り必要なのは自信と度胸《どきょう》か？」

……エイダさんてば、真剣《しんけん》な表情《ひょうじょう》で考えなくてもいいのに。

「とにかく、ケイト先生が来ないうちに教室入りませんか？」

「お、そうだったね。忘《わす》れてた」

思いだしたようにエイダがぽんと手を叩《たた》く。遅刻常習犯《じょうしゅうはん》の彼女にとっては、こんな状況《きょう》はとっくに慣《な》れ親しんだものなのだ。

「……忘れちゃだめです」

脱力《だつりょく》しかけた肩に力をこめて鞄を持ち直す。

音を立てて扉を開け、ネイトは教室内のクラスメイトを見回した。席から離れて雑談中の生徒もいるが、どうやら自分たち以外は全員既に登校していたらしい。

「あー、ネイト君やっと来た！　エイダも一緒《いっしょ》だったんだね」

眺《なが》めていた教本を閉《と》じ、席に座《すわ》る少女がにこやかな笑顔で手を振ってくる。愛らしい童顔に明るい金髪《きんぱつ》、あどけない口調が特徴《とくちょう》のクラスメイト。それがこの少女、ミオ・レンティアだ。

「おはようございますミオさん」

「おはよー。で、ネイト君、さっそくだけどクルルはどうだった？　やっぱりまだ学校来られないって？」

「はい、まだ意識《いしき》が戻《もど》ってなくて……もう少し時間がかかるそうです」

ネイトがトレミア・アカデミーに来て一番初めに知り合って、一番長い時間を一緒に過ごしてきたクラスメイト。それがクルーエル・ソフィネットという少女だった。

しかし彼女は今、高熱や頭痛《ずつう》、寒気など身体《からだ》を襲《おそ》う原因《げんいん》不明の症状《しょうじょう》によって意識を失った状態《じょうたい》が続いている。

「って、あれ？　なんで僕が医務室《いむしつ》に寄《よ》ってきたこと知ってるんですか」

「えへへ、だってネイト君が遅刻するなんて理由それくらいしかないからね」

変わらぬ笑顔のままミオが席から立ち上がった。

彼女の年齢は十六歳。ネイトがトレミアの男子寮《りょう》に入った当日から知り合いになった生徒で、普段から特に仲の良いクラスメイトの一人だ。

「……それにしても、やっぱりクルル良くならないんだ」

「ええ。今のところ」

クルーエルが意識を失ってから既《すで》に一週間以上が経過《けいか》。ネイトも毎日早朝と放課後に医務室へ通っているが、彼女の容態《ようだい》はまるで回復《かいふく》する兆《きざ》しが見えていなかった。

原因不明、彼女を看護《かんご》する医師《いし》からはそう聞かされている。治療《ちりょう》方法も分からないと。

「……クルーエルさん、いつ目を覚ましてくれるのかな」

そしてそれは、クルーエルの名詠式《めいえいしき》と何か関係があるのかもしれない。他《ほか》ならぬ彼女自身から、ネイトはそれを秘密裏《ひみつり》に聞かされていた。

「昏睡《こんすい》状態のままだからご飯だって食べてないし。とにかくこのままだと、クルーエルさんの身体《からだ》もどんどん弱っていく一方ですよね」

「そうだね。とにかくクルルが目を覚ますことが大切だとあたしも思う。とにかく起きてご飯しっかり食べてもらわないとね」

しばし天井《てんじょう》をぼんやり見つめた後、ミオがぱっと表情を明るくした。

「もういっそのこと、無理やり起こしてみる？　問答無用で揺《ゆ》すってみたりとかして」

「い、いやさすがにそれは可哀想《かわいそう》です」

「じゃあさ、クルル甘《あま》いの好きだし、寝《ね》てる傍《そば》にプリンを山盛《やまも》り置いて甘い匂《にお》いで誘《さそ》うってのはどう？　目、覚ますかもしれないよ」

「……えっと、どうと言われても」

言葉に迷《まよ》ったネイトが口を開けるその前に。

「ちょっと待った、そいつは聞《き》き捨《ず》てならないね！」

途端《とたん》、猛然《もうぜん》と走り寄《よ》ってくる女子生徒がいた。艶《つや》やかな黒髪《くろかみ》にすらりと伸《の》びた長身の少女、サージェスだ。

「ち、違うんですサージェスさん！　今のはミオさんの冗談《じょうだん》で――」

「キミタチ、そんな楽しそうな話題にあたしを交《ま》ぜないとはどういうこと！」

目をキラキラさせ、満面の笑《え》みを浮《う》かべる彼女。

「あ、あれ？」

ネイトが呆気《あっけ》にとられているその隙《すき》に。

「あのねサージェス、どうやれば起きるかなって考えてたの」

「ほうほう。それならこの際《さい》、くすぐってみるとか？　あの子くすぐったいの苦手だったから効《き》きそうだし」

「あーいいね」

あ、あれ。あれれ。

真剣《しんけん》な表情《ひょうじょう》でとんでもない内容《ないよう》を議論《ぎろん》するミオとサージェスの周りに、なぜかクラスメイトたちが次々と。

「あ……あのですね、みなさん……クルーエルさんは病気で寝《ね》こんでて……ゆっくり休ませてあげないとですね……って、聞いてくれてます？」

必死に声を上げて主張《しゅちょう》したものの。

「みんなで歌でも歌ってみようか、クラス全員で大合唱」

「いやいや生ぬるい。運動部の男連中から暑苦しそうなのを見繕《みつくろ》ってきて集団《しゅうだん》でお見舞《みま》いさせるとかどう？　あ、でもこれじゃクルーエル逆《ぎゃく》に失神するか」

……ケイト先生、お願いだから早く来て。

なんだか、クルーエルさんがすごく怖《こわ》い目に遭《あ》いそうです。

2

地図、学術書《がくじゅつしょ》、伝記、小説。地下から地上五階まで、見渡《みわた》す限《かぎ》りが書物で埋《うず》められた室内。地上五階まで続く階段《かいだん》を、分厚《ぶあつ》い本を数冊抱《すうさつかか》えたままネイトは上《のぼ》っていった。

「大きすぎるのも問題だよね、どこに何の本があるか分からないもの」

トレミア・アカデミーでも一際巨大《ひときわきよだい》な建物の一つ、図書管理棟《かんりとう》。

そびえ立つように視界《しかい》を埋める数多《あまた》の本棚《ほんだな》、薄紙一枚《うすがみいちまい》すら入る余地《よち》のないほど整然と陳列《ちんれつ》された種々の本。近づくだけで古書特有の匂いが漂《ただよ》ってくる。

「……薬……病原菌《びょうげんきん》……対策《たいさく》」

背表紙《せびょうし》を指でなぞり確認《かくにん》し、それと思《おぼ》しきものを引き抜《ぬ》いては小脇《こわき》に抱える。それを続けること半刻《はんとき》、両手に抱えきれぬほどの本の山をどうにか支《ささ》え、ネイトはふらふらと最寄《もよ》りのテーブルへと歩いていった。

「ええと」

積み上げた本の山から一冊を手元に。続いて鞄《かばん》から付箋《ふせん》を取り出し、開いた頁《ページ》の主要な部分に貼《は》りつけていく。周囲の生徒から奇異《きい》の目で見られるも、それに気づかないほど一心不乱《いっしんふらん》に作業を続け――

「ネイト君、少しは休んだ方がいいよ？」

不意に、ひょっこりと顔なじみの女子生徒が横から顔を覗《のぞ》きこんできた。

「あれ、ミオさん？」

「えへへ。あたしもたまたま調べたいことがあったから図書館来たの。そしたらネイト君が上の階で何か探《さが》してそうだったから」

言われてみればミオは元々本の虫。そんな彼女が図書管理棟にいることは何ら不自然なことではない。

「何の本探してたの？　なになに、病気？　体調異常《いじょう》？　クルルの？」

「はい、今クルーエルさんはティンカさんが看《み》てくれてますけど、その間何かしてないと僕《ぼく》の方が頭一杯《いっぱい》になっちゃいそうで。それに」

そう前置きし、ネイトはぼそぼそと。

「……何としてでも、『黄の小型精命《ウィル・オ・ウイスプ》で電気ショック療法《りょうほう》』が可決《かけつ》される前にクルーエルさんに目を覚ましてもらわないと」

「えー？　あれ冗談だって冗談、みんな分かって言ってるから平気だよ」

「本当ですかぁ？」

「うんうん」

のほほんとした笑顔《えがお》でミオは。

「不謹慎《ふきんしん》かもしれないけどね、あんなこと言ってれば『何考えてるの、そんなのやめてっ！』ってクルルが怒鳴《どな》って起きてくる気がしたの」

それはきっと、目を覚まさないクルーエルへの不安から来る裏返《うらがえ》しの反応《はんのう》なのだろう。

だからこそネイトも、それ以上追及《ついきゅう》せずに頷《うなず》いた。

「そういえば、ミオさんが調べたいことって？」

「うん、あたしはこっち」

ミオが指さすテーブルに、自分の物と同じくらい高く積み上がった本の山。

「薬剤系《やくざいけい》の辞典に、病気の治療《ちりょう》法の本？　あれ、これってさっきまで僕が探してた本です！」

けれど、結局見つけられなかった。自分より先に誰《だれ》かが借りてて空になっていたからだ。

じゃあ、僕より先にこの本を探してたのは。

「そそ、何だかんだで考えることは同じなんだよ。クルル早く治ってほしいもんね」

人なつこい無邪気《むじゃき》な笑顔でミオは微笑《ほほえ》んだ。

「ネイト君もどうせこの本、気になってたんでしょ。一緒《いっしょ》に見よっか？」

トレミア・アカデミー総務棟《そうむとう》、一階医務室《いむしつ》。

清潔《せいけつ》感ある白で統一《とういつ》された壁《かべ》に、光沢《こうたく》あるワックスが丁寧《ていねい》に塗《ぬ》られた木板造の床《フローリング》。箒《ほうき》で丁寧に掃除《そうじ》がなされ、埃《ほこり》一つ見当たらない。壁沿《かべぞ》いには人の身長を上回る巨大な棚《たな》がいくつも配置され、種々の薬品が所狭《ところせま》しと並《なら》べられている。

その部屋に、一人の女性医師《じょせいいし》が落ちついた様子で佇《たたず》んでいた。

ティンカ・イレイソン。白銀《しろがね》色の髪《かみ》に瑠璃《ラピスラズリ》色の双眸《そうぼう》、白のブラウスを着た鮮《あざ》やかな印象の女性だ。正式な医師としての免許《めんきょ》を持っており、トレミアの正式な職員《しょくいん》ではないものの、自主的に学園の医務室に留《とど》まっている。

「新しい学園だけあって医務室が綺麗《きれい》で広いのは素敵《すてき》ね」

テーブル脇の椅子《いす》に腰掛《こしか》け、ティンカは湯気の残るティーカップをテーブルに置いた。

医務室内のベッド数は組立て式の簡易《かんい》ベッドを含《ふく》めて十。千五百人強という生徒総数《そうすう》からすれば少ないかとも思ったが、医務室のベッドが足りないという現象《げんしょう》はこの学園が創立《そうりつ》してから一度も起きていないと聞いている。

現に、今ベッドを使用している生徒は一人。

「……でも、その一人が大変なのだけれど」

薄《うす》い布製《ぬのせい》の間仕切り《パーティション》で区切られた状態《じょうたい》でベッドが並ぶ。その中で、一番奥《おく》のベッドの間仕切り《パーティション》だけが今も閉《し》められたままだった。

「失礼、開けますよ」

シャッと音を立てて布幕を開ける。白の患者《かんじゃ》服を着せられたまま、微《かす》かな寝《ね》息《いき》も立てずに昏々《こんこん》と寝入る少女がそこにいた。室内の照明に映《は》える緋《ひ》色《いろ》の髪をした、ほっそりとした長身の女子生徒。

クルーエル・ソフィネット——学園の高等部《ハイスクール》に今年入学したての一年生で、名詠式《めいえいしき》の修《しゅう》得《とく》年数は中等部《ミドルスクール》からの三年間と聞いている。

自分が望む物を心に描《えが》き、自分の下《もと》へと招《まね》き寄《よ》せる転送術《てんそうじゅつ》、それが名詠式。その術式の過程《かてい》で、詠《よ》び出す対象の名前を賛美《さんび》し詠《うた》うことから名詠式という名がついたとされる。『*Keinez*《赤》』・『*Ruguz*《青》』・『*Surisuz*《黄》』・『*Beorc*《緑》』・『*Arzus*《白》』。名詠式はこれら五色の音色から成り立ち、それと同色のものを詠び出すことが可《か》能《のう》となる。クルーエルの専攻《せんこう》もまた、その五色の音色の一つである『*Keinez*《赤》』だ。

学内での紙上試験《ペーパーテスト》におけるクルーエルの順位は、一年生の中でも決して高い方ではない。辺境《へんきょう》の名詠学校の、平均《へいきん》的な一年生である少女。

最初は誰もがそう思っていた。けれど——

〝Isa sia clue-l-sophie pheno〟《さあ起きて　緋色の子供たち》

一度名詠に使った触媒《カタリスト》は再利用《さいりよう》が不可能に近い——後罪《クライム》によって固《かた》く施錠《せじょう》された名詠門《チャネル》を〈讃来歌《オラトリオ》〉と共に解放し。

〝Hir qusi『clue』lemenet feo fulleftia sm jes gluei I〟《微風に浮遊（ただよ）い積もる真緋の欠片》

〝melodia fo Hio, O ect ti bear Yem『sophit』〟《彼方へと紡ぐ詠わたしの想い重ねて演れ》

赤の真精《しんせい》、数ある名詠生物の中でも最も幻性度《げんせいど》の高い黎明の神鳥《フェニックス》を意のままに詠び招く。

名詠を学ぶ学生という範疇《はんちゅう》を超《こ》え、世界中の名詠士の中でも異彩《いさい》を放つその力。

「……まるで、その力の代償《だいしょう》でもあるかのようね」

少女から体温計を取り出し、ティンカは洩《も》れかけた嘆息《たんそく》を胸《むね》の奥《おく》へと押《お》し戻《もど》した。

ここ数日、クルーエルが昏睡《こんすい》に陥《おちい》ってからまるで下がる様子を見せない高熱。本人は頭《ず》痛《つう》と寒気も訴《うった》えていたが、それもおそらくはまだ続いているだろう。

彼女特有の、原因《げんいん》不明の病状《びょうじょう》。

そして彼女特有の、特異《とくい》なる名詠。

あまりに発現《はつげん》の時期が重なりすぎている。この二つに関係性がないとは思えない。そう、それが一週間ほど前に自分が出した推測《すいそく》だった。そして——

〝シャオが言ってたんだけどさ。あたしの理解《りかい》が正確《せいかく》かどうかは分からないけど、クルーエルは自分の心の中に真精を詠んでしまってるらしい〟

彼女に眠《ねむ》る秘密《ひみつ》、それはあまりに唐突《とうとつ》に明るみに現《あらわ》れた。エイダが遭遇《そうぐう》したシャオという人物が告げる、クルーエルの名詠の根源《こんげん》。

〝その真精とクルーエルが喧嘩《けんか》……ていうのかな、真精は名詠者に従《したが》うはずなのに、とにかくクルーエルの意識《いしき》と衝突《しょうとつ》してるらしいんだ。今のクルーエルの体調不良はそれが原因らしくてさ〟

この世界に認められている五色の名詠。そのどれにも属《ぞく》さないのがネイトの扱《あつか》う夜色《よるいろ》名詠だと聞いていた。だがその中で突如《とつじょ》、夜色名詠と対《つい》になるという空白《くうはく》名詠の存在《そんざい》が浮上《ふじょう》してきた。

「そしてその真精がアマリリスという名前、か……」

クルーエルはその真精《アマリリス》を自らの心の内に詠《よ》び、そしてそれが反発を起こしているという。クルーエルと真精、その衝突が続けば続くほど彼女自身の身体《からだ》に反動として返ってくる。

彼女の心の問題。それは単純《たんじゅん》な精神《せいしん》面での問題だけではない。名詠式の、いまだ解明《かいめい》しえぬ深奥《しんおう》と絡《から》み合う神秘《しんぴ》なのだから。

「……クルーエル、とても孤独《こどく》な場所であなたは苦しんでいるのね」

どんな人間だって、彼女の心の中を覗《のぞ》くことなんかできやしない。誰一人救いの手を差しのべることのできない遠い場所で、彼女は独《ひと》りぼっちで苦痛《くつう》と闘《たたか》っているのだろう。

──だが、そんな事実を誰に告げられるというのだ？

医師《いし》の資格《しかく》を持つ自分も、名詠士の資格を持つこの学校の教師《きょうし》も、彼女の容態《ようだい》にはただ手をこまねいているしかなかった。少なくとも現状《げんじょう》においては、日に日に衰弱《すいじゃく》していく彼女を見守るので精一杯《せいいっぱい》。

けれど彼女のクラスメイトは、そんな事実など知りもしない。クルーエルはすぐに良くなると信じきっている。彼らにそんな残酷《ざんこく》な事実を明かすことが、果たして正しいことなのだろうか。

「いったい、どうすればいいのかしら」

今も迷《まよ》ったまま、ティンカはまだ誰にも告げられずにいた。

苦い息を吐《は》く。と、それに重なるタイミングで。

「おーいティンカ、入っていい？」

医務室《いむしつ》の扉《とびら》が開き、赤銅色《しゃくどういろ》に日焼けしたボーイッシュな少女がひょこっと顔を覗かせた。

エイダ・ユン。自分と昔から顔なじみの少女だ。

「ええ、ですがなるべく静かにね」

「わーかってるって」

クルーエルの見舞《みま》いかとも思ったが、エイダは奥のベッドに近づかず、ただきょろきょろと医務室の中を見回すばかり。

「どうかしましたか」

「んと、ちび君いないかなって。放課後すぐどっか行ったみたいだったから、てっきり医務室かと思ってたんだけど」

「ネイト君は今日はまだ来てませんね」

そう、それはティンカからしてみても珍《めずら》しいことだった。普段《ふだん》の彼なら放課後の鐘《かね》が鳴り終わる前にやってくるのに。

「んーそっか。ならあとちょっとだけ待ってようかな」

「何か伝えることでも？」

すると、足下《あしもと》の床《ゆか》を睨《にら》みつけるようにうつむいた状態《じょうたい》で、エイダは悲しみを押し殺すように訊いてきた。

「……ねえティンカ。クルーエル、あとどれくらい保《も》つ？」

——やっぱり、気になるのね。

クルーエルの身体の異常《いじょう》には彼女の名詠《めいえい》が関係する。しかし具体的にその内容まで知っているのは、学生の中ではエイダだけだった。

「どれだけとは？」

「ティンカが思ってるそのままを聞きたいんだ。昏睡《こんすい》が続いて、時々目を覚ますけどそれは高熱と頭痛のせい、それが続いてまた昏睡。ちび君や他のクラスメイトには言ってないけど、クルーエルは前からまるで良くなってないんだろ」

「……ええ、残念ながら」

エイダの顔を見ることもできぬままティンカは首肯《しゅこう》した。

「正直今の段階《だんかい》だって、彼女がかろうじて命を取《と》り留《と》めているのがふしぎなくらい。でも、それすらもう限界《げんかい》に近いのは確実《かくじつ》です。……保ってあと一週間」

いや、これすら楽観的な数値《すうち》なのだろう。実際《じっさい》に彼女の心と命をつなぐ糸がいつ切れたとしても、何らおかしくない。

「症状《しょうじょう》の進行によっては、実際はもっと短いかもしれません」

「……そっか」

うつむいていた姿勢《しせい》から一転、ぼんやりと天井《てんじょう》を見つめるエイダ。

「あたし、ちび君に最後まで隠《かく》し通せるかな」

「辛《つら》いですね」

クルーエルが明日にでも回復《かいふく》することを頑《かたく》なに信じる彼。クラスメイトの大半も似《に》たようなものだろう。その姿《すがた》を見るのが辛いのはティンカとて百も承知《しょうち》だった。生きる希望を信じている者に事実を伝えるかどうか、医者が抱《かか》える不可避《ふかひ》のジレンマだ。

「なあティンカ、こんな学校の医務室じゃなくてさ、もっと専門《せんもん》的な医療《いりょう》機関に運んで治《ち》療《りょう》受ければ何とかならないかな」

「無駄《むだ》でしょうね。わたくしが傍《そば》にいるといっても、それすら気休めに過《す》ぎません。あなたも分かっていることでしょうけど、クルーエルさんの体調異常《いじょう》は厳密《げんみつ》には病《やまい》ですらなく、名詠式が抱える謎《なぞ》に根を下ろしているものですから」

クルーエルの心に宿《うち》っているという、空白名詠の真精《しんせい》。自分たちには目に見ることも触《ふ》れることもできない。名詠士や祓名民《ジルシエ》に打つ手がないのであれば、どんな名医とて同じことだろう。

「それならいっそ医療機関じゃなくて、この学校みたいな名詠式の研究機関の方がまだ何かを見出《みいだ》せる可能性《かのうせい》が高いってか」

「そういうことになりますね」

「でもそれだと保《も》って一週間。……どのみちこのまま進展がないとダメってことか。本当に、今回ばかりは洒落《しゃれ》にならないんだな」

ソファーに座《すわ》ったままエイダが唇《くちびる》を噛《か》みしめる。祓名民《ジルシエ》の最上級、祓戈《ジルシュヴェッサー》の到極者の称《しょう》号《ごう》を持つ彼女とて今度ばかりは無力に等しい。なにしろクルーエルのような事例は今までに例がない。そもそもの原因《げんいん》すらまるで分かっていないのだ。

「そうですね。そしてその進展《しんてん》も、必ずしも良いものばかりとは限《かぎ》りません」

「……うん、分かってる」

エイダが見つめるのはテーブルの上、ティンカが学園に持参してきた黒鞄《くろかばん》だった。

「ティンカ、通信機鳴ってるよ」

閉《と》じた鞄の中からわずかに響《ひび》く機械的な受信音。自分が所属《しょぞく》する〈イ短調〉のメンバー内でのみ使われる極秘《ごくひ》裏《り》の回線だ。

……このタイミング、おそらくはサリナルヴァ。でも彼女の性格《せいかく》からして単なる事務《じむ》的な定期報告《ほうこく》とは考えにくい。それこそ何か発見が？

「サリナルヴァから？」

同じ推測《すいそく》に至《いた》ったらしく、エイダがソファーから腰を持ち上げる。

「おそらくは。でも過剰《かじょう》な期待はしない方がいいですよ」

鞄の留《と》め具《ぐ》を外し、ティンカは中の通信機を取り出した。

『ティンカか？』

通信機から響く、特徴《とくちょう》ある低い女声。瞬時《しゅんじ》に、知人である女性研究者の顔が思い浮《う》かんだ。

「ええ、そちらはどうですかサリナルヴァ」

『変わらず〈孵石《エッグ》〉の分析途中《ぶんせきとちゅう》だな。外殻《がいかく》の方は九割方作業を終えたといったところか。内部に封《ふう》されていた本当の触媒《カタリスト》、こちらに思いのほか手間取っている』

「……そうですか」

やはり、この状況《じょうきょう》を覆《くつがえ》すような画期的な発見はないということか。

「サリナルヴァ、こちらの状況ですが」

『言わずとも分かっている。クルーエル・ソフィネット、彼女の身がもう保たないのだろう』

「ご存《ぞん》じでしたか？」

離《はな》れた地にいる彼女にはそこまで伝えていないはずだったが。

『今の通信だけで十分推《お》し量《はか》れたさ。私からの通信を受けるなりこちらの状況を訊《たず》ねるということは、私側で何か発見があることを期待している証拠《しょうこ》だからな』

「まさにその通り、事態《じたい》は急を要します。それで、そちらでは何か手掛《てが》かりは？」

『難《むずか》しい、というのが正直なところだな。そちらが学園内で遭遇《そうぐう》したという、空白名詠《めいえい》の浸透者《しんとうしゃ》。せめて私も自分の目でそれを見ていれば何か得られたのかもしれないが……』

一拍《いっぱく》分の間を空《あ》けて、彼女は口早に二の句《く》を継《つ》いだ。

『空白名詠という具体的なイメージがまだ不明瞭《ふめいりょう》なのが痛《いた》いな。そしてその真精がいつ、どのようにクルーエルに宿り、クルーエルに反発しているのか。原因も解決策《かいけつさく》もまるで手のつけようがない』

「そうですね。原因を後回しに解決策をと思っても、その真精をどうすればいいのか、皆《かい》目《もく》見当がつきません」

時間と手間をかければまだ何か発見もあるかもしれないが、今の自分たちにはクルーエルの体力という切実なタイムリミットが設定《せってい》されている。刻一刻《こくいっこく》、否《いや》、秒刻《びょうきざ》みで彼女の体力は零《ゼロ》へと向かいつつあるのだから。

「ひとまず状況は確認《かくにん》しました。また何かありましたら――」

『ティンカ、クルーエルだが、うちの医療部《いりようぶ》に寄《よ》こさないか？』

「……えっ！」

声を上げたのはティンカではない。隣《となり》で、それまでサリナルヴァとの通信を聞いていたエイダが反射《はんしゃ》的に立ち上がっていた。

「サリナルヴァ、それはどういうことですか」

『そのままの意味だ。私のいるケルベルク研究所の医療部にクルーエルを移送《いそう》してはどうかという提案《ていあん》だ。クルーエルの両親には私と学園長で連絡《れんらく》をつける』

サリナルヴァが副所長を務《つと》めるケルベルク研究所本部。同じ〈イ短調〉に属《ぞく》するティンカも訪《おとず》れたことがある。

ここトレミア・アカデミーから東へ、やや大陸中央よりに鉄道で五時間ほど向かった地に拠点《きよてん》を構《かま》える一大研究機関。サリナルヴァをはじめ多くの研究者が勤める施設《しせつ》であり、そこの医療部ならばこの医務室より優《すぐ》れた設備環境《せつびかんきよう》が調《ととの》っているだろう。それにケルベルク研究所ならば、名詠式が絡《から》むクルーエルの体調分析《ぶんせき》もできるかもしれない。

「そこで治療を？」

『できる限《かぎ》りの処置《しよち》を施《ほどこ》すと同時に、こちらでも情報《じようほう》の収集《しゆうしゆう》に傾注《けいちゆう》する。万一何か情報を得られても、すぐその場にクルーエルがいなければ意味もないからな』

確《たし》かに、考えうる全《すべ》ての選択肢《せんたくし》の中でそれが最善《さいぜん》に近い。しかし、そのことで唯一《ゆいいつ》頭を悩《なや》ますことがあるとすれば。

「……ミオはともかく、ちび君が反対するだろうね」

腕《うで》を組んだ恰好《かっこう》でエイダが表情《かお》をしかめる。そう、まさにティンカも同様の不安があった。彼女と親しい間柄《あいだがら》の生徒、特にネイト・イェレミーアスは彼女に特別の情《じょう》を抱《いだ》いているように感じる。彼女と分け隔《へだ》てられることを、その彼が快《こころよ》く思うはずがない。

『それはそちらの説得次第《しだい》だな』

「恨《にく》まれ役になりそうですね」

通信機を握《にぎ》りしめたまま、眠《ねむ》り続けるクルーエルをティンカはじっと見据《みす》えた。

3

「……あああ、またやっちゃったぁ！」

燦々《さんさん》と注ぐ朝陽《あさひ》が舗装路《ほそうろ》をじりじりと焼く。照り返しの放射熱《ほうしゃ》に流れる小粒《こつぶ》の汗《あせ》を拭《ぬぐ》い、ネイトは男子寮《りょう》から大慌《おおあわ》てで駆《か》けだした。

昨日図書館で借りてきた本を徹夜《てつや》で読みあさっていたはずが、気づけば本を枕《まくら》にして熟睡《じゅくすい》。読み慣《な》れない書物をじっと読みふけっていたせいで目が疲《つか》れ、休憩《きゅうけい》をかねてちょっと目をつむって――それ以降《いこう》の記憶《きおく》がない。

「昨日はケイト先生まだ来てなかったけど、今日はきっと……」

朝食をとる暇《ひま》もなく、とにかく制服《せいふく》に着替《きが》えて飛び出してきたというわけだ。

「まずいかもっ、もうすぐ予鈴《よれい》鳴っちゃう！」

息を切らしたまま一年生校舎《こうしゃ》に突入《とつにゅう》、階段《かいだん》を一段抜《いちだんぬ》かしで駆け上がる。その勢《いきお》いのまま、通路の一番奥《おく》にある自分の教室へとつま先を向けた。

「おはようございますっ！」

閉まっていた扉《とびら》を力いっぱい開き、ネイトは教室の中へと飛びこんだ。

と同時、総務《そうむ》棟《とう》から響《ひび》く予鈴の鐘《かね》。

……ふう、間に合った。

胸《むね》をなで下ろし呼吸《こきゅう》を整える。壇上《だんじょう》のケイト教師《きょうし》を見上げ――

「あれ、ケイト先生？」

壇上にいるとばかり思っていた教師の姿《すがた》が見当たらない。昨日は朝の職員《しょくいん》会議が長引いたせいで遅《おく》れたと聞いたが、二日連続で会議が長引くというのは今までになかったことだ。

それに、何かクラスの様子がおかしい。

ケイト教師がいないから雑談《ざつだん》というのは昨日と変わらない。だが今日は、教室の中央に全員が集まって、神妙《しんみよう》な表情で何かをささやきあっているのだ。

普段《ふだん》ならめいめい好き勝手に小規模《しようきぼ》のグループを形成して雑談のはずが、今日はまるでクラス会議でもやっているかのような。

「あの、どうしたんですか」

「お、ネイト君来たんだ」

ショートの金髪《きんぱつ》を揺《ゆ》らし、集団《しゆうだん》の外側にいたミオが振《ふ》り返る。

「おはようございます、ところでミオさん」

今日どうしたんですか、こんなにみんなで集まって——そう訊《たず》ねようとするより前に。

「ネイト君遅《おそ》かったね、もしかしてクルルにお別れの挨拶《あいさつ》してきたの？」

……え？

ミオの言葉に、頭が一瞬《いつしゆん》真っ白になった。

「そうだよね、ネイト君昨日も朝からお見舞《みま》いしてたから当然か。あたしたちもね、クルルが行っちゃう前にお見送りしに行こうって話してたところなの。クルル意識戻《いしきもど》ってないから返事はしてくれないだろうけど」

「ちょ、ちょっと待ってくださいっ！」

一人頷《うなず》くミオを遮《さえぎ》り、慌《あわ》てて息を整えた。

「僕《ぼく》、全然話が摑《つか》めないです！　クルーエルさんがいなくなるって……お見送りっていったいどういう意味なんですか！」

どうしてだろう、胸が締《し》めつけられるように痛《いた》い。すごく嫌《いや》な予感がする。まるで自分一人がおいてけぼりにされたような感覚だ。

「あれ、ネイティってばクルーエルのお見送りに行ったんじゃなかったの」

自分たちへと振り向き、サージェスまでもがきょとんと首を傾《かし》げる。

「僕、今日はちょっと遅れただけでどこにも行ってないです。……クルーエルさんに何かあったんですか」

「そう、じゃあまだネイト君知らないんだ」

普段の明るい表情に影《かげ》を落とし、ミオが弱々しく吐息《といき》をつく。

「クルルね、ずっと目を覚まさないでしょ。学校の医務室《いむ》にある設備《せつび》じゃ治療《ちりょう》にも限界《げんかい》があるから、もっときちんとした設備のある場所に移《うつ》されるんだって」

……うそ。

眠ったまま意識を戻さないクルーエル。つまり彼女の意思《いし》に関係なく、誰《だれ》かが提案《ていあん》したということ？

「クルーエルさん、今日で学校からいなくなっちゃうってことですか」

「うん、そうなるね。でもクルーエルが元気になれば戻ってこられるらしいし、寂《さび》しいけどしょうがないよ」

そんな、なんでそんなに突然《とつぜん》に。

「ミオさん、クルーエルさんまだ医務室にいるんですか」

「ん、たぶんいると思……って、ネイト君？」

「僕、クルーエルさんのとこ行ってきます！」

ミオの手を振り切り、ネイトは通路を全速力で駆《か》け抜《ぬ》けた。


「クルーエルさんっ！」

ノックも忘《わす》れ医務室の扉を開ける。そこに――

「ネイト君？」

「ネイト？」

ティンカ、そして若葉《わかば》色《いろ》のスーツを着たケイト教師がほぼ同時に振り返った。

狭《せま》い医務室に並《なら》ぶ幾人《いくにん》もの教師、用務職員《ようむしよくいん》。そしてその大人たちに囲まれるように、ソファーに横たわった状態《じようたい》でタオルケットに包《くる》まれた緋《ひ》色《いろ》の髪《かみ》の少女がいた。

「ケイト先生、クルーエルさんが別の場所に行っちゃうってどういうことですか！」

「……ええ、昨日の夜中に緊急《きんきゅう》の職員会議を開いて話し合ったの。この学校の医務室は確《たし》かに新しいしそれなりの設備もある。だけど、それでもクルーエルの治療にはもっと専門《せんもん》の場所で」

「で、でもっ、待ってください！」

肩《かた》で息をしながらネイトは両手を広げた。

「……クルーエルさん……可哀想《かわいそう》です。眠ったまま何も知らないうちに、自分の意思じゃないのにまるで知らない場所に移されるなんて」

いつもの通りに寝《ね》ていたはずが、起きたらそこは知らない場所。家族も友人もいない、とても寂しい孤独《こどく》な部屋。それはどれだけ辛《つら》いことだろう。

「あなたの気持ちも分かるわ。だけどね、もう決まったことなの。既《すで》にクルーエルを受け入れる先にも連絡《れんらく》して了承《りょうしょう》ももらってる。列車だって既に専用の部屋を借りてるの」

「……そんなのいやですっ、お願いです！　クルーエルさんを独《ひと》りぼっちにしないで！」

ケイト教師《きょうし》の顔を瞬《まばた》きもせず見上げ、ネイトは声の限《かぎ》りを振り絞《しぼ》った。

「クルーエルさんが治るまでずっとお見舞《みま》いするって、僕クルーエルさんと約束したんです！　クルーエルさん医務室で怖《こわ》がってた！　だから僕、一緒《いっしょ》にいてあげたいんです。クルーエルさんを独りにしないって約束して――」

「そのクルーエルさんが死んでもいいの？」

………え？

白のブラウスを着た、白銀色《しろがね》の髪の女性《じょせい》。

ティンカ・イレイソン。普段《ふだん》と変わらぬ表情《ひょうじょう》で、いつもと同じ優《やさ》しげな口調。だからこそ、ネイトは彼女の告げる言葉の意味がすぐには理解《りかい》できなかった。

「昏睡状態《こんすいじょうたい》に陥《おちい》ったまま既に一週間以上。高熱も一向に治まる気配がなく、投与《とうよ》した薬も全《すべ》て効果《こうか》なし。医者として断言《だんげん》しますが、このままではクルーエルさんの身体《からだ》が限界に達するまでもう時間がありません」

……クルーエルさんが。

………死んじゃう？

うそ、うそだよ。そんなの絶対《ぜったい》うそだよ。

「そんな……うそ、ですよね」

だって、だってクルーエルさん起きてた時はあんなに元気で――

「患者《かんじゃ》のことに関しては、わたくしは嘘《うそ》をつきません。今ある設備では、クルーエルさんが万一の状況《じょうきょう》に陥った時に対処《たいしょ》できない可能性《かのうせい》が高いの。だからこそ学園の教師の方々とも一晩《ひとばん》中議論を尽《つ》くしました。その結果にまとめた苦肉《くにく》の策《さく》です」

自然とうつむく自分に、ティンカは自らしゃがんで顔を覗《のぞ》きこんできた。

「大丈夫《だいじょうぶ》、クルーエルさんを独りぼっちにさせはしません。わたくしも同行いたします。それにね、クルーエルさんの受け入れ先はケルベルク研究所の本部ですよ」

「ケルベルクって、あのケルベルクですか？」

大陸各地に研究施設《しせつ》を構《かま》えるという一大研究機関。〈孵石《エッグ》〉を研究し、それゆえに灰色《はいいろ》名詠《めいえい》の使《つか》い手ミシュダルに狙《ねら》われた研究所だ。

「ええ、そこでサリナルヴァもわたくしたちの到着《とうちゃく》を待っています。副所長の彼女自ら、クルーエルさんの治療《ちりょう》を全力でサポートしてくれるそうですよ」

肩に、そっとティンカの手が触《ふ》れた。

「やれるだけのことは尽《つ》くします。だから、ネイト君はここで待っていてください」

大切な人の命がかかっている。嫌《いや》だ、とは言えなかった。

けれど、ティンカの言葉に頷《うなず》くだけの力もまた残ってはいなかった。肩が持ち上がらない、膝《ひざ》もふるえがとまらない。声を出そうとしても喉《のど》が擦《かす》れたまま息が洩《も》れるだけ。

……クルーエルさん……助けられなくて………ごめんなさい、僕……

「……でも」

どうしようもない無気力の中で、ネイトはかろうじて自分の拳《こぶし》を固く握《にぎ》りしめた。

間奏第一幕『ミシュダル　―孤独《こどく》―』

「――敗者《はいじゃ》？」

「自分の愛する者を救えなかった。それ以外に敗北と呼《よ》ぶべきものがありますかな」

「……そうね。そうかもしれないわね」

そこは、薄暗《うすぐら》い部屋だった。

シャッターの降《お》りた窓《まど》、隙間《すきま》から侵入《しんにゅう》するのは糸屑《いとくず》のようにか細い陽光。一条の光に照らされ、周囲を舞《ま》う灰色の残滓《ざんし》が浮《う》かび上がる。燃《も》えがらの、そのさらに残り屑。火によって炙《あぶ》られ燃え尽きた残骸《ざんがい》のようなもの。

灰色名詠の触媒《カタリスト》にして敗者の証《あかし》。

「……くだらん」

床《ゆか》に積もる灰を踏《ふ》みつぶすように、大柄《おおがら》な男が歩を進める。薄汚《うすよご》れた外套《がいとう》で全身を覆《おお》い、その歩みはまるで亡霊《ぼうれい》であるかのようにおぼつかない。

「くだらん」

先と同様の言葉を吐《は》き捨《す》て、男が部屋の中央で歩みを止める。凍《い》てつく冬の湖畔《こはん》のように、耳鳴りがするほど静まりかえった部屋だった。

そこかしこに横倒《よこだお》れになった机《つくえ》に椅子《いす》。引き裂《さ》かれたカーテン、床上《ゆかうえ》の絨毯《じゆうたん》。そして、人の形をした無数の石像《せきぞう》が部屋の中に転がっていた。

研究員、用務員《ようむいん》、中には名詠士と思《おぼ》しき人間もある。

「くだらん……これだけの人数が寄《よ》り集まって俺《おれ》一人を止められないだと？」

三度目の言葉には、嘲笑《ちようしよう》が混《ま》じっていた。

「ははっ、これは滑稽《こつけい》だ。なあヨシュア、俺のような小物を大陸中の名詠士たちが探《さが》し回ってる、追いかけ回してる！　なのに俺は今もこうして、一人で息巻《いきま》いて哄笑《こうしよう》を垂《た》れ流しているわけだ！」

無音の部屋に、男の笑い声だけが幾重《いくえ》にも重なって響《ひび》き合う。

我《われ》を忘《わす》れたかのように大声で笑い続ける。息が切れ、喉が擦れ、肺《はい》の中の全《すべ》ての呼気《こき》を吐《は》き出してなお、男は笑い続けていた。大声がかすれ声となり、かすれ声がやがて声ですらなくなった頃《ころ》――

嘲笑は、いつしか自嘲へと姿《すがた》を変えていた。

「……そうだな、これが孤独《こどく》か」

自分の失われた片腕《かたうで》。痒《かゆ》くて痛《いた》い。もどかしいまでに疼《うず》く右腕をさする。

もう何年前の話になるのか。右腕を蝕《むしば》む悪夢《あくむ》はこの疼きと共に、どれだけ時間が経《た》とうとも消えることがない。

「本当に大切なものは名詠式では手に入らない。お前の言う通りだよ、レイン」

静寂《せいじゃく》が覆う研究所に、敗者の溜息《ためいき》だけがこだまする。

「求める者も呼び出せず、会いたい者にも会えない。ならば名詠式の価値は、そんな名詠士《ちた》は、いったい何のためにあるんだろうな」

かつて、自分のすぐそばにあった名前。

敗者《ラスティハイト》の王ではない、自分のかつての拠《よ》り所《どころ》。今はもう、どれだけその名を呼んだとしても返事はない。

「……どん欲《よく》に求め奪《うば》い続け、その果てにようやくたどり着いたのはその亡霊《ぼうれい》か。……はは、それもいいな。負け犬の俺には相応《ふさわ》しい」

灰によって塗《ぬ》りつぶされた天井《てんじょう》を見上げる。部屋の中ながら、それはまるで灰色《はいいろ》の空のようだった。

「なあ、そうは思わないかクルーエル、そして夜色名詠の詠《うた》い手のお二人さん。俺とお前たちはとても似《に》ているんだよ。お前たちもまた、俺と同じ道を行くことになるのか？」

灰色の天井を見つめ、その男——ミシュダルは、血の気を失った紫色《むらさきいろ》の唇《くちびる》をつり上げた。

「……ああ、その答えを聞くのが楽しみだ。本当に楽しみだ」

間奏第二幕『カインツ　―風の道標―』

　大陸の端《はし》、名もなき広大な草原にて。

　見渡《みわた》す限《かぎ》りの地平線。緩《ゆる》やかな勾配《こうばい》の丘陵《きゅうりょう》を覆《おお》う緑の絨毯《じゅうたん》の中、空に向かってそびえ立つような大樹《たいじゅ》が映《は》える。その幹《みき》に背《せ》を預《あず》ける恰好《かっこう》で、枯《か》れ草色《くさ》のコートを羽織《はお》った男がぼんやりと空を見上げていた。

「……やっぱり、この時期はまだまだ暑いか、風も思うようには吹《ふ》いてくれないし」

　ひんやりとした木陰《こかげ》の中で彼――カインツはコートの袖《そで》をまくり上げた。

『風に文句《もんく》を言うより先、お前の場合はまずそのコートを脱《ぬ》ぐことを考えてはどうだ？』

　その声は自分より頭一つ上の、大樹の枝葉《えだは》から聞こえてきた。いや、正しくは枝葉ではなく、それに留《と》まる緑翼《りょくよく》の小鳥から。

　瑞々《みずみず》しい緑葉の中に隠《かく》れながらも、自らの存在《そんざい》を訴《うった》えかけるように翼《つばさ》を広げる小鳥。その翼は常時《じょうじ》、人の目で捉《とら》えきれないほど小刻《こきざ》みに振動《しんどう》を繰《く》り返《かえ》す。音響鳥《おんきょうちょう》。翼を震《ふる》わせることで独自《どくじ》の周波を発生させ、遠隔地《えんかくち》との通信を可能《かのう》とする。名詠士が好んで使う通信手段《しゅだん》だ。

『そのコートのせいで体感温度も違《ちが》うだろうに』

「あいにく、こればかりは」

音響鳥の翼から伝わる知人の声に、カインツは小さく苦笑《くしょう》した。

『サリナルヴァが土産話《みやげばなし》を期待していたぞ？　いったいどこをうろついていたのかとな』

クラウス・ユン＝ジルシュヴェッサー。祓名民《ジルシエ》と呼《よ》ばれる特殊な護衛職《ごえいしょく》に就《つ》く者たちの、その首領《しゅりょう》に位置する人物だ。自分が非公式《ひこうしき》に参加する〈イ短調〉という会の、その設立者《せつりっしゃ》でもある。

「ちょっとした遠足ですよ、寂《さび》れた孤島《ことう》にね」

『で、その遠足の成果は？』

「あると言えばあるし、ないと言っても間違《まちが》いではないでしょうね。あえて言うとすれば、背中を押《お》されたとでも言いますか」

枝に留まる鳥に向け、大げさに肩《かた》をすくめておどけてみせる。

「先輩《せんぱい》の方は？」

『進展《しんてん》したよ……悪い方にだがな』

翼から伝わる声は重く沈《しず》んだものだった。

『灰色《はいいろ》名詠と思《おぼ》しき襲撃《しゅうげき》を受けた研究機関の報告《ほうこく》が、日増《ひま》しに増加《ぞうか》している』

「それだけでは、傾向《けいこう》としては以前と変わらないようにも思いますが」

『以前も似《に》たようなものではあったが、それでも件《くだん》のミシュダルという男には狡猾《こうかつ》な側面が見てとれた。だがここ最近のものはひどく稚拙《ちせつ》な、まるで愉快犯《ゆかいはん》のような印象を受ける』

稚拙？

その言葉に疑問《ぎもん》を呈《てい》する間もなく、彼は先を続けてきた。

『まず狙《ねら》う場所が無差別だ。狙う場所の規則性《きそくせい》を探《さが》そうとしたが徒労《とろう》に終わった。次に、侵入《しんにゅう》したからといっても目的が不明。さらに言えば侵入方法もだな。トレミア・アカデミーの件《けん》同様に今までは深夜が主だったが、最近について言えば真っ昼間でどれだけ人目につこうとも強硬に侵入を繰り返すありさまだ』

まるで気まぐれな犯行《はんこう》。狂気《きょうき》、あるいは愉快犯という単語で一括《ひとくく》りにすれば無理やり理由付けすることはできるかもしれない。だが――

『追跡《ついせき》側への挑発《ちょうはつ》と捉《とら》える見方が有力だが、わざわざそうする利点も考えにくい。ここまで露骨《ろこつ》だとかえって罠《わな》でもあるのかと思いたくなるほどだ』

「それはもしかしたら、素直《すなお》に捕《つか》まえてほしいだけかもしれませんよ」

一瞬《いっしゅん》、相手が沈黙《ちんもく》した。

『なに？』

「……いえ、何となくそう思っただけのことです。深い理由はありません」

訊き返してくる相手にカインツは首を振《ふ》った。深読みではなくむしろその逆《ぎゃく》。彼からの報告《ほうこく》を素直に聞いて単純《たんじゅん》に考えた結果、カインツにはそう思えてしまったのだ。

『……まあいい。とにかくも早急《さっきゅう》に対策《たいさく》をとる必要があるのは事実だ』

「それは承知《しょうち》しています」

『私はネシリス、シャンテと一度落ち合うことにしている。お前も来るか？』

名詠士のネシリス、シャンテ。そして祓名民《ジルシエ》の首領クラウス。大陸中から選《よ》りすぐった〈イ短調〉のメンバー内でも、とりわけ中心となって活動している三人だ。

「そうですね。そう言いたいところですが、ボクはボクで思い当たる節がありまして」

『何か摑《つか》んでいるのか？』

「どうでしょう。さっきと同じ答えになりますが、摑んだというより、ただ背中を押されたと言った方がボクには似合《にあ》いますね」

クラウスに向けてではない。それは、自分自身に言い聞かせるためだった。

『……ん？』

「もう一度あの日の約束の詠《うた》を聴《き》きたい。今度こそ、きちんと見届《みとど》けたいんです。それが、ボクのすべきことだろうから」

音響鳥にそう告げてコートの端《はし》をひるがえす。寄《よ》り添《そ》っていた大樹《たいじゅ》、その根元に咲《さ》く名も知らぬ黄色い花へと、別れを告げるように手を振った。

……風も出てきたかな。

地平線まで続く遥《はる》かなる丘の稜線《りょうせん》。広大な大海を思わせる色鮮《あざ》やかな草花たち。そのどれもが、草原に吹《ふ》く微風《そよかぜ》に揺《ゆ》れて頭《こうべ》を垂《た》れる。

それはまさに、自分が進むべき方角へと。

「風の道標か、悪くないね」

枯《か》れ草《くさ》色のコートをはためかせ、カインツはゆっくりと歩きだした。

二奏『見失う、ということ』

0

〝クルーエルよ。同じ学校ならまた会うかもしれないね〟

それが、始まりだった。

一番初めに出会った時、その時の僕《ぼく》とあの人はまだ、単に道ばたですれ違《ちが》っただけの関係だった。それが一緒《いっしょ》のクラスになって、一緒にいるうちに……

いつしか自分でも気づかないうちに、とても大切な人になっていた。


クルーエルがケルベルクへと移《うつ》された翌日《よくじつ》。

学園では、ネイトにとって奇妙《きみょう》なほど落ちついた時間が流れていた。

クラスメイトもケイト教師《きょうし》も普段《ふだん》と変わりなく、悲しい顔を見せる者もいないまま講義《こうぎ》が終わる。ミオと一緒に昼食をとり、午後は体育科の講義で汗《あせ》を流した。

放課後はまっすぐ男子寮《りょう》の自室に戻《もど》って講義の予習と復習《ふくしゅう》。それから夕食とシャワーを済《す》ませた時には、もうすっかり就寝《しゅうしん》時間が迫《せま》っていた。

「……もう寝《ね》ないと」

昨夜はあまりのことに一睡《いっすい》もできなかった。ただ寝られないだけではない。一晩中、悔《く》しさ混《ま》じりのもどかしさが原因《げんいん》の吐《は》き気《け》に苦しんだ。今日一日、その状態《じょうたい》でまともに講義を受けられたのがふしぎなくらいだ。

「……もう、寝ないと」

自分に言い聞かせるように、ネイトは同じ言葉を繰《く》り返した。

今日も朝から夜までほとんど何も口にしていない。昼食はミオの前だから無理に食べたが、その後ひどい嘔吐《おうと》感に襲《おそ》われた。夕食は冷蔵庫《れいぞうこ》にあった果物《くだもの》一つを半分に切って、それを無理やり飲みこんだ。

……お腹《なか》、さっきからずっと痛《いた》いや。

軽い腹痛《ふくつう》に、ネイトは腹部に手をあてた。空っぽの胃に対し胃酸《いさん》の量が多すぎるせいだろう。突発《とっぱつ》的な緊急性刺激《ストレス》を受けた時に生じる代表的な適応症《てきおうしょう》だ。

昼間はあれだけ動けたのだ、自分でもよく保《も》った方だと思う。けれど一人になった途端《とたん》、言いようもない疲労《ひろう》に襲われた。昼間の反動、けれど、そんなものどうしようもない。胃薬なんて揃《そろ》えてないし、何かしようにもそれだけの体力が残っていなかったのだから。

部屋の明かりを消して、ネイトは倒《たお》れこむようにベッドにもぐった。

そのまま目をつむり……


違和感《いわかん》があった。


——眠《ねむ》れない？　どうして？

ベッドに横たわったままネイトは両目を見開いた。

こんなに疲《つか》れてたら、普段は横になった途端すとんと眠りにつけるのに。なのに、なんで今日は身体《からだ》がこんなにざわつくの？

「……なんで、こんなに火照《ほて》ってるんだろ」

身を起こす。途端、前髪《まえがみ》の一房《ひとふさ》がふわりと浮《う》いた。開きっぱなしの窓《まど》、カーテンを揺らす小さな風。

〝この風は、いったいどこで生まれるんだろうね〟

歌うように脳裏《のうり》に響《ひび》く、あの時の彼女の言葉。

〝風の生まれる場所。すぐ近くかもしれないし、遠い遠いところから、海を越《こ》えてやってきてるのかもしれない。キミは考えたことない？〟

「……クルーエルさん？」

ベッドから立ち上がり、ネイトは窓の外をじっと眺《なが》めた。

1

さらさらと足下《あしもと》の草が小さく鳴る。

暗い薄墨《うすずみ》色の芝生《しばふ》の海を、ネイトはゆっくりと歩いていた。

学園敷地《しきち》内、生徒寮から校舎《こうしゃ》に向かう途中《とちゅう》にある広場。昼間は生徒や教師で賑《にぎ》わう憩《いこ》いの場。しかし夜ともなれば、そこは単に静かで見晴《みは》らしの良い空間に過《す》ぎない。広場中央に据《す》えられた陶器《とうき》製《せい》の小さな噴水《ふんすい》も、今は泉《いずみ》としての役割《やくわり》を忘《わす》れて眠りについていた。

「……すごい静か」

噴水からわずかに離《はな》れた場所、草むらにぽつんとしゃがみこむ。

今の服装《ふくそう》は、体育科の講義で使う運動用の白シャツと紺《こん》のズボン。通気《つうき》性《せい》が良い素材《そざい》でできているせいか、わずかな夜風でも肌《はだ》に直接《ちょくせつ》触《ふ》れるような感覚だ。

そしてそれが、今の火照った身体にはひんやりと心地《ここち》よい。

「ねえアーマ、僕、なんで眠れないんだろうね」

不安な時に厳《きび》しい物言いで励《はげ》ましてくれた名詠《めいえい》生物。その名が今は懐《なつ》かしい。

外灯が生み出すぼんやりとした幻灯《げんとう》に群《む》れる羽虫。あの虫たちも、自分と同じように眠れないのだろうか。

「……こんなの初めてだよ」

眠れない夜。このトレミア・アカデミーに来てから初めてのことだ。

——なんか、疲れちゃった。

まるで、何か大事な目標がすとんと消えてしまったような脱力感《だつりょくかん》があった。

しゃがみこんだ姿勢《しせい》から仰向《あおむ》けに倒れこんだ。寝転がりたいからではなく、ただ眺める視界《しかい》を変えるために。

夜空、ただそれだけがあった。

眩《まばゆ》い星々が密集《みっしゅう》した、宝石箱《ほうせきばこ》のような輝《かがや》き。一方で、月影《つきかげ》の周りにぼんやりと浮かび上がる幽玄《ゆうげん》的な神秘《しんぴ》もそこにはある。視界の端《はし》には、薄暗《うすぐら》い雲が千々《ちぢ》に流れゆく光景。

「不思議だよね、立って見てる時よりこうして仰向けで寝ている方が、空って近く感じるんだもん」

真上に向かってまっすぐ手を伸《の》ばす。

摑《つか》まえるなんておこがましいことは望まない。ただ一瞬《いっしゅん》だけでも触れたくて——

「はい、捕《つか》まえたっと」

その手が、横から不意に伸びてきた誰《だれ》かの手に摑まれた。

「寮生《りょうせい》はとっくに外出禁止《きんし》の時間だよ。まったく、学校じゃやけに大人しいと思ったら」

見上げた夜空の前に、それを遮《さえぎ》るように覗《のぞ》く少女の顔。小顔と対照的に大きな瞳《ひとみ》。日焼けした肌に亜麻色《あまいろ》の髪を短く切ったボーイッシュな顔立ちの……

「エイダさん？」

「ま、その方がちび君らしくていいんだけどね」

寝《ね》ころんだままの自分の手を放そうとしない彼女。それはつまり。

「……僕、起きた方がいいですか」

「そうしてくれると助かるね。あたしさすがにここで寝っころがるの嫌《いや》だから」

背《せ》を起こしてしゃがんだ姿勢で見上げると、エイダもまた自分の隣《となり》に腰《こし》を下ろした。

「で、どしたのさちび君、よい子はとっくに寝る時間だよ」

「眠いのに眠れなくて……窓見てたら、外の方が気持ちよさそうだなって思ったから」

「あー、あるよね、なんか落ちつかない時って」

「エイダさんはどうしてこんな時間に外に？」

彼女も女子寮に部屋を借りているからこの場所にいるのは驚《おどろ》かないが、こんな夜更《よふ》けに外を出歩く理由が見つからなかった。

すると彼女は、普段《ふだん》と違《ちが》って妙《みょう》に大人びた声で。

「そりゃもちろん、秘密《ひみつ》の彼氏と刺激《しげき》的な夜の散歩をね」

「へえ、素敵《すてき》ですね……って、あれ、エイダさんなんでそんなに悲しそうなんですか？」

ふと気づけば、どよんと沈《しず》んだ表情《ひょうじょう》でエイダが肩《かた》を落としていた。

「……うん。いや、そこはもっと派手《はで》なリアクションが欲《ほ》しかったんだけどね。そもそもそんなシーンだったらわざわざちび君に声かけないわけで……まあちび君だからあんまりそういうの期待してなかったけどさ」

「あれ、そういえばその彼氏の方は？」

「それは聞くなぁっ！　どうせ彼氏なんていないですよーだっ！」

「うわわっ、エイダさん落ちついてください！」

なぜか怒《おこ》ったようにエイダが手を振《ふ》り回す。

「ええと、それで本当のところは？」

「見回りだよ。校舎《こうしゃ》は先生たちがやってるから、寮とかこの広場とか一帯を任《まか》されてるの。それでぐるっとそこらへん歩いてたら、どうも怪《あや》しい人影《ひとかげ》を見つけたもんでね」

話の流れからすれば、それが僕だったのだろう。

「……エイダさんすごいですね」

「ん？」

「だって、見回りって今日からってわけじゃないんですよね。こんな夜遅《おそ》くに毎日」

きっとそれは、あの灰色《はいいろ》名詠の襲撃《しゅうげき》を受けた時からずっとなのだろう。クルーエルが倒《たお》れ、自分やミオ、クラスメイトが彼女を見舞《みま》っている時も、エイダだけはずっと夜中一人で学園を守っていたに違いない。

「毎日学校で講義《こうぎ》中に寝てるから睡眠《すいみん》不足はないよ……それにこれは、あたしにとっては罪《つみ》ほろぼしみたいなものだから」

弱々しく呟《つぶや》き、エイダが唇《くちびる》を自嘲《じちょう》のかたちに歪《ゆが》める。

「あたしさ、クルーエルに謝《あやま》らなくちゃいけないことがあるんだ」

大きな瞳が微《かす》かに濡《ぬ》れ、彼女の声にはいつしか湿《しめ》ったものが混じっていた。

「ミシュダルがこの学校に侵入《しんにゅう》してきた時のことなんだけどね、あたしクルーエルに、自分と一緒《いっしょ》に学校の見張《みは》りをしてくれないかって頼《たの》んだことがあったの。クルーエルが黎明《フェ》の神鳥《ニックス》っていう真精《しんせい》を詠《よ》び出せることは知ってたからね」

黎明の神鳥《フェニックス》、クルーエルが詠び出せる非常《ひじょう》に希有《けう》な真精だ。彼女以外にその真精を詠び出せる名詠士は現代《げんだい》において他《ほか》に確認《かくにん》されていない。それほど幻性度《げんせい》の高い名詠生物だと聞いている。

「危険《きけん》があることは知ってた。あの時点でも、得体の知れない何かが侵入していることも分かってた。だけどクルーエルはそれに頷《うなず》いてくれて……」

地に腰《こし》をつけた恰好《かっこう》で膝《ひざ》を立て、そこに腕《うで》を載《の》せて顔をうずめる彼女。

「……でも、間違いだったかもしれない」

一際《ひときわ》、その声が弱く霞《かす》んだものになった。

「シャオって奴《やつ》に言われたんだ。クルーエルは何度も何度も、名詠を使うしかない状況《じょうきょう》に陥《おちい》っていたって。それが今クルーエルを追《お》い詰《つ》めてるんだって——だとしたらその最後、どうしようもない状況まであの子を追い詰めたのは、あたしかもしれない」

「エイダさん、そんなことを言ったら僕だってそうです」

けれど、クルーエルさんと黎明の神鳥《フェニックス》がいなかったらケルベルク研究所支部ではあんなに早く駆《か》けつけられなかった。灰色名詠《ミシュダル》の使い手に襲《おそ》われた時だって、彼女がいなかったらミオさんだってどうなっていたか分からない。

「ううん、僕だけじゃないです。たぶん、知らず知らずのうちに沢山《たくさん》の人がクルーエルさんの名詠に助けられてたはずだもん」

「……それは分かってる。きっと本当は、誰か特定の一人が悪いとかじゃないんだろうね。クルーエルに助けられたみんなが一人一人、クルーエルに謝らなくちゃいけない。でもあの子は目を覚まさないでしょ。あたしは馬鹿《ばか》だから……何かしようと思ってもこれくらいしか思い浮《う》かばなくてさ」

……僕《ぼく》は、そんなことまで考えることもできなかった。

「僕は……とにかく早く治ってほしいから、一時間でも長く医務室《いむ》にお見舞いをって。それだけで頭がいっぱいで」

「それも大切なことだと思うけどね、誰かがやらなきゃいけないことだし」

うずめていた顔を持ち上げ、エイダが気丈《きじょう》に笑顔《えがお》をつくる。

「あたしはさ、ちび君のことすごいと思ってる」

「僕が、ですか？」

「最初にちび君が転入してきた時は正直、やっぱり十三歳《さい》だなって思ったの。サージェスともそう話したことあったよ。まだまだ可愛《かわい》いお子様だねって」

言葉に出したことこそなかったが、それはネイトも転入当初から感じていた。

周りは十六歳以上の学生ばかり、その中に十三歳の自分がいるという息苦しさも最初はあった。運動でも勉強でも、背丈《せたけ》だってとにかくどんなことでも一番下なのだから。

「今も印象は変わらない。背だけ急に伸《の》びたってわけじゃないし、外見だって一か月かそこらで変わるもんじゃないしね。むしろ変わったのは、あたしたちがちび君を見る目なのかもしれない」

「そうですか？」

「たとえばケイト先生、いつの間にかちび君のことネイト君じゃなくネイトって呼んでるでしょ。他の子と区別しなくていいんだって、先生も分かってくれたのかもね」

あ、あれ。そうだっけ。

よくよく考えてみれば、転入当初は確《たし》かにネイト君と君づけされていた気もする。

「それについこの前、浸透者《しんとうしゃ》とかいう訳《わけ》の分からないのが襲ってきた時のことだけど——ちび君、一人でそいつを相手にしたんだよね。ミオとティンカから聞いたよ」

「あれは……クルーエルさんが大変だったから、とにかくがむしゃらに」

「その時ね、分かった気がしたの。クルーエルがなんでずっと君の傍《そば》にいたか」

「僕の名詠を手伝ってくれるため、ですか？」

首を横に振《ふ》り、エイダが微かに表情《ひょうじょう》をほころばせた。

普段《ふだん》の明るさに溢《あふ》れたものじゃない、微笑《ほほえ》みを浮かべた優《やさ》しい表情に。

「クルーエルが傍にいてあげたんじゃないんだよ。クルーエルが一緒にいたのは、あの子の方が君の傍にいたいからなんだなって気がする。目の前に何が起きても、君なら自分を助けてくれる——クルーエルはそう信じてたんじゃないかな」

「……でも僕、クルーエルさんの病気には何もできてなくて」

「そう？　そうやって悩《なや》んでくれる相手がいるってのは、あたしから見ればクルーエルにとってすごく支《ささ》えになってると思うんだけどね。あの子にとっては、君の隣《となり》は本当に安らげる居場所《いばしょ》なんだと思う」

〝ネイト、キミにだけは伝えておくね〟

思いだしたのは、あの時の彼女の言葉だった。

「わかる？　君はクルーエルに、それくらい大切に思われてるんだ」

キミにだけ。つまりはそれこそが、信頼《しんらい》でつながった関係？

だとすれば。

〝クルーエルさんに早く元気になってほしいと思ってる気持ちは誰にも負けないつもりです。本当に、一日でも早くなおってくださいね。僕、ずっとお見舞《みま》いしますから〟

あの時、確かに僕はそう約束したから、だから——

「ちび君、本当はクルーエルのとこ行きたいんだろ」

「……はい」

本当はずっと行きたくて、でも今日一日必死《ひっし》でそれを我慢《がまん》していた。我慢するのが途方《とほう》もなく苦しくて、でもその苦痛《くつう》さえ我慢して我慢して我慢してた。

でも、そんなことしなくてよかったのかもしれない。どうせ悩むのなら、ここで何もしないでいるより、実際《じっさい》に行動してから悩んだって構《かま》わないのだから。

「決めるなら早い方がいい。……もうあまり時間がないから」

「はい」

――エイダさん、ありがとうございます。

ようやく全《すべ》て吹《ふ》っ切れた。

薄暗《うすぐら》い芝生《しばふ》の海から立ち上がる。

エイダの言葉に迷《まよ》うことはなかった。否《いや》、迷う時間すら残されてはいなかった。

「明日の朝一番に始発列車を予約して、うまくいけば明日の昼間くらいには着けると思う。欠席の理由は風邪《かぜ》にでもしておくといいよ、怪《あや》しまれたらあたしが適当《てきとう》にフォローしておくからさ」

相方の祓戈《ジル》を背に結《ゆ》わえ、エイダが胸元《むなもと》で腕《うで》を組む。

彼女に向けてネイトは小さく頷《うなず》いた。

「はい。僕、クルーエルさんのところに行ってきます」

クルーエルがこの学校に戻《もど》れないなら、自分から会いに行くしかない。

……そうだよね、理由なんて一緒《いっしょ》にいたいからだけで十分だもん。

その気持ちだけを大切に抱《かか》えて、なくさないように持っていけばいいのだから。

2

冷たい微風《そよかぜ》。陽《ひ》に温《あたた》められる前の乾《かわ》いた空気は、吸《す》いこんだだけで喉《のど》の奥《おく》がひりひりと痺《しび》れるようだった。

頭上が暁《あかつき》色に染《そ》まる、そのさらに前。

仰《あお》げばまだ星明かりが視認《しにん》できる時刻《じこく》、ネイトは駅舎《ステーション》の正門をくぐった。

「……っあ」

ふらつきそうになるのを、危《あや》ういところで姿勢《しせい》を保持《ほじ》。背中《せなか》に担《かつ》いだ荷物のせいで重心の感覚が不安定なのだ。

大人でも目を瞠《みは》るほど大きなリュック。中には着替《きが》えや保存《ほぞん》の利《き》く食料に飲料水、そして名詠に必要な触媒《カタリスト》。最初はリュックに入りきらないほどの量だった。それを昨夜一晩《ひとばん》かけて削《けず》りに削り、何とか詰《つ》めこめるまでに選別したのだ。

「ええっと、たしかチケット売り場は」

トレミア・アカデミーから最寄《もよ》りの駅舎《ステーション》。夏期合宿時に利用した場所だから、まだうっすらと記憶《きおく》も残っている。以前は列車乗り場に直接《ちょくせつ》集合したが、乗車券《じょうしゃけん》の売り場もそこから遠くないはずだ。

……ケルベルク研究所ってどんなところなんだろう。

ずしりと肩《かた》に重みが食いこむ。リュックを背負い直し、ネイトは遠くに映《うつ》る乗車券売り場へと足を進めた。きっと相当大きい研究所なのだろう。周りが研究員だらけの中で自分だけ目立ってしまうことになるけど、平気かな。

不安を挙げればそれこそキリがない。たとえば、今日無断《むだん》で駅舎《ステーション》に来たことはクラスの皆《みな》にも秘密《ひみつ》にしていた。

「……エイダさん、うまくごまかしてくれるかな」

乗車券売り場の窓口《まどぐち》は全部で四つ。夏期合宿の時は時期的にも混雑《こんざつ》していたが、この早朝では並ぶ人影もわずかだった。

「ええと。ケルベルク研究所本部まで行きたいんです、朝一番の便の乗車券ありますか」

つま先立ちで窓口に立ち、駅員に乗車券代の硬貨《こうか》を手渡《てわた》す。

いや、渡そうとした時。

「あーっ、ネイト君だめだめだめだめぇぇぇえっ！」

突然《とつぜん》、遠い後ろの方向から誰《だれ》かの金切り声が響《ひび》いてきた。

……ネイト君て、もしかして僕のこと？

硬貨を握《にぎ》りしめたまま振《ふ》り向く。と、それとまるで同時。小さなハンドバッグを携《たずさ》えた恰好《かっこう》で、一人の少女が勢《いきお》いよく駆《か》け寄《よ》ってきた。小柄《こがら》な身体《からだ》に金髪《きんぱつ》、童顔。穏《おだ》やかで愛嬌《あいきょう》のある顔立ちの――

「ミオさん？」

それは、ネイトがよく知るクラスメイトの少女だった。

「え、な、なんでこんなとこに？」

思いもよらない場所で遭遇《そうぐう》したクラスメイトを前に、思わず口調が早くなる。

「……はぁ……あーっ、ま、待ってネイト君。遠くから走ってきたから疲《つか》れちゃった」

一方の彼女はと言えば、普段《ふだん》通りのマイペースさでのほほんと息を整えていた。

「あのぉ」

「いやー、間に合って良かった。駅舎《ステーション》のどこかにいるだろうって思ってたけど、乗車券売り場にいたんだね。あ、そういえば挨拶《あいさつ》がまだだったね。あらためまして、おはよーネイト君！」

「あ、おはようございます」

聞きたいことも忘《わす》れ、ネイトはつい反射的《はんしゃ》に挨拶を返した。

「うんうん、おはよー。やっぱり朝の挨拶は大切だよね！　ところでネイト君は今日の朝ご飯なに食べた？　あたしはね、トーストに蜂蜜《はちみつ》塗《ぬ》ったのとミルクティー！」

嬉《うれ》しそうに頷《うなず》く彼女。……ミオさん、本当にマイペース過《す》ぎです。

うん、だめだ。このままミオさんから話してくれるの待ってたら、いつまで経《た》っても聞きたいこと聞けなそうだ。

「あの、ところでさっきの『ダメ』っていうのは……というより、ミオさん何でここに？」

「あ！　そうそう、それだったね！」

案の上、ぽんと手を叩《たた》いてミオがはにかむ。

「ん～、何て説明すればいいんだろう。とにかく乗車券は買わなくていいよ。さっき団体割引《わりびき》でネイト君の分も買っておいたから」

「……え？」

それどういうことだろう。

「とりあえず、ネイト君もこっちおいで」

ぽかんとしている間に、ミオに腕《うで》を掴《つか》まれた。

「さ、来てネイト君。残りは君《きみ》だけだったんだから」

「あ、あのミオさん待って！　僕これから行かなくちゃいけないとこがあって」

「だーめ。すぐ分かるから一緒《いっしょ》に来て」

腕を掴んだまま、ミオが乗車券売り場から離《はな》れる方向へと歩いていく。普段の彼女らしからぬ、妙《みょう》に押《お》しが強い誘《さそ》いだ。

「……すぐ分かるって、何がですか」

「ネイト君次第《しだい》。とりあえずおいで、ね？」

僕次第？　何だろう。

釈然《しゃくぜん》としないまま、ネイトはミオの背中《せなか》を追った。


駅舎《ステーション》内、乗車口。

ミオと自分、二人分の足音が周囲に小さく響く。ネイトが辺りを見回しても、自分たち以外の人影《ひとかげ》はまばらだった。

列車もまだ倉庫に格納《かくのう》され眠《ねむ》っている時刻《じこく》。始発列車を待つ者でも、今は朝食や休憩《きゅうけい》目的で待合室に控《ひか》えるのが大半だ。始発列車のために今から並《なら》ぼうとする者は少ないだろう。

そんな、静かな乗車口の一角で――その静寂《せいじゃく》を破《やぶ》るように、賑《にぎ》やかに騒《さわ》ぐ集団が目についた。せいぜい十六、七の少年少女の一行だ。

「お待たせ〜ネイト君見つけたよ」

その集団にミオが声を張《は》り上げる。

「よぉ、ネイトも来たか」

荷物を床《ゆか》に置き、男子の一人が気楽な様子で手を振ってきた。鳶色《とびいろ》の髪《かみ》と瞳《ひとみ》をした、やや背の高い真面目《まじめ》そうな雰囲気《ふんいき》の少年だ。

「……オーマさん？」

オーマ・ティンネル。自分のクラスメイトで、男子をまとめるクラス委員の生徒だ。ミオだけじゃなく、なぜ彼もこんなところに。しかも、よくよく見ればクラス全員の顔ぶれまで。

「おはよ、ちび君」

集団からわずかに離れた場所に、布《ぬの》に巻《ま》かれた祓戈《ジル》を担《かつ》いだエイダの姿が。

「エイダさん、これどういうことですか」

「……いや、あたしもまるで予想外だったんだけどね」

こっそり耳打ちすると、彼女は苦笑《くしょう》の面持《おもも》ちで言葉を濁《にご》しながら。

「昨日の夜、ちび君と別れた後に女子寮《りょう》に戻《もど》ったらさ……女子寮でうちのクラスの女子が、こっそりロビーに集まって何か話してたわけよ」

「話って、何をですか」

「いや、だからさ」

腕を組んだまま顎《あご》でエイダが示《しめ》す先、サージェスが何十枚もの乗車券《じょうしゃけん》を手にし。

「よし、全員揃《そろ》ったみたいだね。んじゃ遅《おく》ればせながら乗車券配るよ。はいよネイティ、それとオーマ、男子の数だけ渡《わた》すからあんた男子に配ってちょうだい」

――乗車券？

手渡されたチケットをネイトはまじまじと見つめた。印字された行先は、ケルベルク研究所本部に隣接《りんせつ》する駅舎《ステーション》。

「あ、それとネイティには渡してなかったね。ほい、一部あげる」

乗車券に続き、薄《うす》い小冊子《パンフレット》を受け取った。

「昨日の夜に徹夜《てつや》作業で原本作って、大慌《おおあわ》てで刷ってきたの。作りの粗《あら》さの文句《もんく》は受けないわよ」

小冊子《パンフレット》のページをめくり、ネイトはおのずと息を呑《の》んだ。作りが粗い？　とんでもない。最寄《もよ》りの駅舎《ステーション》からケルベルク研究所までの詳細経路《しょうさいけいろ》、駅の時刻表に概算経費《がいさんけいひ》、他《ほか》にも必要最低限《さいていげん》の携帯品《けいたいひん》、これだけ事細かに記載《きさい》されてあるなんて。

……僕《ぼく》だってここまできちんとは調べてなかったのに。

「病気のダチんとこ行くんだから、こんな時くらい力入ってもいいかなってね」

誇《ほこ》るわけでもなく、当然とばかりにサージェスが腕《うで》を組む。

「ネイティは、一人でクルーエルのとこ行きたかったかい？」

「え？」

あまりに唐突《とうとつ》で核心《かくしん》をついた問いかけに、今度こそネイトは声が出なくなった。

そう、ずっと気になっていたことだ。なんでみんなこんな朝早くから駅舎《ステーション》にいて、しかもケルベルク研究所までの乗車券を持っているんだろう。

これじゃあまるで――

「あ、あの……僕まだ話が」

「なーに水くさいこと言ってんのさネイティ」

「そうそう、一人で色々考えたって頭パンクするだけだぜ」

サージェス、オーマ。いや、それだけではない。今までしきりに騒《さわ》いでいたクラスメイトたち全員が、ぴたりと会話を止《や》めて自分を見つめてきた。

……どういうこと？

「みんなね、ネイト君と一緒だよ」

すぐ隣《となり》で、ミオがにこりと微笑《ほほえ》んでいた。

「クルルが心配なのはみんな一緒《いっしょ》。クルルがいなくて寂《さび》しいのも一緒。だから、みんなで話し合ったの。どうすればいいかって。それで決めたの」

何を決めたんだろう。

疑問《ぎもん》を口にするより先、目の前に立つ男子生徒の一人が言ってきた。

「行くんだろ、クルーエルが看病《かんびょう》されてるケルベルク研究所ってとこ」

黄色の線が刻《きざ》まれた白制服《せいふく》。大柄《おおがら》ながら普段《ふだん》は寡黙《かもく》で大人しい男子生徒だ。

「……アルセムさん？」

トレミア・アカデミーに来た初日の講義《こうぎ》のこと。午後の実習講義。自分、ミオ、クルーエル。そして彼とで四人一組のペアを作ったことは今もはっきりと覚えている。

「いくら列車っつってもよ、よく知りもしない場所に一人で行くのは不安だぜ？　行ってやるよ、俺《おれ》たちも」

オーマが自分へと列車の雑誌《ざっし》を放《ほう》り投《な》げる。その表紙をさっと眺《なが》め、ネイトは目を見開いた。――これ、僕が下調べに使ったのと同じやつだ。

そう、列車の時刻表《じこくひょう》が掲載《けいさい》されている雑誌。

「ちょっと待った、男子じゃなくてむしろ女子《ウチら》がメインでしょ。クラス委員さんには早く帰ってきてもらわないと大変なんだから。それに寝《ね》てるクルーエルの見舞《みま》いに男連中だけ行かせたらイロイロ問題ありそうだし、見張《みは》り役も兼《か》ねてね」

楽しげな笑顔を浮《う》かべ、サージェスが背負っていたリュックを床《ゆか》に下ろす。

「ふふ、ネイト君、狐《きつね》につままれたような顔してるよ？」

「え……」

ミオに、ちょこんと頬《ほお》をつつかれた。

「言ったでしょ？　みんな考えることは同じだって。一昨日《おととい》クルルがケルベルク研究所に移《うつ》されるって聞いてね、みんな本当はずっと迷《まよ》ってたの。『そんなの寂しいよ』、『お見舞いに行く？』、『いやでも、無断《むだん》てのはまずくない？』って心の中で何度も繰《く》り返《かえ》して……あたしだってそう。でも迷ってたままずっと答えが出せなくて、でもそんな時にね」

ミオが、自分が背負うリュックをすっと指さした。

「一昨日、クルルがいなくなるって聞いてわたしたちは動けなかったけど、誰かさんだけは、それを聞くなり一人で保健室に走っていったでしょ。それでみんな気づいたの。『あ、やっぱりその反応《はんのう》が正しいんだよな』って。でもあたしね、それがネイト君で良かったと思ってる」

小冊子《パンフレット》を胸元《むなもと》に掲《かか》げ、ミオがくすりとおどけたように微笑んだ。

「だってさ、転入してまだ二月《ふたつき》ちょっとしか経《た》ってない子が、それもクラスで一番歳《とし》の小さい子がクラスメイトのためにそこまでするんだよ？」

その後を継《つ》いだのは、男子のクラス委員だった。

「それを見て何もしないってのは、ちょっと俺たち恰好《かっこう》悪すぎだもんな」

照れたように頰をかくオーマ。

「そういうこと。入学したてからクルーエルと付き合ってるはずのウチら全員、それこそ何のためのクラスなのか分からないものね」

その横で、サージェスが愉快《ゆかい》そうに唇《くちびる》をにっとつり上げた。

「で、もう一度訊《き》くけど。ネイティは一人で行きたい？」

迷うまでもない。

心の内は、決まっていた。

「——そんなこと、あるはずないです」

クルーエルさん……聞こえてますか。

僕だけじゃない、みんな、クルーエルさんが元気になるのを待ってます。だから——

みんなで、クルーエルさんのところに行きますね。

3

職員室《しょくいんしつ》から教室に向かう途中《とちゅう》、ケイトはすれ違《ちが》った老人に呼び止められた。

「お早うケイト君、どうかな様子は」

小柄で穏和《おんわ》な雰囲気《ふんいき》の老人。齢《よわい》は七十近く。

この柔和《にゅうわ》な翁《おきな》がここトレミア・アカデミーの創設者《そうせつしゃ》だ、そう来校者に説明したとしてもそれをすぐに信じる者は少ないだろう。

「おはようございます、学園長……ところで様子とは？」

「いや、なに。件《くだん》のクルーエル・ソフィネット、彼女は君の教室のクラス委員だったと聞いている。クラスの中心にいた彼女が抜《ぬ》けて、やはりクラスメイトもそれなりに困惑《こんわく》していないか気になってな」

「その件《けん》ですか」

手にした出席簿《しゅっせきぼ》を胸《むね》に抱《かか》え、ケイトは数秒間黙考《もっこう》した。

「それが、私にもふしぎなくらい落ちついてます。クルーエルの様子についても聞かれると思ったのですが、そんな質問《しつもん》もまだ一回として」

「ほう。それはまた大人びた配慮《はいりょ》ができる生徒たちだ……どれ、ちと興味《きょうみ》もある。ワシも教室の様子を見に行っていいかな」

「ええ、是非《ぜひ》いらしてください」

学園長に激励《げきれい》の言葉をかけてもらえれば、生徒たちも元気づくだろう。

「ほう、本当に静かだな」

通路先の教室を遠巻《とおま》きに眺《なが》め、学園長が感嘆《かんたん》の声を上げる。

「いやそれにしても、まるで誰《だれ》もおらんかのように静かだ」

「まためた学園長、そんなご冗談《じょうだん》を。きっとみんな朝のこの時間を利用して自習しているんですわ。これこそ日頃《ひごろ》の教育の賜物《たまもの》です」

笑顔《えがお》で返し、ケイトはがらりと扉《とびら》を開けた。

「おはようみんな、朝から予習なんて感心ね。クルーエルはいないけど、その分みんなが
——みんな……」

あ、あれ？

おかしい、教室に生徒の姿が一人も見えないなんて。

「み、みんな……？　や、やあねえ、隠《かく》れてないで出てきなさいってば」

しんと静まりかえる教室。

「ケイト君、あれは？」

教壇《きょうだん》の上に一通の手紙が。差出人……クラス一同？

その手紙には、大きな字で一言。


『クルーエルのお見舞《みま》いに行ってきまーす！　　クラス一同』


「……あー、ケイト君？　先ほどこれが教育の賜物といった発言があった気がしたが」

「断《だん》じて気のせいですっ！」

手紙をくしゃっと握《にぎ》りつぶし、ケイトは大きく息を吸《す》いこんだ。

……落ちつけ、冷静になるんだ自分《わたし》。教師《きょうし》たるもの、生徒のいたずらには寛容《かんよう》な心で応《こた》えるのが責務《せきむ》というものだ。ただし、相応《そうおう》に反省させることは必要だけれど。

「それにしても……あの子たち、やってくれるわね」

「ふ、まあ元気が良いのは好ましいことだがな」

妙《みょう》なところで感心する学園長に、ケイトは精一杯《せいいっぱい》の勇気を振《ふ》り絞《しぼ》って言ってみた。

「ところで学園長、ケルベルクまでの列車代は出張扱《しゅっちょうあつか》いで支給《しきゅう》されますか？」

間奏第三幕『アルヴィル―流浪《るろう》―』

とある建物のとある通路にて、日の当たらぬ陰《かげ》に隠《かく》れるように二人分の影《かげ》が交叉《こうさ》した。

「お待たせ、アルヴィル」

「ずいぶん遅《おそ》かったな。化粧《けしょう》でもしてたのかお嬢《じょう》ちゃん」

「ちゃんとシャオって名前で呼《よ》んでほしいな。それに、化粧のせいじゃないよ」

シャオ、そう名乗った側が通路の日向《ひなた》に向かう。

日光を吸収《きゅうしゅう》する暗色系《あんしょくけい》の衣装《いしょう》を羽織《はお》る人物が陽光に晒《さら》された。

「お嬢ちゃんてのは否定《ひてい》しないのか？」

「よく言われるからね。お兄ちゃんでもお嬢ちゃんでもお好きな方を」

おっとりした容貌《ようぼう》に優《やさ》しさと憂《うれ》いを秘《ひ》めた黒瞳《こくどう》。かたちの良い朱唇《しゅしん》は濡《ぬ》れたような艶《つや》やかさを誇《ほこ》っている。フードの下にうっすら見える素顔《すがお》は、誰一人として性別《せいべつ》を見極《みきわ》めた者がいないほど中性的で均斉《きんせい》がとれていた。

「なあ、頼《たの》むから男なのか女なのかはっきりしてくれよ、せめてヒントでも。もう短い付き合いでもないんだし、そろそろはっきりさせておこうぜ？」

「ふふ、まあいいじゃない」

「くそ……んで、何で支度《したく》に手間取ったんだ」

アルヴィル、そう呼ばれた男が通路際《つうろぎわ》の壁《かべ》によりかかる。

こちらは長身細身の男性《だんせい》だった。余計《よけい》な頬《ほお》の肉を全《すべ》て削《そ》ぎ落としたような鋭利《えいり》な顔立ちだが、どこか子供《こども》っぽい瞳《ひとみ》がその雰囲気《ふんいき》を穏《おだ》やかなものに中和している。だぶついた麻色《あさいろ》のズボンに半袖《はんそで》シャツ、肩《かた》までの長さの黒獣皮《くろじゅうひ》で織《お》られたジャケットという、外見には無《む》頓着《とんちゃく》と思える出《い》で立《た》ちだ。首元に銀のネックレスが鈍《にぶ》く輝《かがや》くものの、それも洒落《しゃれ》っ気《け》というにはあまりに安値《チープ》な品であることが一目で分かる。

「通りすがりの猫《ねこ》に懐《なつ》かれちゃって。また今度遊んであげるからって、説得するのに時間がかかった」

「まさか猫語でって言わないよな」

「ううん、セラフェノ音語」

にこりと微笑《ほほえ》むシャオに、アルヴィルが呆《あき》れたように腕《うで》を組んだ。

「あほ、猫にそんな大層《たいそう》なもんが分かるわけねーじゃん」

「そんなことないよ。セラフェノ音語を用いた名詠式《めいえいしき》で鳥や草、花が詠《よ》び出せる。だけどセラフェノ音語を理解《りかい》してない鳥が、こちらの呼びかけに応《こた》えてくれると思う？」

シャオの飄々《ひょうひょう》とした反論《はんろん》に、もう片方《かたほう》はしばし沈黙《ちんもく》して。

「セラフェノ音語で呼びかけることで鳥が詠び出せるなら、そもそも鳥にはセラフェノ音語が通じるはずってか。まあ理屈《りくつ》は通ってるな……ってことは、そこらに生えてる草や花もセラフェノ音語で話しかければ応えてくれるってか？」

ややあって、彼は諦《あきら》めたように頭をかいた。

「応えてくれるかどうかは相手と自分の器《うつわ》が共鳴するかどうかだね。一番顕著《けんちょ》な例が真精《しんせい》。アレは自分が良しと思う相手にしか語りかけない。それはアルヴィルも知ってるでしょ？」

「真精とそこらの雑草《ざっそう》が同じか。シャオ節は今日も冴《さ》えてるな」

「そう？　お褒《ほ》めにあずかりまして」

「……褒めてねーよ」

やれやれと溜息《ためいき》をつくアルヴィルに、シャオは無垢《むく》な笑顔《えがお》で微笑んだ。

「でもね、これは本当なんだ。この世界のどこにいようと、相手が何であろうとセラフェノ音語は必ず届《とど》く。そういう風にこの世界は設計されている。だからこそ名詠式が成り立ってるんだから。——ただし、その例外が真言《しんごん》。あれは聞こえる者と聞こえない者が明確《めいかく》に分け隔《へだ》てられる」

「ああ、そういやそんなことお前から聞いたっけな。なんだっけ、真言てのが旧《ふる》いセラフェノ音語って覚えとけばいいんだよな？」

「うん、それで限《かぎ》りなく百点に近い。百点に限りなく近い零点《れいてん》だけど」

「うわっ！　なんかすげえむかつく言い方だな、おい」

「説明しようとしても『面倒《めんどう》だからパス』って逃《に》げたのアルヴィルだよ？」

ひとしきり楽しげに表情《ひょうじょう》をゆるめた後、シャオが小さく肩をすくめた。

「真言の存在についてはトレミア・アカデミーのミラー・ケイ・エンデュランスも気づいたようだけど、その意味についてまでは及《およ》んでいないらしい。もっとも、それを解読《かいどく》したところで徒労《とろう》に終わるだろうけれど」

「難《むずか》しいからか？」

「さっきも言ったけど、真言は聞き手を選ぶ。今この世界で言うならば、好んで使用するのは空白《くうはく》名詠の調律者《ちょうりつしゃ》たるアマリリスだけ。誰かが真言を解読したところで、アマリリスがクルーエル以外に懐《なつ》くはずもないからね」

「あー、やっぱいいや。オレ頭悪いからそういうの面倒」

お手上げとでも言わんばかりにアルヴィルが手を上げる。その仕草にくすりと笑いを洩《も》らし、シャオは通路を歩きだした。

「夜明け《ネイト》が動きだした。自分たちもそろそろ行こう」

「あれ、追うのってミシュダルじゃなかったのか？」

ぽかんと口を開けるアルヴィルに、シャオは足を止めぬまま。

「しかるべき時、しかるべき場所にしかるべき者たちが集まる。ミシュダルも同様だよ。追うのではなく、同じ場所に集《つど》うつもりで行けばいい」

「はいはい、んで場所は？」

「ケルベルク研究所本部。どうやらそこで一つの決着がつきそうだから」

三奏『苦しむ、ということ』

1

トレミア・アカデミーから最も近い駅舎《ステーション》。

出発を待つ急行列車のとある一室にて――

「なあエンネ、やけに隣《となり》の部屋がうるさくないか？」

読んでいた雑誌《ざっし》を丸め、ゼッセルは同室の同僚《どうりょう》に訊《たず》ねた。

「そうね、どうやら隣の部屋も貸《か》し切りのようだけど……妙《みょう》に子供《こども》の声が響《ひび》くわね。聞いてると夏の臨海学校《りんかいがっこう》を思いだすわ。あの時はうちの生徒と他校の生徒が喧嘩《けんか》して大変だったから」

「いやていうか俺《おれ》が言いたいのは……なあエンネ、さっき部屋に入る前にちらっと見たんだけど、隣の奴《やつ》らうちの生徒じゃないか？」

自分やエンネはとある要請《ようせい》を受けての特別長期出張《しゅっちょう》。列車を利用するため駅舎《ステーション》へやって来てみれば、そこには妙に覚えのある生徒たちが。

「まさか、何言ってるのよゼッセル。なんで列車にうちの学校の子がいるの？　夏休みはとっくに終わってたでしょ」

「いや……だって制服《せいふく》が似《に》てたんだよ。ミラーも見ただろ？」

窓沿《まどぞ》いのソファーに腰《こし》掛《か》ける同僚に同意を求めるものの。

「ふ、まあ落ちつけゼッセル。エンネの言うとおり、今の時期は講義《こうぎ》も通常《つうじょう》通りだ。そうだろう？」

慣《な》れた仕草で眼鏡《めがね》のブリッジを右手の中指で押《お》し上げるミラー。

「それに俺のデータによれば、全学年において特別な旅行や課外学習は零《ゼロ》、部活動においても遠征《えんせい》試合などを予定しているのはなかったはず。つまり、出張でこの列車を利用する俺たちと乗り合うような生徒はいない。制服と言ったって似たような学校はいくらでもある。見間違《みまちが》いだろう」

「そっか……そうだよな」

襟元《えりもと》に黒の線が刻《きざ》まれた幼《おさな》い学生だったり、やたら長い鎗《やり》を背負《せお》った女子生徒だったりが見えた気もしたけど、単なる偶然《ぐうぜん》なんだよな、うん。

2

「ねえオーマ、この部屋なんとかならなかったの。狭《せま》すぎるのよっ！」

不満を口にするサージェスに、男子のクラス委員は呆《あき》れ笑いを浮《う》かべたまま。

「しょうがないだろ。修学旅行《しゅうがくりょこう》とかの学校行事で学割《がくわり》がきくならともかく、貧乏《びんぼう》学生がクラス一同で列車の一部屋を借りるにはここしかなかったんだって」

「……う、まあ確《たし》かにそうかも。仕方ないわね、天井《てんじょう》にハンモック吊《つ》り下げてそこで昼寝《ひるね》でもしてるわ」

ソファーが三つに椅子《いす》が四つ、あとはテーブルと小さな鉢植《はちう》えが飾《かざ》られた一室。本来はせいぜい十人用の部屋だろう。予定人数に対し空間自体は多少ゆとりのある設計《せっけい》になっているとはいえ、限度《げんど》というものがある。クラスの男女三十人強が無理やり入れば、サージェスのように不満を洩《も》らしたくなるのも確かに頷《うなず》けるというものだ。

「ていうか暑苦しい！　おら、もっとそこ詰《つ》めろ！」

「いてっ、押すなバカ！　こっちだって一杯《いっぱい》一杯なんだっての」

「お前らうるせぇぇぇえっ！　少しは黙《だま》れぇぇ！」

部屋の右半分。こちらは男子が押し合いへし合いの大乱闘《だいらんとう》。

それと打って変わって、部屋の左半分に集まる女子はというと——こちらは密着《みっちゃく》した状《じょう》態《たい》で盤《ばん》ゲームの試合に熱中していた。

「あああっ、今テーブル揺《ゆ》らしたの誰《だれ》っ、ゲームの駒《こま》がぐちゃぐちゃにひっくり返っちゃったよぉ……」

状況《じょうきょう》を有利に進めていた場面を崩《くず》され、ミオがしょんぼりと肩《かた》を落とす。

「いいじゃんいいじゃん。ミオってばクラスで一番強いし、ハンデハンデ」

「……うぅ、まあいいや。どのみち次で王手《チェックメイト》だし、っと」

「ええええ、何それっ？」

こんな具合。

それを、生温《なまあたた》かい目でネイトはぼんやりと見つめていた。

……みんな、クルーエルさんのお見舞《みま》いってこと忘《わす》れてないかな。

「そう？　行く前からどんよりしたり神妙《しんみょう》な雰囲気《ふんいき》だったりするより、あたしはこれくらい元気なのが好きだよ。クルーエルを励《はげ》ましに行くんだから、あたしらが元気じゃなかったら元も子もないじゃん」

やおら、勢《いきお》いよく背中を叩《たた》かれた。振《ふ》り返ってみれば案の定、予想通りの人物が。

「ちび君はホントに顔に気持ちがはっきり出るね」

「あれ、エイダさんは今までどこ行ってたんですか」

口で答える代わりに、エイダは布《ぬの》に包まれた巨大《きょだい》な鎗を掲《かか》げてみせた。

「……取り調べ。祓戈《ジル》持って廊下《ろうか》歩いてたら、乗務員《じょうむいん》の人に不審《ふしん》人物扱《あつか》いされたし。ていうかこの部屋暑いね。蒸《む》し風呂《ぶろ》みたい」

「狭い部屋にこれだけの大人数ですから」

十人乗りの部屋に三十人強の学生が無理やり乗りこんだのだ。列車の乗務員に見つかったら即座《そくざ》に通報《つうほう》なのだが、どうもこのクラスメイトたちは静かにするという発想が欠如《けつじょ》しているらしい。

「で、他の女子みんなボードゲームか。……さてどうしよう。ちび君、ちょっとあたしとデートしよっか」

「デ、デデ、デートっ？　そんな突然《とつぜん》、ぼ、僕……」

「ううん、ちょっと外行かないかって意味。そんな顔を真っ赤にしたり真っ青にしたりしなくていいよ」

むしろこっちが驚《おどろ》いた、そう言わんばかりにエイダが後ずさる。

「あ、外行くなら僕いい場所知ってます」

「いやそんなころりと……ちび君、あたしとデートってそんなに嫌《いや》？」

「あーもう無理！」

頭をかきむしり、ゼッセルはとうとう音《ね》を上げた。

ミラーは読書、エンネは部屋に置かれた植木鉢《うえきばち》いじり。一方で、ゼッセルには部屋内で時間を潰《つぶ》せるような趣味《しゅみ》がほとんどなかった。

「すんげえ暇《ひま》だ。あとどれくらいかかるんだっけ？」

「二時間ほどだな」

手元の本から目を離さず、時計も見ずに答えるミラー。

「ゼッセル、お前も何か読むか。読みたいのがあれば貸すけど」

いや、だってお前、そこに積んであるの全部百科事典じゃん。

「……あんまり面白《おもしろ》くなさそうだからパス」

「興味深《きょうみ》いという意味では面白いぞ」

「いや、遠慮《えんりょ》しとく」

しょうがない、時間まで寝《ね》てるしかなさそうだ。身近にあったソファーに座《すわ》りこみ目をつむる。だが――

「なあミラー、しつこいようだけど隣《となり》の部屋うるさくないか」

ソファーのすぐ背後《はいご》にある壁越《かべご》しに、隣室《りんしつ》の騒《さわ》ぎが響《ひび》いて仕方ない。寝ようと思っても寝られるような状況《じょうきょう》ではないのだ。

「そうか？　俺は本に集中してたからあまり気にならなかったけどな」

「つぅかさ、さっきから聞き覚えのある声な気もするんだよ」

まだ記憶《きおく》に新しい、一年生を連れて夏期合宿に行った時のことだ。一年生の専攻者《せんこうしゃ》の講《こう》義《ぎ》も受けもったのだが、どうもその時に聞いた声が混《ま》じっているような。

それに――

〝あれ、ネイト君どこ行った〟

〝そういやエイダもいないな〟

〝ああ、エイダならさっき乗務員さんに取り調べられてた。トレミア・アカデミーの名前は出さなかったらしいから、学校に連絡《れんらく》が行くことはないと思うけど〟

ネイト、エイダ、トレミア・アカデミー……

「隣の部屋、妙に聞き覚えのある名前が聞こえてくる気がするんだけどさ」

「もう、まだそんなこと言ってるのゼッセルってば」

植木鉢の観葉植物になぜか自前のリボンを巻《ま》きながら、エンネが呆《あき》れたように振《ふ》り返る。

「さっきも言ったでしょ。うちの生徒はみんな学校で勉強してるはずよ」

「……そうなんだけどよ」

ソファーに背《せ》を預《あず》けた姿で、ゼッセルは扉《とびら》に嵌《は》められた窓《まど》を見上げた。

と、その途端《とたん》。

ひょっこりと、自分がよく知る生徒と非常によく似《に》た顔立ちの少年の顔が見えた。夜色の髪《かみ》に夜色の瞳《ひとみ》、まだ中性的《ちゅうせいてき》であどけない顔立ちの――

「ね、ネイトっ⁉」

思わずソファーから跳《は》ね起きる。

「どうしたのゼッセル、大声なんか出しちゃって」

「い、今、ネイト・イェレミーアスが外の通路歩いてた！　夜色名詠の！」

「……いないじゃない」

自分が指を指す窓をエンネも見つめる。だがその時には既《すで》に、ネイトと思《おぼ》しき少年はこの部屋を通り過《す》ぎていた後だった。

「いや、いたんだって！」

少年がこちらに気づいてくれれば良かったのだが、あいにく窓の材質《ざいしつ》には特殊《とくしゅ》ガラスが使用され、通路側からは室内が見えないようになっている。

「ゼッセル、あなたもしかして疲《つか》れてる？」

エンネが窓から顔を背《そむ》けたその瞬間《しゅんかん》、またもや。

ひょっこりと、自分がよく知る生徒と非常《ひじょう》によく似《に》た顔立ちの少女が窓に映《うつ》った。亜麻《あま》色《いろ》の短髪《たんぱつ》に琥珀《こはく》色の瞳、日焼けした肌《はだ》のボーイッシュな——

「え、エンネ！　うしろうしろ！　エイダ・ユンが歩いてるっ！　祓名民《ジルシエ》の！」

「いないじゃない」

「いないな」

自分が指を指す窓をエンネとミラーの二人が見つめる。だがその時には既に、エイダと思しき少女はこの部屋を通り過《す》ぎた後だった。

「ばか、お前ら振り返るの遅《おそ》いっての！　今度こそ本当にいたんだってば！」

必死の抵抗《ていこう》の結果。

「……分かった、お前が正しいよゼッセル」

「うん。なんとなく理解《りかい》できたわ」

「おお、さすがミラー、エンネ。分かってくれたんだな！」

するとその二人は揃《そろ》って、珍《めずら》しく切ない表情《ひょうじょう》を浮《う》かべて。

「ああ、もういい、もういいんだ。長旅で疲れているんだろう、少し休むといい」

「そうね、最近残業が続いていたようだったしね」

口々に、妙《みょう》に優《やさ》しい声で諭《さと》してくる幼馴染《おさななじ》み二人。

「ちくしょう、全然分かってねえじゃねえか！」

「あ、おい、ゼッセル？」

ミラーの呼《よ》びかけも聞かずゼッセルは通路の外に飛び出した。

くそ、気になって眠《ねむ》れるかっての。


「へえ、こんな場所あったんだ」

吹《ふ》き抜《ぬ》ける風に、先を歩くエイダの髪がふわりと舞《ま》った。

「お洒落《しゃれ》っていうかロマンチックっていうか、うーん、表現《ひょうげん》に迷《まよ》うね」

列車の最後尾《さいこうび》は、テラスを思わせる吹き抜けの設計《せっけい》だった。

転落防止《ぼうし》用《よう》の柵《さく》があるものの、視界《しかい》を遮《さえぎ》るものは皆無《かいむ》。車両内から窓の外を見つめる時の閉塞感《へいそくかん》もなく、流れるように過ぎていく景色《けしき》を眺《なが》めるには最適《さいてき》の場所だろう。足下《あしもと》は、列車の硬質《こうしつ》なイメージからほど遠い木板造《フローリング》の床。椅子《いす》とテーブルが用意されれば、そのまま野外の喫茶店《きっさてん》でも開けそうな空間だ。

「夏期合宿で列車に乗った時見つけたんです。あの時は最初ここに僕《ぼく》一人でいて、そしたらクルーエルさんも来てくれて」

嬉《うれ》しそうに先へと歩いていくエイダ、その後をネイトも追った。

「そうだ、聞き忘《わす》れてたことがあったんだ」

空間の中央を過ぎたほどの場所で、前を歩くエイダがくるりと振《ふ》り向いた。

「僕にですか」

「うん、本当ならちび君一人でこっそり行くはずだっただろ。その出がけにって思ってたんだけど、こんな状況《じようきよう》になったから聞くタイミング逃《のが》しててさ。今ちょうど二人っきりだから」

風にそよぐ髪を手で押《お》さえ、エイダがすっと両目を細めた。睨《にら》みつけるというより、こちらの反応《はんのう》を見逃《みのが》さないため。そんな雰囲気《ふんいき》だ。

「ちび君はクルーエルのこと、どれくらい知ってる？」

「僕が知ってることって……ええと……僕より三つ年上で、今は女子寮《りよう》だけど両親はずっと離《はな》れた場所に住んでるって」

「あ、言い方が悪かった。そういうプライベートなことってわけじゃなくてさ」

一瞬《いつしゆん》はにかむような表情、だがすぐに、彼女の視線《しせん》は再《ふたた》び細く鋭《するど》くなった。

「あたしが聞きたいのは、クルーエルの今の病気をどこまで知ってるかってこと」

――病気？

原因《げんいん》不明とされている、クルーエルを昏睡《こんすい》に陥《おちい》らせている何か。それを聞いて真っ先に思いだすのが、医務《いむ》室での記憶《きおく》だった。

他《ほか》ならぬ彼女から告げられた、あのふしぎなメッセージだ。


〝わたし、少し前からずっと声が聞こえてるの〟

〝……うん、すごくわたしそっくりの声。わたしそのものかもしれないし、全《まった》く別の誰かかもしれない〟

〝わたしの心の中にね、黎明の神鳥《フェニックス》じゃない、別の何かがいるかもしれない〟

〝赤……じゃない。何かもっと、似《に》てるようで違《ちが》う色かもしれない〟

そう、確《たし》かに思いあたる節はある。それが病気の原因そのものかは分からないが、それ以外に疑《うたが》わしきものが思いあたらないからだ。ネイトも何度となく理由を考えてみたが、消去法で削《けず》っていくと必ずあのメッセージにたどり着く。
でもそれは――

〝ネイト、キミにだけは伝えておくね〟

本当は、彼女は誰にも教えたくなかったはずなのだ。それを押して自分にだけは打ち明けてくれた。

……僕、それを他の人に言っていいのかな。

あの夜にクルーエルが浮かべた悲愴《ひそう》な表情《ひょうじょう》を見れば、誰にでも容易《ようい》に打ち明けられる内《ない》容《よう》でないことは明白だった。きっと自分一人に告げた時だって、彼女にとっては並々《なみなみ》ならぬ苦痛《くつう》があったに違いない。

「その表情、何か知ってそうだね。でも言えないってこと？」

鎗《やり》の切っ先を思わせる鈍《にぶ》い光を放つ、彼女の琥珀色の双眸《そうぼう》。心中を見透《みす》かされたような寒気に、ネイトは反射的《はんしゃてき》に顔を背《そむ》けた。

「あ……っと、その……」

「じゃあ、まずはあたしの知ってることから話そうかな」

何気ない足取りで、端《はし》の鉄柵《てっさく》まで彼女が歩いていく。

「え？」

「状況が状況だし、お互《たが》い手持ちの情報《じょうほう》を隠《かく》しても仕方ないんだよ」

鉄柵に寄《よ》りかかり、エイダが視線で虚空《こくう》を射貫《いぬ》く。

「ふしぎなもんだよね。あたしこの学校に来るまでは名詠《めいえい》って五色きりだと思ってた。でもいきなり夜色名詠なんていう異端《いたん》色が使える子が転入してきてさ」

異端色。それがどれだけ扱《あつか》いに困《こま》るかは、ネイト自身実感したことがある。実はネイトがトレミア・アカデミーに転入する際《さい》、最も苦労をしたのが転入手続きだったからだ。

専攻《せんこう》色の記入欄《らん》には夜色名詠などというスペースは当然ない。それを無理やり書いて提《てい》出《しゅつ》したら総務《そうむ》室に呼ばれ、次は職員《しょくいん》室、最後には学園長室で学園長に対面審査《しんさ》を受けた。

だが今思えば、それでもこうして入学許可《きょか》を得られただけ幸運だったのかもしれない。

「灰色《はいいろ》名詠ってのはまあ、あたしからすればとりあえず白の反唱で還《かえ》せたから白って思ってる。名詠士というより祓名民《ジルシェ》の立場でね。だけどその観点で見ると、やっぱり夜色名詠は本当に全く別の色だと思わざるをえないわけだ」

夏期合宿から帰って間もない頃《ころ》、エイダの反唱実験に付き合ったことがある。結果、五色の名詠のいずれも、夜色名詠の反唱には適《てき》さなかった。だが――

「でも、もう一つ、あたしがいまだにわけ分かんない名詠色があってさ……浸透者《しんとうしゃ》、ちび君も戦ったから覚えてるだろ。空白名詠ってので詠《よ》び出された名詠生物」

空白名詠。

夜色名詠と相克《そうこく》するもう一つの異端色。

「ちび君は夜色名詠で空白名詠を還せたんだよね。ならさ、ちび君からみれば空白名詠ってどんなイメージ？　自分の夜色名詠と似てる？」

「……分からないです」

色のイメージは似ているのかもしれない。夜色名詠で反唱ができたということは、祓名《ジルシ》民《エ》の理屈《りくつ》ならば二つは同系統《どうけいとう》の色と括《くく》られるだろう。

それを承知《しょうち》でなお、ネイトには何かが引っかかっていた。二つはどこか根本的なところで何かが違《ちが》う気がしてならないのだ。そう、それもひどく対照的な違い。陽《ひ》と影《かげ》、正と負。いや、それ以上に隔《へだ》たれた差があるように感じて仕方ない。

「シャオって奴から聞いたことをあえて真に受けた上で話すけど、〈孵石《エッグ》〉の中身が、実は空白名詠のための触媒《カタリスト》だったことは知ってる？」

「──いえ」

ただ、あの〈孵石《エッグ》〉の中身がただの一触媒《カタリスト》でないとはうすうす感じていたことだ。

「そしてその触媒《カタリスト》は、空白名詠の真精《しんせい》を詠び出すための特有触媒《カタリスト》でもある。空白名詠の真精、アマリリスを名詠するための」

アマリリス？

〝アマリリスっていうの。わたし昔からこの花好きだから〟

〝……黎明《よあけ》が近づくほど、花は早く咲《さ》くのかな〟


今でもはっきりと覚えてる。初めてクルーエルさんの名詠を見た時だ。それに、この前浸透者に襲《おそ》われた時にも耳にした。

だけど、それがよりによって真精の名前？

「しかも、アマリリスは既《すで》に名詠されているらしいんだ。それもクルーエルの心の中にね。クルーエルが昏睡状態《こんすいじようたい》に陥《おちい》ってるのは、心の中であの子と真精が衝突《しようとつ》を続けているから。とまあ、あたしが摑《つか》んでるのはこれくらい。あまり信憑性《しんぴようせい》ないけどね」

「……いえ。たぶん、それ合ってます」

ごまかし笑いを浮《う》かべるエイダに、ネイトは躊躇《ためら》いながらも頷《うなず》いた。

「クルーエルさんが教えてくれたんです。自分の中に黎明《フエニックス》の神鳥じゃない何かがいて、それが話しかけてくるって。赤じゃない、もっと別の色の何かだって」

「……つまりクルーエル自身、ずっと悩《なや》んでたわけだ。そんな状況《じようきよう》だったなら大事《おおごと》になる前に相談してくれればいいのにね……あの子、本当にそういうとこ頑固《がんこ》なんだから」

腕《うで》を組み、エイダが乾《かわ》いた笑《え》みを浮かべる。

「アマリリスがどんな奴か、クルーエルは知ってるの？」

「いえ、クルーエルさん自身にも分かってなさそうでした。ただその声がすごく自分に似てるって言ってたような」

「これまた意味深なことで」

額《ひたい》にしわをよせ、エイダがじっと黙《だま》りこむ。

「でも僕分からないんです。名詠って自分の心をかたちにして詠《よ》び出すって母さんから教えてもらったことがあるんです。もしクルーエルさんの心の中にアマリリスっていう真精がいても、それが悪い真精のはずないのに」

「それは分からないな。たとえば名詠の暴走《ぼうそう》ってのがあるでしょ。あれだって別に名詠者が意識《いしき》してそうなったわけじゃないしね」

エイダの反論《はんろん》に、ネイトはさらに続けた。

「いえ、でもそれが真精なら話は別だと思うんです」

第一音階の三重連縛《れんばく》。特定の〈讃来歌《オラトリオ》〉、特定の触媒《カタリスト》を用意し、最後に真精自身から真名を授《さず》かることでようやく条件《じょうけん》が満たされる。それはつまり――

「真精を詠ぶには、その真精に気に入られないと詠ぶことができないはずだから」

「確《たし》かに、それを言われるとあたしも困《こま》るな」

癖《くせ》のある亜麻色《あまいろ》の髪《かみ》を手櫛《てぐし》で梳《す》いて、エイダが自身の足下《あしもと》をぼんやりと見つめる。

「結局あたしたちは、何かを知っているようでまるで知らないのかもしれない。もしかしたら核心《かくしん》に近いところまで来ているのかもしれないけど、それが核心であることすら気づいてないのかもしれないね」

「でも、今はそれでもやれることをやらないと」

何かすごいことを理解《りかい》しようとは思わない。今はただ、大切な人のためにできることを片《かた》っ端《ぱし》からしていきたい。だけどその前に――

「……そういえば、僕も気になってたことがあるんです」

たった一つ、何よりもまず確認《かくにん》しておきたいことがあった。

「エイダさんて、ティンカさんと仲良いですよね」

「ん？　まあ親父《おやじ》の知り合いってだけだけどね。でも割《わり》と小さい頃《ころ》からティンカとは知り合いだったかな」

「それなら、ティンカさんから聞いてませんか」

「何を？」

こちらの思惑《おもわく》にまるで思いあたらないというように、エイダが首を傾《かし》げる。

だから、ネイトは彼女に真っ向から告げた。

「クルーエルさんの本当の具合です。あとどれくらい保《も》つんですか」

「ちび君？」

無理に笑おうとして、でもその表情《ひょうじょう》は泣き笑いが精一杯《せいいっぱい》だった。

……だめだ、やっぱり僕はすぐ気持ちが顔に出ちゃうから。

「ケイト先生がクラスで教えてくれた時は『じき治る』だし、ティンカさんも『信じてください』の一点張《いってんば》りです。でも……僕、転入する少し前に母さんを亡《な》くしてるから」

母は元から身体《からだ》が弱かった、病気《びょうき》の原因《げんいん》だって分かってた。クルーエルのものとは違《ちが》う。

でも、それでもすごく重なって見えるのだ。かつての母と今の彼女が。

「……僕だって、本当はクルーエルさんの具合が危険《きけん》なことぐらい分かってました」

分かってた。分かってたけど、必ず治るって信じてた。

でも今は知りたい。残された時間がどれだけなのか。

「エイダさんお願いです、もうこれ以上大切な人がいなくなっちゃうの嫌《いや》なんですっ！」

母が病気の床《とこ》に臥《ふ》せた時、何もできない自分が悔《くや》しくて仕方なかった。

何をすればいいのかも分からなくて泣いてばかりいて、それをまた寝床《ねどこ》にいる母に心配されてる自分が腹立《はらだ》たしかった。

もう、あの時のような悔しい思いはしたくない。

「──ティンカの見立てでは一週間が限界《げんかい》だって話だった」

血を吐《は》くような面持ちで告げエイダが顔を横に向ける。

「……そうですか」

一週間。それがエイダが聞いた時の見立て。既《すで》にそれから二日は経《た》っているはずだ。

もう本当に時間がない。

「ちび君、ティンカを庇《かば》うようかもしれないけどさ、ティンカがクルーエルをケルベルクに移《うつ》したのは、ちび君や他のクラスメイトを安心させようって配慮《はいりょ》だったんだ。その気持ちは決して嘘《うそ》じゃない」

「分かってます、ティンカさんは本当に優《やさ》しい人ですから」

大陸中の医師《いし》の中から〈イ短調〉に選ばれたほどだ、彼女の医者としての力量は確かなはず。患者《かんじゃ》やその周囲にも配慮できる性格《せいかく》だというのも分かる。でも彼女の病気が名詠式に根ざしたものであるのなら、きっと医者では助けることができない。

「だから、僕がクルーエルさんを助けたいんです」

一人でもケルベルク研究所本部に行く、そう決意した時にためらいは全部振《ふ》り切った。

会いに行くだけじゃない、クルーエルさんを助けるために行く。

「……うん」

頷《うなず》いてすぐ、素肌《すはだ》を晒《さら》したままの肩《かた》を両手で抱《だ》きしめる恰好《かっこう》でエイダがうつむいた。

「ごめん、ここ風が強いから身体が少し冷えちゃった。……あたし、そろそろみんなのとこ戻《もど》るよ」

それは、泣いているのではと思うくらい寂《さび》しくて弱々しい声だった。

不安定な足取りで彼女は自分の横を通り過《す》ぎ――

「ちび君」

背後《はいご》で、ふとエイダの足音が止まった。

「ティンカが言ってたんだ。クルーエルの病気は祓名民《ジルシエ》にも医者にも治せないだろうって。クルーエルの心の中の問題だからって。だから、もしクルーエルを助けられるとしたら、きっとあの子の心に直接《ちょくせつ》届くような何かが必要なんだと思う」

クルーエルさんの心に直接届くもの？

それは、いったい何だろう――

「すごく曖昧《あいまい》で漠然《ばくぜん》としたものだけどさ。万一あの子に誰《だれ》かの声《きもち》が届くとしたら、それは、君の声《きもち》だけかもしれない……それだけは忘《わす》れないで」

3

〝──風、気持ちいいね〟

かつてこの場所で、彼女は詠《うた》うようにそう言った。せっかくの旅行なのにアーマがいない、この場でそんな寂しさに暮《く》れていた時のことだ。

〝寂しい気持ちは分かるから謝《あやま》らなくていいよ。でもね〟

〝ミオもわたしもケイト先生も、みんなキミの近くにいるんだから。もっと頼《たよ》ってもらってもいいって気持ちはあるかな〟

アーマの代わりに一緒《いっしょ》にいてくれた人が今はいない。ううん、いないわけじゃない。

僕《ぼく》が今から助けにいかなくちゃいけない。どうやって、どうすれば、そんなこともまるで分かっていないけど、それでも何とかしなくちゃいけない。

「僕の声、届くのか……な」

握《にぎ》った拳《こぶし》を見つめる。白くなるほど固《かた》く握った手を。

「あー、なるほどね」

不意に聞こえた声に、ネイトは反射的《はんしゃてき》に振り向いた。

「ミラーの奴《やつ》が『あの二人はやはり親子だよ』って言ってた理由がようやく分かったぜ。親子揃《そろ》って頑固《がんこ》というか、一度決めたらテコでも動かない性格《せいかく》なんだな」

黒の靴《くつ》に黒のズボン、上は白のワイシャツという出《い》で立《た》ちの男性《だんせい》だった。服装《ふくそう》からは誰か判別《はんべつ》がつかなかったが、その顔は学園で見知った顔だった。

「ゼッセル先生？」

「ったくこんなところにいたのか、クラスの連中に聞いても、どこ行ったか知らないって首振るし。探《さが》したぜ？」

トレミア・アカデミーの教師《きょうし》がなぜここに。まさか、自分たちを連れ戻《もど》しに？

「あ、あのっ！　僕たちは——」

「あー、そんな慌《あわ》てるな。俺《おれ》たちは単に出張《しゅっちょう》で乗り合わせただけだから。お前たちが海に行こうが山に行こうが関与《かんよ》しねえよ」

何とか弁解《べんかい》しようとしたものの、それを教師に制《せい》された。

「……いいんですか？」

見逃《みのが》してくれるの？　でもいくら何でも話ができすぎてる気が。

「ま、あとでケイトに叱《しか》られるのは覚悟《かくご》しておけよ」

不安をよそに、ゼッセル教師が気楽な足取りで柵《さく》まで近づき、そこから身を乗り出した。

「へえ、確《たし》かに良い眺《なが》めだな。ちっとばかし風が強いから長居《ながい》する気は起きねえけど」

「あ、あの……ゼッセル先生？」

ズボンのポケットに両手を入れたまま、その教師は鉄柵に背《せ》を預《あず》けた恰好《かっこう》でにやりと口の端《はし》をつり上げた。

「好《い》いクラスだな。遠い医療《いりょう》機関に移《うつ》された友人のために、クラス全員がこうして見舞《みま》いに行くってのは普通《ふつう》なかなかできないぞ。ケルベルク研究所なんてお堅《かた》い場所だから余計《よけい》に大変だろうに」

「——全部知ってるんですか？」

「ここ寄《よ》る前、クラスが借りきってる部屋に怒鳴《どな》りこんだからな。割《わり》と慌てたようだったけど、中には冷静な子もいてな。『クルルのお見舞いに行くんです！』って威勢《いせい》良く啖呵《たんか》切った女の子にはちょっと驚《おどろ》いた。金髪《きんぱつ》で小柄《こがら》でお人形みたいに華奢《きゃしゃ》な子なのに、あれだけ中身がしっかりしてるとはな」

クルル、彼女をその愛称《あいしょう》で呼《よ》ぶのは一人しかいなかった。

そういえば、クルーエルさん自身はクルルって愛称はあまり好きそうじゃなかったっけ。それでも、その愛称で呼ばれて怒《おこ》りだすことは一度もなかったけれど。

「なんか、お前たち見てると面白《おもしろ》いよ。昔の俺たちもそんなんだったのかなって」

「僕、そんなに母さんと似《に》てるんですか」

「大人しそうなのに、どっか一部分がやたら頑固《がんこ》そうなところが特にな」

　思い出し笑いなのか、低い声でゼッセル教師が笑い声を上げる。

「ミドルスクールの最上級生だった頃《ころ》の話だ。俺、ミラー、エンネ、それにカインツとイブマリー。今トレミア・アカデミーに関係してる五人は一緒のクラスだった。ちなみに先生はジェシカ教師長な」

　ズボンからワイシャツの端をのぞかせるゼッセル教師。だらしない恰好のはずなのに、それがふしぎと似合っていた。

「あの頃は、俺たち三人は特別カインツやイブマリーと仲が良いわけじゃなかった。カインツは友人も多かったけど親友は作らずって感じだったし、イブマリーに至《いた》っては友人どころか知り合いも作らずって感じだった」

　それは、幼《おさな》い頃からネイトも薄々《うすうす》感じていたことだった。学園時代の話を聞こうとしても、母が話してくれたのは当時の講義《こうぎ》内容《ないよう》についてだけ。友人との学校生活などはまるきりだった。

「夜色名詠なんて聞いても笑ってバカにしてた側《がわ》だった。……今じゃひどく後悔《こうかい》してるけどな。イブマリー、その頃の話をお前にしたことあるか？」

「……いえ。母さん、ほとんど教えてくれなくて」

「そうだな、いつか時間とってゆっくり話してやりたいよ。写真もミラーが何枚《なんまい》か持ってたはずだ。たしか職員《しよくいん》室にも一枚飾《かざ》ってたな」

そう言い終え、にわかにゼッセル教師が口を閉《と》じた。

どうしたんだろう。見上げると、彼は居心地《いごこち》悪そうな表情《ひようじよう》で腕《うで》を組んでいた。

「お前たちが見舞いに行こうとしてるクルーエル。あの子は職員室でも最近特に話題になってた。あんまり嬉《うれ》しくはないだろう意味でな」

嬉しくない意味で。

その内容が何を意味するか、言われずともネイトには心当たりがあった。

「まだ一年生ながら黎明の神鳥《フエニックス》を詠び出せて、さらには後罪の触媒《クライムカタリスト》で名詠が自在にできちまう。お前ら若《わか》い連中から見ればすごいの一言で片付《かたづ》くかもしれないけどな」

そうなのだ。自分やエイダ、ミオなどはそれを見てすごいと思って、でもそれだけ。教師やサリナルヴァが見せるような特別な疑心《ぎしん》や不安は抱《いだ》かなかった。

「気持ちは分かるぜ。むしろお前らの感覚の方が正しいと思う時もある。けどな、長いこと他の生徒を見てる教師《オレ》らからすればやっぱり異常《いじよう》に映《うつ》っちまうんだ。つい平均化《へいきんか》した生徒を正常《せいじよう》だと思いこんじまう。あとは、実際《じつさい》にそれを見ていない教師からは『偶然《ぐうぜん》だ』だの『何かの間違《まちが》いでは』なんかもあったな。いずれにせよ嫌《いや》な空気が漂《ただよ》ってたよ」

「……そうですか」

屋上で、寂《さび》しげに一人立っていた時のクルーエルの表情。今思えば、彼女が学園に息苦しさを感じるのも当然だったのかもしれない。

「でもな、ふと思ったんだ」

錆《さ》びついた鈍色《にびいろ》の哀愁《あいしゅう》を瞳《ひとみ》に点《とも》し、その教師《きょうし》は頭上を見上げた。

「あの時のイブマリーもそういう視線《しせん》で見られてたのかなって。教師から『あれは問題児だ』、『できの悪い子が逃避《とうひ》しているだけ』とか散々《さんざん》な。俺の言いたいこと、分かるか？」

「――今のクルーエルさんが、昔の母さんと同じってことですか」

学園で、教師からも生徒からも奇異《きい》の視線で見られる孤独《こどく》感、圧迫《あっぱく》感。

「ああ。辛《つら》いと思うぜ……俺たちは、それに気づくのが遅《おそ》すぎた。だからこそお前には伝えておきたくてな」

なぜかは分からない。だけど、教師のその一言はとても嬉しかった。

まるで、自分が一番欲《ほ》しかった最後の後押《あとお》しをしてもらったような気がしたから。

「お前はあの子の傍《そば》にいてやれ。なに、俺なんかも昔は無断《むだん》欠席の常習犯《じょうしゅうはん》だったぜ。それでも何とかやってけるんだ。腹括《はらくく》ったなら、気の済《す》むまで自分を通しちまえよ」

「――はい！」

豪快《ごうかい》な笑顔《えがお》を見せるゼッセル教師に、ネイトも力いっぱい頷《うなず》いた。

四奏『そんな全《すべ》ての残酷《ざんこく》を心に負って』

1

その凪には色とりどりの薫《かお》りがあった。

歩道の両側に植えられた芝生《しばふ》は若《わか》い緑の薫り、視界《しかい》の遥《はる》か先にぼんやりと見える花壇《かだん》からは、風に吹《ふ》かれて色鮮《あざ》やかな草花の薫り。頭上からは、歩道の左手側に生《お》い茂《しげ》る大樹《たいじゅ》の濃《こ》い緑の薫りがそっとほおを撫《な》でていく。

「まるでお金持ちの別荘《べっそう》にでも来た気分ね」

鮮やかに輝《かがや》く天上の陽《ひ》の中、日傘《ひがさ》を片手《かたて》にティンカは歩道を進んでいった。

ごく簡単《かんたん》な石畳《いしだたみ》を基調《きちょう》に、その端《はし》には名も知らぬ雑草《ざっそう》が生い茂る。そのさらに外側では背《せ》の高い木立が幾重《いくえ》にも連なって植えられている。

ケルベルク研究所本部、保養区《ほようく》。その区画に敷《し》かれた歩道は、まるで自然の並木道《なみきみち》を思わせた。

「それに、これだってそうね」

目の前に見えてきた建物を前に、ティンカはわずかに微笑《びしょう》を洩《も》らした。

赤茶けた三角屋根に丸太を組み合わせて造りあげたコテージ。規模《きぼ》としては一般住宅《いっぱんじゅうたく》を優《ゆう》に二回りほど上回る。四、五人が寝泊《ねと》まりする通常《つうじょう》のコテージと比《くら》べるなら相当の建築《けんちく》規模と言えるだろう。ただ巨大《きょだい》なだけではない。使用されている木材や外部に取りつけられた照明は最高の物を、周囲の木立や足下《あしもと》の花々などはきめ細やかな管理が行き届《とど》いているのが見てとれる。

「素敵《すてき》、病人でなくとも泊《と》まってみたくなる場所ね」

日傘を折り畳《たた》み、ティンカはコテージの扉《とびら》をノックした。一見すれば洒落《しゃれ》た宿泊施設《しゅくはくしせつ》。しかしこの建物こそが、ケルベルク研究所本部が誇《ほこ》る療養《りょうよう》施設なのだ。

ギィ、と木製《もくせい》特有の渋《しぶ》みのある音を立て、その扉が開いていく。

「あ、ティンカ先生。もう休憩《きゅうけい》終えられたんですか？」

隙間《すきま》から顔を覗《のぞ》かせたのは、ケルベルク職員証《しょくいんしょう》を胸元《むなもと》に下げた若い女性職員だった。まだ採用《さいよう》されて日が浅いのだろう。研究服に身を包み、金髪《きんぱつ》をピンで結《ゆ》い上《あ》げた姿《すがた》が初々《ういうい》しく映《うつ》る。

「ええ、時間には早いけれどやはり気になったので」

日傘を扉の脇《わき》に立てかけ、ティンカは誘導《ゆうどう》されるままコテージの中に足を進めた。木板造《フローリング》の床に、丸太をそのまま活《い》かした横壁《よこかべ》。病棟《びょうとう》に閉《と》じこめられる、そんな閉鎖的《へいさてき》なイメージを嫌《きら》う患者《かんじゃ》に配慮《はいりょ》してのことだろう。

「彼女の容態《ようだい》はどうですか」

通路を先導《せんどう》する女性《じょせい》の背中《せなか》に声をかける。

「……わたしが説明するより、見ていただいた方が早いです」

歩く速度を落とさぬまま、彼女の返答は単純《たんじゅん》なものだった。

「どうぞ、こちらです」

とある個室《こしつ》の前で女性職員が歩みを止める。彼女と視線《しせん》だけで会釈《えしゃく》を交《か》わし、ティンカは眼前《がんぜん》の扉を開けた。

眩《まぶゆ》い陽が射しこむ小さな一室。廊下《ろうか》側の壁に小さなタンスがただ一つ。必要最低限《さいていげん》の調度品を除《のぞ》いては花瓶《かびん》の一つ、絵画の一枚《いちまい》もない部屋。その中央に、木製のベッドだけがぽつんと取り残されたように配置されていた。

ベッドに寝《ね》かされた一人の少女。燃《も》えるような、真っ赤なルビーよりも深く輝く緋色《ひいろ》の髪《かみ》だけが、まるで生命の証《あかし》であるかのように輝いていた。

――クルーエル・ソフィネット。

「一時間前と何《なん》ら変化はないようです」

眠《ねむ》りに就《つ》く少女を見つめ、女性職員が小さく溜息《ためいき》をこぼす。

「そうね。ありがとう、あとはわたくしが看《み》ますので」

職員を退室《たいしつ》させ、ティンカは個室の扉を閉《し》めた。

……現状《げんじょう》、やはり打つ手なしなのね。

退室した職員が残した診療録《カルテ》を一瞥《いちべつ》し、唇《くちびる》を噛《か》みしめた。正直、わずかな期待はあったのだ。このコテージの別室には最新鋭《さいしんえい》の治療《ちりょう》機器が配置されている。研究所施設《しせつ》には昼夜問わず名詠式に関する最新情報《じょうほう》が届《とど》くシステムにもなっている。もしクルーエルを助けるための方法があるとすれば、この研究所で待つことが最も確実《かくじつ》な選択肢《せんたくし》。

しかし大陸に名だたる研究機関をもってしてなお、クルーエルの症状《しょうじょう》を改善《かいぜん》するどころか、進行を止めることすらできなかった。

「おかしなものね」

うっすらと汗《あせ》ばむ少女の身体《からだ》を濡《ぬ》れタオルで拭《ふ》いてやる。服を着替《きが》えさせ、新しいシーツに取り替《か》える。

「医者と言ったって、こんなことしかしてあげられないなんて。これならネイト君にだってできることじゃない……医者じゃなくたって」

対してい彼。あの子は今頃《いまごろ》どうしているだろう。

ルーエルをここに連れてくると言った際《さい》、たった一人医務室《いむしつ》にやってきて最後まで反対していた彼。あの子は今頃《いまごろ》どうしているだろう。

クルーエルを助けるための最善《さいぜん》の方法が、彼女をここへ連れてくることだった。自分の選択に誤《あやま》りはない。それは今も自信がある。だけどそれと同じくらい、クルーエルに寄《よ》り添《そ》うネイトの姿が頭にこびりついて離《はな》れないのだ。

「……医者というのは憂鬱《ゆううつ》な職業《しょくぎょう》です。あんな小さな子にすら罪悪感《ざいあくかん》を感じてしまうのですから」

クルーエルの髪《かみ》数本をそっと手櫛《てぐし》で梳《す》き、ティンカは小さく首を振《ふ》った。

「そうは思いませんか、サリナルヴァ?」

背後《はいご》で、小さくハイヒールの靴音《くつおと》が鳴った。

「患者が治れば患者の努力、患者が治らなければ医者のせい——だがそれを承知《しょうち》で選んだ道だろう?」

振り返る。白の研究服を羽織《はお》った長身の女性が立っていた。緑がかった髪を短く切りそろえた、端整《たんせい》な顔立ちの女性だ。黒のズボンに黒のインナーシャツ、飾《かざ》りっ気のない衣装《いしょう》の中で、真紅《しんく》のハイヒールだけが鮮《あざ》やかに目立つ。

サリナルヴァ・エンドコート。ここケルベルク研究所本部の副所長にして、ケルベルク研究機関全体の理事、そして自分と同じ〈イ短調〉の一員でもある。

「言い返す言葉もありません、その通りです」

「なんだ、今回はやけに沈《しず》んでるな」

「なぜでしょうね、クルーエルさんとネイト君を引き離《はな》したことを後悔《こうかい》しそうです」

鋭《するど》い視線をわずかにゆるませ、サリナルヴァが扉《とびら》に背《せ》を預《あず》ける姿勢《しせい》で足を交叉《こうさ》させる。

「まだ幼《おさな》い二人だからな、姉弟《きょうだい》のようなもんだ」

「……どうなのでしょう」

恋人《こいびと》というには二人ともまだ幼すぎる。でも姉弟よりも濃《こ》い信頼《しんらい》で結ばれている気がしてならない。あるいは、今まさにその狭間《はざま》で揺《ゆ》れている時期？

「それで、そちらはどうですかサリナルヴァ」

「空白名詠とやらと、〈孵石《エッグ》〉。信頼できる機関にも極秘裏《ごくひり》に調査依頼《ちょうさいらい》をしているが、正直お手上げだな。そもそも名詠式という長い歴史を持つ技術《ぎじゅつ》の中で、なぜ空白名詠などという代物《しろもの》が今まで埋《う》もれ、そしてこの場面で浮上《ふじょう》してきたのか」

「埋もれていたわけではないのかもしれませんよ。わたくしたちがただそれを――」


〝『大人』は大事なことを忘《わす》れてる！〟

「そうか、クルーエルがそう言ってたな」

眠《ねむ》る彼女を、サリナルヴァがじっと見下ろす。

「クルーエルの心に宿っているという真精《しんせい》、アマリリス。ここに来る前にざっと論文《ろんぶん》をあたってみたが、やはりそのような名の真精は見当たらなかった。……まあ、論文と言っても五色以外の論文など存在《そんざい》しないからそれも当然か」

「既存《きそん》の知識《ちしき》では歯が立たないということですね」

「探究《たんきゅう》は未知があってこそ発展《はってん》するもの、私一個人《こじん》としてはそれは問題ではないな。そもそも、お前から報告《ほうこく》を受けた時から覚悟《かくご》していたことだ。しかし厄介《やっかい》なのは、今回はそれに切実なタイムリミットが設定《せってい》されているということだ」

そう、クルーエルという少女の命が。

「もう時間がないのだろう？」

「ええ、正直ここに運ばれた時点から既《すで》に、いつ息をひきとってもおかしくないほどの状《じょう》態《たい》です」

「なるほど……様子を見るために出張《でば》ってきたが、そうしている時間もないようだな」

靴音を響《ひび》かせ、サリナルヴァが勢《いきお》いよく白衣をひるがえした。

「私はもう研究室に戻《もど》る。ティンカ、お前も来い」

「クルーエルを置いて？」

「誰《だれ》がここにいても変わらないというのなら、お前じゃなくうちの職《しょく》員《いん》に見《み》張《は》らせるさ。お前は空白名詠とやらの解《かい》析《せき》を手伝え、浸《しん》透《とう》者《しゃ》とかいう名詠生物のな。その方がわずかにでも望みがつながる」

「そう……そうですね」

2

ケルベルク研究所本部。その中心にそびえる最も巨《きょ》大《だい》な棟《とう》が本部研《けん》究《きゅう》棟《とう》だ。地下二階、地上七階建てとして設《せっ》計《けい》された、鈍《にび》色《いろ》の輝《かが》きを放つ建《けん》造《ぞう》物《ぶつ》である。

「何度来ても、この建物内だと迷《まい》子《ご》になってしまいそうね」

研究棟のロビーをくぐり、サリナルヴァは久《ひさ》々《びさ》の光景に周囲を見回した。

「慣《な》れればこれでも狭《せま》く感じるよ、お前だってここに来る前はトレミアにいたんだろう。あそこの校《こう》舎《しゃ》だって似《に》たようなものだ」

胸《むな》元《もと》の社《しゃ》員《いん》証《しょう》を揺らしながら、足早にサリナルヴァが歩を進める。

「それで、わたくしはまず何から取りかかりましょうか」

「とりあえず三階だな。研究第一課の実験室だ」

——あら、意外。

彼女に連れられた時は大抵《たいてい》、最上階にある彼女の私用実験室《プライベート》に案内される。今回もそのつもりで訊《たず》ねたのだが。

「見せたいものがあるからな」

見越《みこ》したように、振《ふ》り返りもせずサリナルヴァがさらりと告げる。

「何でしょう」

「〈孵石《エッグ》〉と、その中身だ。まだティンカは実物を見ていないだろ？」

「ああ、そういえばそうでした」

ここ最近クルーエルにつきっきりで、頭の中からすっかり忘れ去っていた。

「あなたがそう言うからには、それなりに興味深いものだったと？」

「〈孵石《エッグ》〉の外殻《がいかく》はただの玩具《おもちゃ》さ。中身も、実際《じっさい》見てみれば分かるがただの石ころだ。強《し》いて特徴《とくちょう》を挙げるなら、蛇《へび》の鱗《うろこ》みたいな鱗片状《りんぺんじょう》の紋様《もんよう》がついていてな。何かの化石みたいな印象を受けた。色は……そうだな、くすんだ真珠色《しんじゆいろ》かな。鈍《にぶ》い光沢《こうたく》を放つ、ちょっと透《とう》明感《めいかん》のある石だった」

五色全《すべ》ての名詠が可《か》能《のう》である究極《きゆうきよく》の触媒《カタリスト》。

しかしその実態《じったい》は、空白名詠の真精アマリリスを名詠するための特有触媒《カタリスト》だと聞いている。

「それがどこで採掘《さいくつ》されたかの調査《ちょうさ》は進んでいますか？」

「二階に専門《せんもん》調査班を特設《とくせつ》した。地層《ちそう》、地理、歴史、生物学の専門家。それに腕利《うでき》きの祓名民《ジルシエ》をクラウス経由《けいゆ》で調達してきた。そいつらは既《すで》に所外で調査中。あと名詠士だが、これはトレミア・アカデミーの教師《きょうし》に適材《てきざい》がいたんでな、そいつを呼《よ》び寄《よ》せる」

彼女が挙《あ》げた意外な学園名に、ティンカは無意識《むいしき》のうちに目を見開いた。

「トレミアの教師を？」

「ミラー・ケイ・エンデュランス。あいつは今でこそ教師の職《しょく》についてるが、昔は我々《われわれ》と同じ畑の学者になりたかったんだとさ。本来なら名詠式もミドルスクールまでで終えるはずだったらしい」

「ああ、学園でお会いしましたわ。物腰《ものごし》から確《たし》かに聡明《そうめい》そうな印象を受けました。でもそれが、なぜ今も名詠学校の教師を？」

「あいつ曰《いわ》く、『幼馴染《おさななじ》みの二人に付き合って馬鹿《ばか》やってたら、結局そのまま大人になってしまった』と言ってたな。ま、それほどまんざらでもなさそうだったが。とにかく名詠式以外にも言語《げんご》系統《けいとう》でやたらと博識《はくしき》だからな、役に立つ」

可笑《おか》しそうにサリナルヴァが笑う。彼女がそんな表情《ひょうじょう》を見せるということは、性格《せいかく》の相《あい》性《しょう》も彼女と合うというところか。

「なるほど、優秀《ゆうしゅう》な人材なのですね」

「列車に乗ったというところまでは連絡《れんらく》を受けている。もうじき着くだろう」

コッ、コッ、テンポの良い歩調で先を行くサリナルヴァが階段《かいだん》を上り進む。

と、まるでそれと対照的に。

誰かが、猛烈《もうれつ》な勢《いきお》いで上の階から駆《か》け下りてくる足音が。

「なんだ、うちの職員にこんなやかましい奴《やつ》がいるのか？」

その場で足を止め、サリナルヴァが眉《まゆ》をつり上げる。ダダダダッという擬音《ぎおん》が本当に聞こえてきそうなほど、とにかく焦《あせ》っているのが足音からでも伝わってくる。

「副所長っ、こんなところに！」

駆け下りてきたのは小柄《こがら》な女性《じょせい》研究者。ケルベルクの本部研究者ということは若《わか》くて二十代半《なか》ばのはずだが、小顔に童顔という組み合わせで外見はせいぜい二十代なりたてだ。

「なんだ秘書《ひしょ》か、どうしたそんなに息を切らせて」

肩《かた》で息する女性研究者を階下から見上げ、ぽかんと首を傾《かし》げるサリナルヴァ。

「秘書というか、業務上《ぎょうむじょう》は研究第一課主任《しゅにん》です——って、そんな場合じゃないんです！

いったい今までどこにいたんですか、最上階のお部屋も全部探《さが》したんですよ！」

荒い息を整えることも忘《わす》れ、女性が一気にまくしたてる。

「クルーエルという少女の容態《ようだい》を見に行ってただけだ。で、どうしたんだ」

「三階の実験室の様子がおかしいんです」

「出火《ボヤ》か、あるいは揮《き》発性《はっせい》の猛毒試料《もうどくしりょう》でもこぼしたか？」

日常茶飯事《にちじょうさはんじ》だとでも言わんばかりにサリナルヴァが気楽に手を振る。

「……いえ、逆《ぎゃく》です」

「逆？」

「……ものすごく静かなんです。わたしが入ろうとしたら扉《とびら》が内側から施錠《せじょう》されているようで、なのにノックしても大声出しても応答《おうとう》がなくて」

「それは確《たし》かに妙《みょう》ですね」

部外者という立場も忘れ、ティンカも思わず相槌《あいづち》を打った。

研究者が出入りするであろう部屋を内側から施錠。思考を巡《めぐ》らすも、今この時この場でそうする理由が思いあたらない。

「とにかく、今それで親鍵《マスターキー》を取りにいこうとしていたんです」

「事情《じじょう》は把握《はあく》した。秘書は親鍵《マスターキー》を一階管理室から借りてこい。私とティンカは先に三階の実験室で待つ」

　相手の返事も待たずサリナルヴァが階段を駆け上がる。

「サリナルヴァ、部屋の場所は？」

　百人単位で研究者が常時《じょうじ》集《つど》うのがここの研究棟だ。三階といえど、実験室だけでいくつあるか分からない。

「第一課だから三階の一番奥《おく》の部屋だ……しかしなぜ通路に誰もいない？」

　無人の通路にハイヒールの硬《かた》い音がこだまする。

　最奥《さいおう》に控《ひか》えた鉄製《てっせい》の扉に手で触《ふ》れ、サリナルヴァが唐突《とうとつ》に振《ふ》り返った。

「さっき言った〈孵石《エッグ》〉が保管《ほかん》してあるのもこの部屋だ」

「〈孵石《エッグ》〉が？」

「ああ、しかし本当に開かないな」

　彼女がドアノブに力を込《こ》める様子はティンカにも伝わってくる。だが扉は固《かた》く閉《と》じたままだ。

「副所長っ！」

　鍵《かぎ》の束を抱《かか》え、階下から女性研究員が上ってきた。

「お、すまない。……っと、研究第一課だからこの鍵か」

真鍮色《しんちゅういろ》に輝《かがや》く鍵を扉に差し込み、回す。機械的な音を立てて錠《じょう》が外れる。だが――

「ん、まだ開かないのか？」

ドアノブを回すも、扉本体が開く気配がない。

「鍵が外れたのに開かないのですか」

「何かがつっかえてるか引っかかってるかだろうな。おい聞こえてるのか！　私だ、扉を開けろ！」

返事は、沈黙《ちんもく》だった。

「応答《おうとう》なしですね」

「……埒《らち》があかないな。二人とも退《さ》がってろ」

扉に近づこうとするのを、横から伸《の》びてきたサリナルヴァの手に制止《せいし》された。

「鉄製の扉を蹴《け》って壊《こわ》そうとでも？」

「そんな阿呆《あほう》なこと考えるのはクラウスくらいだ。扉の鍵は開いてるんだから、そこのつっかえ部分だけ衝撃《しょうげき》で外せられれば十分だろうさ」

数歩後退《こうたい》し、助走をつけて彼女が一息に扉へと距離《きょり》を詰《つ》めた。体重を足先に乗せるように跳躍《ちょうやく》、ドアノブの真横目がけて真紅《しんく》のハイヒールを振り上げる。

破砕音《はさいおん》にも似《に》た轟音《ごうおん》に鼓膜《こまく》が激《はげ》しく震《ふる》えた。サリナルヴァの鉄製の靴先《くつさき》が、同じ鉄製の扉を凄《すさ》まじい勢《いきお》いで蹴《け》り上げたのだ。

部屋の向こう、何か乾《かわ》いた物が割《わ》れた音が壁越《かべご》しに伝わってくる。

「……やはり向こう側の扉から何かで封《ふう》されていたようですね」

しかし、今の音はいったいなんだ？

「ったく、手間をかけさせて。愛用の靴が歪《ゆが》んだじゃないか」

眉《まゆ》をひそめながらサリナルヴァがドアに手をかける。

軋《きし》んだ音を立てて開く扉。陽《ひ》の明るさに一瞬《いっしゅん》まぶたを閉じ、再度《さいど》開いたそこには——

ラスティハイト：敗者の玉座に佇む者よ
Lastibyt ; miquy Wer shela -c-nixer arsa

部屋に入ってすぐの横壁、その壁面《へきめん》に赤の塗料《とりょう》で描《か》かれた奇怪《きかい》な文字。

「……なるほど、あの男もクルーエルを追ってきたわけか」

至《いた》る所が石化した部屋の内部を眺《なが》め、サリナルヴァが唇《くちびる》を噛《か》みしめた。

「こ……こ……こんなっ……みんなが……」

石化した職員《しょくいん》を直視《ちょくし》できず、背後《はいご》にいる女性職員が口元を押《お》さえてふるえだす。

「落ちつけ、適切《てきせつ》な処理《しょり》をすれば命に別状《べつじょう》はない」

「ほ……ほんと……です、か」

「ああ。今すぐ二階の調査室《ちょうさしつ》から祓名民《ジルシエ》を呼《よ》んで来い。それより問題なのは──」

中央に置かれたガラス製《せい》の透明容器《とうめいようき》。

一抱《ひとかか》えはある球状《きゅうじょう》の器《うつわ》が、中央部が穿《うが》たれたように破損《はそん》していた。

「〈孵石《エッグ》〉まで奪《うば》われたか。最悪なタイミングだな」

吐《は》き捨《す》てるように呟《つぶや》き、サリナルヴァが部屋中を眺め回す。

「ここにあいつが隠《かく》れているわけではないようだな」

「既《すで》に立ち去ったということでしょうか」

「ああ。だが、あいつの性格《せいかく》を考えるならば──」

部屋の外、開いたままの窓《まど》ガラスを睨《にら》みつける彼女。

「あいつは、まだこの研究所のどこかにいる。間違《まちが》いなくな」

「なぜそう思うんです？」

「あいつは妙《みょう》にクルーエルとネイトを気に入っていたからな。……いや、集まるべき場所に集まるべき者の方からやってきたというところだな」

三階の窓から地上を眺め、サリナルヴァが視線《しせん》を一層鋭《いっそうするど》くした。

「学者ながら、どうしてもそう思わずにはいられないことがある。この世界の流れというものは時に異様《いよう》な執念《しゅうねん》と皮肉《ひにく》と悪意と、そして狂《くる》おしいほどの愛をもって、人の道行きを試《ため》すものだとな」

彼女が視線で示《しめ》す地上、研究所本部の入り口に――

「ねえちび君、ところで何でミラー先生とかゼッセル先生まで一緒《いっしょ》なの？」

背《せ》に長大な鎗《やり》を担《かつ》いだ、赤銅色《しゃくどういろ》の肌《はだ》の少女と。そして。

「い、いえ……どうも目的地が一緒だったらしくて。でもお咎《とが》めなしだそうです」

夜色の髪《かみ》に夜色の瞳《ひとみ》をした、小柄《こがら》で幼《おさな》い顔立ちの少年。

「ネイト君、それにエイダちゃんまで？」

思わず、ティンカは窓から身を乗り出した。向こうはこちらに気づいていないようだが、あれは間違いなくトレミア・アカデミーの生徒だ。

……なるほど、これは確《たし》かに、もはや偶然《ぐうぜん》ではないのでしょうね。

クルーエル、ネイト、そしてそこに灰色名詠の敗者までもがこのタイミングで。

それこそ名詠式で詠《よ》び出されたかのように一斉《いっせい》に集《つど》うなんて。

「いずれにせよ……このまま無事に終わるとは思えんな」

地上の彼らを睨みつけるように見下ろし、ケルベルク研究所本部の副所長は一人静かに呟いた。

空奏『*deus*《なぜ》 *Arma viris*《わたしたちを引き離す》 *?*』

透《す》きとおった黎色《れいしょく》の世界。

赤、青、緑、黄、白。五色の小さな幻灯《げんとう》がどこからともなく生まれ、蛍《ほたる》のように飛び回ってはどこか遠くへと消えていく。

『ねえクルーエル、あなたの居場所《いばしょ》があの学校にあると思う?』

皮肉? 悪意?――否《いいえ》、空間に伝わる真精《アマリリス》の声は、哀《あわ》れみを含《ふく》んだ慰《なぐさ》めの響《ひび》き。

だけど、それが自分には逆《ぎゃく》に嫌《いや》だった。

「ないって言いたいの!?」

胸《むね》の奥《おく》が煮《に》えたぎるほどの激情《げきじょう》に身を任《まか》せて叫《さけ》ぶ。

だがその声はそれに動じるどころか、より一層優《いっそうやさ》しげに。

『あなたの力はわたしの力でもある。あなたはそれを何度も何度も利用した。そしてその目的は決して私利《しり》でも私欲《しよく》でもなかった。それで救えたものもある、守れたものもある。だけど、あなた自身には何が残ったかしら』

憐憫《れんびん》の情《じよう》すら声音《こわね》に含《ふく》み、アマリリスがしっとりと告げてくる。

『職員室《しよくいんしつ》にてあなたを試《ため》そうとした教師たち、あなたを奇異《きい》の目で見つめる生徒たち、もっと分かりやすいのがあなたを化け物呼《よ》ばわりした教師《きようし》たち、ミシュダル。数日前、あなたは学校の屋上で確《たし》かに言った。息苦しい、夏休みが終わってから特に他の生徒の視線《しせん》が怖《こわ》くなったって』

「……言ったよ」

激情が消え、残ったのは凍《こお》りつくくらい冷めきった記憶《きおく》。

黎明の神鳥《フェニックス》を見せてくれ——教師に、名も知らぬ生徒に次々と頼《たの》まれた。真精《しんせい》と、ひいては自分そのものがまるで見世物扱《あつか》いされている気がして、それがすごく嫌だった。

「辛かったんだもん、今までと違《ちが》う目で見られて……怖かったから」

『そう、それを正直に受け止めることは勇気がいる。だけどそれを受け止めたなら、わたしの言うことも分かるでしょ？　あなたにはわたしが——』

「ううん、でもそれは、わたしだって覚悟《かくご》の上でやったことだから」

あの時にはそれが必要だった。先のことなんて考えられないくらい限界《げんかい》の状況《じようきよう》で、自分にできる精一杯《せいいつぱい》のものが名詠式だったのだから。

「それに、わたしは一人じゃないもん。信じてくれる人がいるから」

『わたし以外に、あなたを受けとめてくれる者がいるというの？』

「いるよ！」

声の限《かぎ》りクルーエルは叫んだ。

たとえその声が今は届《とど》かないものだとしても——

わたしは、あの時の彼の言葉を信じてる。

「ネイトは、わたしのこと信じてくれるって言ってくれた！」

『ネイト？　それはネイト・イェレミーアスのこと？』

「そうよ、他《ほか》に誰《だれ》がいるっていうの！」

アマリリスの問いかけに、叫ぶようにクルーエルは声を上げた。

『——ならばやはり、わたしはまだ、あなたをここから出すわけにはいかない』

途端《とたん》、今まで宙《ちゅう》をさまよっていた五色の幻灯が音もなく消失した。

「え……」

反射的《はんしゃ》に辺りを見回す。

でも、だめだ。どんなに目を凝《こ》らしても一メートル先も見通せない。どんな闇《やみ》より透《うす》く寒い空間で、唯一《ゆいいつ》の光源《こうげん》が消え去ってしまったのだから。

『わたしはネイトを認《みと》めない、あなたを任《まか》せる器《うつわ》とは思えないから』

「なんで、なんであなたはネイトをそんなに悪く言うの！」

自分のことなら直接《ちょくせつ》何を言われたって構《かま》わない。だけどわたしのことで、わたしじゃない人を引き合いに出してそれを悪く言うなんてあんまりじゃないか。それも今回だけじゃない、ネイトが浸透者《しんとうしゃ》と戦っている時だってそうだった。

『始まりの島《ツァラベル》で、わたしはこの世に生まれた全《すべ》ての人間《こどもたち》を見ている。だからこそ分からない、なぜあなたが彼を選ぶのか。あんなに弱くあんなに脆《もろ》い子を』

「強いとか弱いとか、そういう言葉で括《くく》らないで！」

そんな言葉で人を決めつける必要ないじゃないか。すごい名詠ができるとか、何かがすごく上手とか……わたしは、それが本当に大切なものとは思わない。

今すぐに何かができなくてもいい、一緒《いっしょ》にいて、一緒に練習したりうまくなっていくことこそが大切だと思うから。

『では、何をもってあなたはネイトを選ぶ？』

「ネイトは、わたしを信じてくれてるもの」

この学校に来たことを後悔《こうかい》しかけていた自分を、励《はげ》ましてくれた。

夏期合宿、名詠式が怖いと言った自分を信じてくれた。

悩《なや》んだことを打ち明けられる。他人の悩み事を、まるで自分のことのように親身になって考えてくれる。その一つ一つが、わたしはすごく嬉《うれ》しかった。

『信じるという*Riris*《約束》。それが全《すべ》て真実であるのならば、ね』

数歩分ほど離《はな》れた先、幽《かす》かに灯《とも》る蒼碧《そうへき》色の幻灯《げんとう》。

拳大《こぶしだい》の大きさから赤子ほどの大きさへ、徐々《じょじょ》に明るく大きく。最後に、灯《ひ》はクルーエルの身長と重なりあうほどの大きさに成長していた。

『あなたはネイトの言葉をそのまま信じきっている。けれど果たして、その言葉が正しいと断《だん》じるに足るものを、わたしに示《しめ》すことができる？』

青い灯の中に揺《ゆ》れる、緋色《ひいろ》の人影《ひとかげ》。

「……何が言いたいの」

『信じる、いつまでも一緒にいる。そんな言葉はこの世界で毎日何百何千回も唱えられ、そして同じ数だけ失われていく』

影絵《かげえ》のようにゆらめく赤のシルエット。明確《めいかく》なものじゃない、けれど、どことなく女性《じょせい》を思わせるやわらかな身体《からだ》の曲線に、背中《せなか》まで伸《の》ばした緋色の長髪《ちょうはつ》。

『場を取り繕《つくろ》うための軽薄《けいはく》な嘘《うそ》、偽《いつわ》り、詐称《さしょう》。いえ、そんな悪意的なものでなくとも、その言葉を守ることのできない者が、この世界にどれだけいると思う？』

灯の向こう側にいる真精《しんせい》が少女の姿《すがた》をしていることだけは、クルーエルにもはっきりと分かった。そして――

『だからこそ、クルーエル。〈約束に牙剝く者《アマリリス》〉としてわたしは訊きたい。あなたは何をもって、彼の〝信じる《ネイト》〟という約束を信じるの？』

ゆっくりと、その真精はクルーエルの前に姿を現《あらわ》した。

五奏『それでも　あなたのそばにいたいから』

1

「おお、なんかやたら広い会議室だね」

案内されるまま研究棟《けんきゅうとう》の一室に足を踏《ふ》み入れ、エイダは辺りを見渡《みわた》した。

ケルベルク研究所本部、研究棟二階の大会議室。四人用の長机《ながつくえ》が十数個《じゅうすうこ》集まってコの字形を形成し、まだ室内の半分以上はスペースが空いている。立食パーティでも開こうと思えば優《ゆう》に百人規模《きぼ》のものが催《もよお》せるだろう。

「エイダちゃんも知ってるように、名詠式《めいえいしき》の研究では学者だけでなく名詠士や祓名民《ジルシエ》にも協力を要請《ようせい》しますからね。大勢《おおぜい》が論議《ろんぎ》を交《か》わせるだけのスペースが必要なんです。あ、これはサリナルヴァからの受け売りですけれど」

室内の中央部で、生徒を先導《せんどう》していたティンカがくるりと振《ふ》り返る。

「ふーん、まあ広いのはありがたいや。いきなりクラス全員で押《お》しかけたはいいけど、こんな大人数が入れる部屋あるか不安だったんだ」

なにしろ一クラス全員丸々だ。突然《とつぜん》の訪問《ほうもん》でこれだけの人数を受け入れてもらえるかはエイダにとっても不安の種だった。

「さすがはケルベルク機関の本部研究所だけありますね。みなさんが泊まる部屋も、サリナルヴァが今から手配してくれるそうです」

「さすがサリナ。それが一番不安だったんだ」

「職員《しょくいん》の仮眠室《かみんしつ》だから寝心地《ねごこち》は保証《ほしょう》しないがな、と言ってましたけれどね」

「あー、平気。ウチら全然気にしないって」

背後《はいご》でひっきりなしに騒《さわ》ぎ立てるクラスメイトたち。列車であれだけ騒いだはずなのに誰一人として疲《つか》れた様子もない。野宿《のじゅく》と言われても平然と受け入れてしまうような顔ぶればかりなのだ。

「エイダ、あのさ」

と、やおら男子のクラス委員がぽんと肩《かた》を叩《たた》いてきた。

「ん、なにさオーマ？」

「お前この素敵《すてき》なお姉様と知り合いなのか？」

自分とティンカ。二人を交互《こうご》に見比《みくら》べながらオーマが首を傾《かし》げてみせる。

……そっか、あたしとティンカが知り合いだって、クラスじゃ知ってるのちび君やミオくらいだったっけ。

「そだよ。でもティンカはあんたが思ってるほど若くないよ。若作りなだけで」

そう言った途端《とたん》、ずいっと当人が笑顔《えがお》のまま顔を近づけて。

「うふふふふ。エイダちゃん、何か言いました？」

「あわわわっ、何も言ってないよ！」

慌《あわ》てて飛び退がる。……ふう、危《あぶ》なかった。でもティンカ何歳《なんさい》だっけかな。確《たし》かあたしの記憶《きおく》では、親父《おやじ》と同年代だった気がしたんだけれど。

「お久《ひさ》しぶりですわ、叔母様《おばさま》」

ふと、クラスメイトの一人がすっとティンカの前で小さく会釈《えしやく》した。

ウェーブがかった金髪《きんぱつ》を揺《ゆ》らせる長身の女子生徒だ。どことなく大人びた顔立ちと物腰《ものごし》、目元に小さな泣きぼくろ。キリエ――学園では料理研究会に所属《しよぞく》。一年生ながらその副部長に就《つ》いているクラスメイトだ。

「まさかこんなところで会うなんて。叔母様と会うのも数年ぶりですね」

……え、叔母様？

ぽかんと思考が停止している自分やオーマはさておき、二人は和気あいあいと。

「あらキリエ、大きくなったわね。料理の勉強は進んでる？」

「ええ、まだまだ覚えることが山のようです。ところで、先日トレミア・アカデミーにいらっしゃったという噂《うわさ》も聞いてましたけれど」

「ああごめんなさい、あの時は本当に手が離《はな》せなくて」

「ちょ、ちょっと待った！」

二人の間にエイダは無理やり割《わ》って入った。

「え、あのさ。間違《まちが》ってたら悪いんだけど、……キリエとティンカさんって、知り合いどころか、もしかして親戚《しんせき》？」

「そうよ」

「あら、エイダちゃんには言ってなかったかしら？」

あっさりと頷《うなず》く両者。

「キリエの母がわたくしの姉です。髪《かみ》の色は遺伝《いでん》の関係で違いますけどね」

「はー……あたしもびっくりだわ。世界って狭《せま》いね」

ただあらためて二人を見比べると、確かに口調や顔立ちが似《に》ているような。

「ん？　どうしたオーマ？」

隣《となり》では、なぜか彼が床《ゆか》にがっくりと膝《ひざ》をついていた。

「見目麗《みめうるわ》しきお姉様と思っていた人が、よりによってクラスメイトの母親と同年代だった時の衝撃《しょうげき》は……大きいぜ？」

「いや、だから言ったろ。ティンカはお姉様って言えるほど若く——」

「エイダちゃん、何か言いましたか？」

「あわわわっ、だから言ってないってば！」


「すいませんね、大所帯で押しかけてしまって」

コーヒーの入ったカップを手に、ミラーが苦笑いの面持《おもも》ちを浮《う》かべた。

「まったくだ、これだけ大人数で来るなら前もって連絡《れんらく》して欲《ほ》しいものだな」

「そうしようとも思ったのですが」

コトンと、その教師《きょうし》はカップを机《つくえ》に置いて。

「事前に連絡したら断《ことわ》られそうだなと思いまして」

「頭の回転が早いのも困《こま》りものだな」

頰杖《ほおづえ》をつき、サリナルヴァもまた口元をやわらげた。

「実は先ほど学園のケイト教師から連絡が入ってな。担任《たんにん》教師としても放《ほう》っておくわけにはいかんそうだ。クラス生徒を引き取りに、彼女もここに向かっているとさ」

「なるほど、それで生徒たちは？」

「子供《こども》好きのティンカが適当《てきとう》にあやしてるさ。ネイトだけは本人とゼッセル教師からこっそり打診《だしん》があったから、クルーエルのいる保養区《ほようく》に行かせてやったのはお前も知ってるな」

「ええ。しかし一つ気になったのですが、なぜエンネとゼッセルまで彼と一緒《いっしょ》に？」

眼鏡《めがね》の下、知的なまなざしに鋭《するど》いものが混じる。

「念のためな」

研究服のポケットを探《さぐ》り、サリナルヴァは手に触《ふ》れた物を机の上に放り投げた。灰色の欠片《かけら》。乾《かわ》いた音を立てて転がるそれを見つめ、ミラーの表情《ひょうじょう》が険《けわ》しくなる。

石化した、扉《とびら》の欠片。

「……ここも、既《すで》に侵入《しんにゅう》を受けていたというわけですか」

「おそらくつい数時間前だ。ここは身を潜《ひそ》められる場所がいくつもある上、来客も多い。学生だらけの学園に見ず知らずの大人がいればすぐに怪《あや》しまれるが、ここでは堂々と周囲にとけこむことができる。まあ覚悟《かくご》していたことだがな」

事実上、ミシュダルを捕捉《ほそく》するのは不可能《ふかのう》に近い。

「避難指示《ひなんしじ》は？」

「主要研究員を通じて末端《まったん》まで行き渡《わた》っているはずだ。この研究棟《けんきゅうとう》からは少し歩くが、緊急《きんきゅう》避難用の地下シェルターを東西南北の方向に四箇所設置《かしょせっち》してある。名詠《めいえい》実験中に名詠生物の暴走災害《ハザード》が起きた時のためのものだが、いざとなれば職員《しょくいん》や生徒たちはそこに逃《に》がす。もっとも、そうならんことを祈《いの》るばかりだがな」

「事情《じじょう》は承知《しょうち》しました。避難用シェルターがあるということ、自分から生徒に伝えておきます。あくまでそれとなくですが」

「ああ、頼《たの》む」

「しかし、いっそ今この段階《だんかい》でも徐々《じょじょ》に避難指示を出せないのですか？」

トレミア・アカデミーの轍《てつ》をあらためて踏むことはない。彼の言うことは確《たし》かに正論《せいろん》だった。だが――

「あいにくと時間がないんでな」

平静を保《たも》ったまま、サリナルヴァは小さく首を横に振《ふ》った。

「時間？」

訝《いぶか》しげに瞳《ひとみ》を曇《くも》らせるミラーに、サリナルヴァはコートの衣嚢《いのう》から数枚《すうまい》の紙切れを取り出した。折りたたんであった紙面を広げ、投げつけるように彼へと手渡《てわた》す。

ティンカがまとめた簡易《かんい》的な診療録《カルテ》。

「クルーエルがもう保《も》たない。いや、いつ力尽《ちからつ》きてもおかしくない状況《じょうきょう》だ」

「……そうだったのですか。自分は彼女の容態《ようだい》を詳《くわ》しく知らなかったので。……なるほど、あの大人しいネイト・イェレミーアスがここまでやってくるわけだ」

「ミシュダルがいつ攻《せ》めてくるかも分からないのは承知の上。だがそれでも、それを怖《おそ》れて研究を止《や》めてしまうことは、万一クルーエルが助かる可能性《かのうせい》すらも閉《と》ざしてしまうことになる。だからできない」

不確定《ふかくてい》、だが間違《まちが》いなく迫《せま》っているタイムリミット。そのぎりぎりまで食《く》らいついてしがみつく。クルーエルをこの研究所に招《まね》くことを決断《けつだん》した時から覚悟《かくご》は決めていた。

「とんだ修羅場《しゅらば》。だが、だからこそやりがいがある」

「そういうことだな」

「……あなたを見ていると、教員を選んで正解《せいかい》だったのかなという気がしてきました」

「それをお前が言うな」

呆《あき》れ笑いを隠《かく》そうともしないミラーの臑《すね》を、サリナルヴァは鉄製《てっせい》のハイヒールで盛大《せいだい》に蹴《け》りつけた。

2

保養区《ほようく》。そう書かれた立て看板《かんばん》の前を足早に通り過《す》ぎる。

歩道からふと視線《しせん》を左に移《うつ》せば、そこには視界《しかい》一面に広がる森林。複数《ふくすう》の野鳥の鳴き声が競合するように響《ひび》き合う。

「トレミアもそうだけど、敷地《しきち》の自然のほとんどが手を加えずに残ってるんだな。すげぇ贅沢《ぜいたく》、リゾート地みたいだ」

「せせらぎの音まで聞こえるわね。近くに小川もあるみたい」

しきりに周囲の様子を見やるゼッセル、エンネ両教師《きょうし》。

「……研究所の建物からは離《はな》れた場所にあるんですね」

一方で、のんびりとした二人を先導《せんどう》するかたちでネイトは足取りを速めた。

「そりゃ保養区だからな。心と身体《からだ》を落ちつかせるには、誰《だれ》だって静かで見晴らしの良い場所の方がいいだろ。ま、そんなに焦《あせ》らなくてもどうやら着いたようだぜ」

案内図を持つ手で、ゼッセル教師が進行方向をまっすぐ指さした。その方向をじっと見つめ、ネイトはぽかんと口を開けた。

「あれが病院なんですか?」

目をこすってどれだけ眺《なが》めても、目の前にあるのは木造《もくぞう》のコテージだ。一般《いっぱん》の医療施設《いりょうしせつ》のような、冷たい印象がまるでない。それこそ観光客が寝泊《ねと》まりする宿泊施設《しゅくはくしせつ》のような。

「ゼッセル、地図間違《まちが》えてない？」

同じく首を傾《かし》げるエンネ教師。しかしゼッセル教師は地図を穴《あな》が空くほど見つめたまま。

「いや、確かに合ってるって。ずいぶん洒落《しゃれ》た施設だとは俺《おれ》も思うけど」

——ここに、クルーエルさんが。

とくん、とくんと胸《むね》が騒《さわ》ぐ。嬉《うれ》しさや興奮《こうふん》の高鳴りじゃない。たった二日しか会わなかったのに、なんだかすごく緊張《きんちょう》する。

「あの、すいません！」

扉《とびら》の前の呼《よ》び鈴《りん》を押《お》した。小さく響《ひび》き渡《わた》る機械的なブザー。一秒、二秒……時間が経《た》つのが遅《おそ》く感じる。体内時計ではそれこそ、何時間も経過《けいか》したと錯覚《さっかく》するくらいの時を経《へ》て。

「お待たせしました」

木造の扉が開き、中からケルベルク職員と思《おぼ》しき女性《じょせい》が顔を覗《のぞ》かせた。

「ええと、クルーエルさんがここにいるってサリナルヴァさんが」

「ああ、副所長から話は承《うけたまわ》っています。どうぞこちらに」

促《うなが》されるまま建物内部へ。だが数歩と歩かぬうち、ふと違和感《いわかん》があった。背後《はいご》の足音が妙《みょう》に静かなのだ。

思わず、教師二人がいるはずの後方へと振《ふ》り返る。見れば二人とも、玄関《げんかん》外に留《とど》まったままだった。

——あれ？

「ゼッセル先生、エンネ先生？」

「あー、気にすんな。今回あの子に会いに来たのは俺たちじゃねえからな」

気楽に手を振るゼッセル教師、そしてその隣《となり》では。

「そういうこと。外で待ってるから、ゆっくり話していらっしゃい」

微笑《びしょう》を浮《う》かべたまま腕《うで》を組むエンネ教師。

「は、はいっ」

大きく頷《うなず》き、ネイトは先を進んでいく女性職員《しょくいん》の後をついていった。

フローリングだからか、慌《あわ》てて走ってもほとんど足音が立たない。これも患者《かんじゃ》をいたわる配慮《はいりょ》なのだろう。廊下《ろうか》につけられた歩行補助《ほじょ》のための手すりや車椅子《くるまいす》用スペース、あらためて眺《なが》めると、確かに病棟《びょうとう》らしき設備《せつび》が充実《じゅうじつ》しているようだった。

「こちらです」

廊下の最奥《さいおう》に用意された部屋の前で職員が立ち止まる。

扉に設《もう》けられたネームプレートに記入はない。きっとサリナルヴァからの指示《しじ》を受け、慌《あわ》ててクルーエルが入る部屋の準備《じゅんび》をしたのだろう。そのどたばたでネームプレートの記入を忘《わす》れたのかもしれない。本当に些《さ》細《さい》なことかもしれないが、今はそれが少しだけ悲しかった。

「私は先ほどのエントランスにいるので、何かあれば」

「はい、ありがとうございます」

通路を去っていく職員の背《せ》を見送り、ネイトは眼前《がんぜん》の扉を見つめた。

トン……トン……

小さく二回ノック。もとより、部屋の中から返事がないことは分かっていた。

「失礼します」

扉を開け、部屋の中へと足を進める。たったそれだけのことなのに、緊張《きんちょう》で足が持ち上がらなかった。それこそ数ミリの段差《だんさ》でもつまずいてしまうくらい。

一瞬《いっしゅん》、眩《まぶ》しいまでの陽《ひ》にまぶたを閉《と》じる。再度《さいど》目を開けたその先は——

……なんて、寂《さび》しい部屋なんだろ。

その部屋は、どうしようもないくらい寂しい部屋だった。廊下側の壁《かべ》に小さなタンスがただ一つ。必要最低限《さいていげん》の調度品を除《のぞ》いては花瓶《かびん》の一つ、絵画の一枚《いちまい》もない部屋。

その中央に、木製《もくせい》のベッドだけがぽつんと取り残されたように配置されている。陽がよく射《さ》しこむため部屋内は明るい印象。しかしそれが、逆《ぎゃく》に物寂しさをより一層《いっそう》浮《う》き彫《ぼ》りにしているかのようでもある。

ただ一つ置かれたベッドに、見覚えのある少女が昏々《こんこん》と眠《ねむ》りについていた。入院患者用の衣服を羽織《はお》り、その上には薄《うす》い純白《じゅんぱく》のタオルケット。

「クルーエルさん？」

目をつむったままの彼女から返事はない。

「……返事、してくれないんですか」

ベッドの横で、ネイトは床《ゆか》に膝《ひざ》をついた。寝《ね》ている彼女と、ちょうど同じくらいの顔の位置だった。

〝――ティンカの見立てでは一週間が限界《げんかい》だって話だった〟

微笑《ほほえ》むように寝入るクルーエル。本当に、限界に達しているとは思えないくらい優《やさ》しい表情《ひょうじょう》。呼《よ》べばすぐにでも起き上がってくれる、そんな気がしてならない。

「僕……どうすればクルーエルさんを助けられるんですか」

吐息《といき》が触《ふ》れるほどに近い距離《きょり》。

自分でもふしぎだった。もし彼女が起きていたなら、目を開いた彼女と向き合っていたなら、この距離は恥《は》ずかしくて堪《たま》らない距離のはずなのに。

「クルーエルさんと同じクラスになって、その日に実験室で、僕すごい失敗しちゃって。その夜のこと……クルーエルさん覚えてますか」


〝キミを見習って、わたしもちょっとだけ頑張《がんば》った方がいいのかな〟


「僕、母さんとの約束のために夜色名詠《よるいろめいえい》を勉強しようと思って、そのためにトレミア・アカデミーに来ました」

でもいつからか、名詠を頑張る理由がもう一つできていた。

「クルーエルさんが頑張るって言ってたから、僕も一緒《いっしょ》に頑張ろうって、一緒に頑張りたくて勉強してたんです。アーマと母さん、それに……クルーエルさんに認《みと》めてもらいたかったから」

初めて来る土地、初めて会う人たち。初めての、正式な名詠学校。一緒にいてくれた人がいたからこそ、転入してからの二か月は楽しかった。

「だから、お返しに何かしたかったんです」

でも、それができないうちに……本当に、何でこんなことになっちゃったんだろう。気づいた時には全《すべ》てが遅《おそ》くて、それに気づけなかった自分自身が悔《くや》しくて仕方なかった。

……クルーエルさん、今僕がしてあげられることって何ですか？

ほっそりとした彼女の頬《ほお》を、ほんの僅《わず》かだけ、一瞬《いっしゅん》だけ、ネイトは指先でそっと撫《な》でた。

確《たし》かに感じる温かみ。きっと彼女だって、今もずっと闘《たたか》ってる。

〝――おやすみのキス、して〟

「だめですクルーエルさん。僕、おやすみのキスなんて絶対《ぜったい》しません」

口に苦い物が混じったまま、ネイトはかすれ声で小さく洩《も》らした。

「……だって、だってそんなことしたら……クルーエルさん寝ちゃうじゃないですか」

眠ったまま、もう起きることはない。そんな気がする。

だからこそ。

「ねえ、クルーエルさん」

まぶたを閉じたままのクルーエルを、ネイトはじっと見据《みす》えた。

「もし僕が……おやすみなさいじゃなくて、おはようございますってキスしたら……クルーエルさんは目を覚ましてくれますか？」

3

研究棟《けんきゅうとう》最上階、副所長室。

狭《せま》く薄暗《うすぐら》い室内に二人分の吐息、そして鳥が翼《つばさ》を羽ばたかせる小さな音が響《ひび》く。

「動ける人間を総動員して敷地《しきち》内の主要箇所《しゅようかしょ》を洗《あら》ってみたが、徒労に終わった。ミシュダルが侵入《しんにゅう》したのは確実《かくじつ》。だが荒《あ》らされていたのは結局、例の三階研究室一箇所だった」

『被害《ひがい》は？』

音響鳥《おんきょうちょう》が伝えるクラウスの問い。これはサリナルヴァにとって予想していたものの一つだった。

「うちの者が何人か治療中《ちりょうちゅう》だ、命に別状《べつじょう》はない。奪《うば》われた物も、既《すで》に触媒《カタリスト》として使用済《ず》みだった〈孵石《エッグ》〉一つだ」

『……すんなりとは腑《ふ》に落ちないな』

淀《よど》みなく答える自分と対照的にクラウスの声には覇気《はき》がない。

「ああ、サンプルデータもやられたかと思ったのに、それにも一切《いっさい》手を触《ふ》れないままだ。だからこそ余計《よけい》に気になる」

トレミア・アカデミーで遭遇《そうぐう》した時のミシュダルは、まだ理で動いていた部分があった。

しかし今回のはどうだ。危険《きけん》を冒《おか》して研究棟の三階まで侵入しておきながら、奪ったのは既に使用され役に立たない〈孵石《エッグ》〉ただ一つ？

「陽動狙《ねら》いにしてはリスクが高すぎる行動だ。何か裏《うら》で別の理由があるとしか思えん」

『いずれにせよ、現場《げんば》にいない私には判断《はんだん》が難《むずか》しい話だな』

「こっちはこっちで何とかする。優秀《ゆうしゅう》な祓名民《ジルシエ》を貸《か》してもらって心強いよ」

クラウスの信頼《しんらい》する祓名民《ジルシエ》を五人、うち二人は祓戈の到極者《ジルシュヴェッサー》の称号《しょうごう》を授与《じゅよ》された者たちだ。敷地内《しきちない》の主要建造物《けんぞうぶつ》に一人ずつ配置している。ここ研究棟にも一人、いや、今自分の隣《となり》で祓戈《ジル》の手入れをしている彼女を含《ふく》めれば二人か。

「ん？　優秀な祓名民《ジルシエ》ってあたしのこと？」

耳ざとく振《ふ》り返ったのはエイダだ。

「そうだな、頼《たよ》りにしてるよ暴走娘《ぼうそうむすめ》」

机《つくえ》に留《と》まる音響鳥を抱《だ》き寄《よ》せ、彼女が座《すわ》る方へと持っていく。

『あまり褒《ほ》めないでやってくれサリナルヴァ、うちの娘は褒められるとだな』

「ああもうっ、親父《おやじ》は黙《だま》ってろっての！」

エイダが必死の形相で音響鳥を睨《にら》みつけはするものの、当然向こうにその表情《ひょうじょう》は届《とど》かない。怯《おび》えたのはクラウスではなく音響鳥の方だった。

「ほらエイダ、音響鳥が怖《こわ》がってるからほどほどにしとけ」

「……くそぅ、ルフ爺《じい》がいれば援護《えんご》してくれるのに」

ぶつぶつと言い残し、祓戈《ジル》の手入れに再《ふたた》び集中するエイダ。

『そうだ、カインツだが』

前触《まえぶ》れなくクラウスが告げた名に、サリナルヴァは反射的《はんしゃてき》に眉《まゆ》をつり上げた。

「見つけたのか？」

『あいつの方から音響鳥を寄《よ》こしたよ。遠い場所に遠足に行ってきたとな。収穫《しゅうかく》はあったか訊《たず》ねたんだが、どうにもあいまいな答えしか返さなくて何と言えばいいのやら』

「いつものことさ」

あの男の放浪癖《ほうろうへき》も秘密主義《ひみつしゅぎ》も、〈イ短調〉のメンバーなら誰もが知っていることだ。

『その件《けん》で、もしやカインツがそちらに行ってるのではと思ったのだが』

「その報告《ほうこく》はまだないな。かと言って、そもそも事前連絡《れんらく》を寄こすくらい几帳面《きちょうめん》な男でもないだろうし……と、そろそろ時間のようだな」

輝《かがや》く光の粒子《りゅうし》が音響鳥の身体《からだ》を覆《おお》っていく。名詠《めいえい》で詠《よ》ばれた生物が還《かえ》ろうとする前兆だ。

『そのようだな、何かあればそちらからも連絡を寄こしてくれ』

緑色の輝きを放ち、机上《きじょう》に留《とど》まっていた音響鳥が還っていく。それを見送り、サリナルヴァは自分の左席に座る彼女へと身体の向きを変えた。

「さてエイダ、待たせたな。そっちの話を聞こうか」

「うん」

クラウスと自分の会話にエイダが参加していたのではなく、エイダとの会話の最中《さなか》に音響鳥が割りこんできたのだ。名詠された音響鳥の方は時間的制約《せいやく》があるため、急遽《きゅうきょ》こちらを優先《ゆうせん》させることになった。

「いや、あたしのは大したのじゃないんだけどね」

向き合っていた視線《しせん》を横に逃がし、エイダが窓《まど》の外をじっと眺《なが》める。

「……これだけ高い場所だと、やっぱ見晴らしもいいね」

広大な敷地で、もとから他《ほか》に高い建造物もない。研究棟最上階からならば遥《はる》か彼方《かなた》の地平線までもが見渡《みわた》せる。

「私も気に入っている。この陰気《いんき》な場所で唯一《ゆいいつ》まともな光景だよ。もっとも、この夜中では景観も限定《げんてい》されてしまうがな」

研究所敷地内は夜中から朝方まで、無数に設置された外灯によってライトアップされている。敷地内は昼夜関係なく明るいのだが、その敷地から一歩出れば、そこは真っ暗な平原が延々《えんえん》と続く別世界だ。

「ちび君を今夜一晩《ひとばん》、クルーエルのいる病棟に泊《と》まらせるってのはサリナの提案《ていあん》？」

「提案ではなく、せめてもの妥協案《だきょうあん》だな。それで少年の気持ちがやわらぐのであれば」

椅子《いす》に座したままで、組んでいた足を組《く》み替《か》える。

「それは分かってるけど、ミシュダルがもしちび君たちを襲撃《しゅうげき》してきたら？」

「ミラーの同僚《どうりょう》の教師《きょうし》二人をつけた。石化を解除《かいじょ》できる白色名詠の教師《エンネ》もいる。その周囲にも祓名民《ジルシエ》を配置、何かあればすぐにでも連絡が取れる態勢《たいせい》にしてある。私に言わせるなら、病棟にいるネイトなどよりむしろ――」

足下《あしもと》の床《ゆか》を、ハイヒールで軽く踏《ふ》み叩《たた》く。

地下一階の仮眠室《かみんしつ》。そろそろトレミアからの生徒も寝入《ねい》った頃《ころ》だろう。

「仮眠室に寝泊《ねと》まりしてるお前のクラスメイトが不安材料だな。何かあった時にさっさとシェルター内に逃《に》げ込《こ》んでくれれば助かるが、人質《ひとじち》に利用されると厄介《やっかい》だ」

「そこはあたしが何とかするよ、クラスメイトには指一本触《ふ》れさせないって」

「ならばさっさと下に行ってやれ。ネイトだけでなくお前までいつまでも帰らないなら、さすがにクラスメイトも不安がる」

「はいはいっと」

祓戈《ジル》を抱え、気楽な歩調で出口に向かうエイダ。と思えば、その祓戈の到極者《ジルシュヴェッサー》は扉《とびら》の前でぴたりと足を止めた。

「サリナ、あんたこの部屋で一人だろ。余計《よけい》なお節介《せっかい》かもだけど、気をつけろよ」

「あの男が今さら私のような一研究者に興味《きょうみ》を抱《いだ》くとは思えんがな。ともあれ、その忠《ちゅう》告《こく》は真摯《しんし》に受け止めておくよ」

エイダが退室《たいしつ》し、室内には耳が痛《いた》くなるほどの静寂《せいじゃく》だけが立ちこめた。

「ミシュダルが今さら私を狙《ねら》う理由もないだろうが……」

机《つくえ》の引き出しを開ける。溢《あふ》れ出るほどの書類や小物の中に、小さな機械装置《そうち》が一つ。手のひらに隠《かく》せるサイズのそれを手に取り、ぼんやりと見つめた。

黄の小型精命《ウィル・オ・ウイスプ》の放電現象《げんしょう》を研究中、その実験の一環《いっかん》として製作《せいさく》した高電圧銃《スタンガン》。護身用《ごしんよう》ではなく、ほとんど自分の趣味《しゅみ》で作ったものだ。最大威力《いりょく》に設定《せってい》して使用すれば相手を行動不能《ふのう》にするくらいの出力《パワー》は出る。

「……はは、今思えば可愛《かわい》らしい玩具《おもちゃ》だな」

穴《あな》が空くほどそれを見つめ――

「しかし、玩具はしょせん玩具だ」

サリナルヴァは、それを部屋の隅《すみ》に設置《せっち》されたゴミ箱へと投げ入れた。

「こんなもんであいつがどうこうできるなら苦労はない、か」

羽織《はお》っていたコートを椅子の背《せ》にかぶせ、サリナルヴァは再《ふたた》び机上《きじょう》の資料《しりょう》と向き合った。

今は、そんな心配をする時間すら惜《お》しいのだから。

4

「クルルがいるのはこの建物じゃないんだね……てっきりすぐ会えるかと思ったのに」

小さな不満に頬《ほお》をふくらませ、ミオは目の前のベッドにうつぶせに倒《たお》れこんだ。

女性用仮眠室——木製《もくせい》の三段《さんだん》ベッドが十数個《じゅうすうこ》に、それと同数のロッカーが整備《せいび》された部屋だ。何日も泊まりがけで使用する職員《しょくいん》もいるらしく、ロッカーの上には私物《しぶつ》と思《おぼ》しき備《び》品《ひん》がいくつも残っている。

「まーいいじゃない、主治医の人が明日には会わせてくれるって言ってんだから。むしろこうして寝《ね》る場所があることに感謝《かんしゃ》しなきゃ」

寝間着《ねまき》代わりの運動着に着替《きが》えながら、サージェスが飄々《ひょうひょう》とした口調で応《こた》える。

「そういや、隣《となり》の男子はやけに静かだね」

隣の壁《かべ》に聞き耳を立てミオは目を瞬《しばたた》かせた。つい先《さき》ほどまで騒《さわ》いでいたはずなのだが、時計が十二時を過《す》ぎた頃《ころ》から急に静かになった。今では物音一つ聞こえてこない。

「列車で騒いでたからね。疲《つか》れて寝てんだろ」

制服《せいふく》を畳《たた》んでいた手をふと止め、サージェスが怪《あや》しげな顔つきで。

「山は大変だよぉ？　テント張《は》っても夜中に虫とか蛇《へび》とか入ってくるし、ゴツゴツした地面の真上で寝るんだから背中《せなか》は痛《いた》いし。雪の上にテント張った時なんか最悪、雪が溶《と》けて背中とか足とかに染《し》みこんで冷たくて寝られないんだから……うふふふ」

「あ、あの……サージェスってば怖《こわ》いんだけど」

まるで怪談《かいだん》を語る時のような怪《あや》しげな表情《ひょうじょう》で近づく彼女から、ミオはこっそり後ずさりした。

「……あたし思うんだけど、そんな辛《つら》いことだらけなのになんで登山部やってるの？」

「え、いや、色々あるんだよ」

困《こま》ったように頰をかきながら、サージェスが視線《しせん》を宙《ちゅう》に泳がせる。

「普段《ふだん》わたしたちってさ、こういう寝泊まりする場所が当たり前にあると思ってるでしょ。でもちょっと自然のあるとこ行くとそんな常識《じょうしき》通用しないの」

目にかかる黒髪《くろかみ》を手で払《はら》い、友人の視線が意味ありげに目を細めた。

「それこそテントだって張れない場所で野宿だってあるし、もしテント張ったっていつ突《とっ》風《ぷう》で崩《くず》れるかなんてザラだからね。その時思うわけよ、『あー早く家に帰って暖かいベッドに入りたい』って。『おいしいご飯が食べたい』って」

一呼吸置《ひとこきゅうお》き、彼女はどこか大人びた笑顔《えがお》を浮《う》かべてみせた。

「ありがたいよ？　帰った先で出迎《でむか》えてくれる人がいるって。辛いことがあればあるほど、すっごく大切に思えるから。それが実感できるってのは大きいね」

「——出迎えてあげる、か」

自分の両の手のひらをまじまじと見つめ、ミオはぽつりと呟《つぶや》いた。

「あたし、そういうの体験したことがないから、そういう帰ってきた時の嬉《うれ》しさってあんまり分からないんだよね」

「ま、無理に体験するってのもどうかと思うけどね。でも出迎えてやることは、きっとみんなできるんじゃない？」

「……うん」

彼女が含《ふく》ませた言葉の意味を悟《さと》り、ミオはしずしずと頷いた。そうだ、クルルを出迎えてあげることだけは、あたしにだってきっとできることだよね。

「だから——」

サージェスが二の句《く》を継《つ》ぐ前に、仮眠室《かみんしつ》の扉《とびら》が開いた。

「やっほ、ただいま」

布《ぬの》を巻《ま》いた長鎗《ながやり》を抱《かか》え、現《あらわ》れたのは日焼けした小柄《こがら》な友人だった。

「エイダおかえりー。どこ行ってたの？」

「ちょっとサリナとお話」

「あ、ずるい～。エイダ一人だけ？」

エイダの告げる名前はミオにも聞き覚えがあった。トレミア・アカデミーで灰色名詠《はいいろめいえい》の使い手が侵入《しんにゅう》した時、自分の窮地《きゅうち》を救ってくれたのが彼女だ。

「面白《おもしろ》くもない話だってば、それより隣《となり》の男所帯が静かだね」

「うん、あっちはみんな寝ちゃったみたい」

と言っても、女子で起きているのも自分たち三人だけなのだけれど。

「やれやれ、まあいっか」

鎗を壁にたてかけ、エイダが深く溜息《ためいき》。

「とりあえず明日のことは明日にしよっか。ずっと気を張《は》り詰《つ》めてたらこっちが保《も》たない」

「そうだね。あ、エイダのベッドはそっちだよ、窓《まど》の傍《そば》」

部屋の一番奥《おく》。三段ベッドが並《なら》ぶ中で一番窓際《まどぎわ》に近いベッドの、その一番下だ。

「あーっと、ごめん。あたしこっちでいいよ」

自分が寝る予定だった、扉《とびら》に一番近いベッドをぽんぽんとエイダが叩《たた》く。

「でもそこ、人の出入りがありそうだからあんまりよく寝《ね》られないかもしれないよ？　あたし割《わり》とどこでも寝られるからそこにしようかなって思ったんだけど」

一応《いちおう》ミオがそう言ってはみたものの、エイダは既《すで》にそちらへ自分の荷物を移動《いどう》させてしまっていた。

「いいのいいの、悪いけど、ミオ窓際でもいいかな」

「エイダが良いならあたしはどこでも構《かま》わないよ」

持参したお気に入りの枕《まくら》だけを抱《かか》えて窓際のベッドへ。

「お、ミオのそれ家から持ってきたの？」

「そだよ～、あたしこれじゃないとダメなの」

枕を抱えたままベッドに潜《もぐ》り込もうとする矢先。

……あ、いっけない。

自分がまだ制服のままだったことにミオははたと気づいた。ついさっきまでクルーエルの見舞《みま》いに行く気だったから、寝間着《ねまき》に着替《きが》えるのも控《ひか》えていたのだ。

「あはは、ミオそのまま寝ちゃえば？」

「やだ、しわくちゃになっちゃうもん」

楽しげに言ってくるサージェスの提案《ていあん》は却下《きゃっか》、っと。

鞄《かばん》から寝間着代わりの運動着を取り出して、制服のボタンを外す——その直前だった。

部屋の照明が前触《まえぶ》れなく消えた。

「あ、ちょ、ちょっと待って！　あたしまだ着替えてなくて——」

今の今まで室内が明るかったからか、突然《とつぜん》の消灯で夜目がまるで利《き》かない。いったい誰《だれ》が消したかも未確認《みかくにん》だった。

「消したのエイダ？」

照明のスイッチは扉の真横にあったはずだから、エイダのはずだ。

広がる暗闇《くらやみ》の中。

「……いや、あたし明かりのスイッチ触ってないよ」

鼓膜《こまく》に伝わるエイダの声が、ぞっと背筋《せすじ》を冷やした。

——え、それじゃあどういうこと？

「停電？」

怪訝《けげん》そうな声音《こわね》でサージェスが呟《つぶや》く。

「……と思いたいけどね」

キンッ——小さな金属音《きんぞくおん》。

扉の方向で、エイダが鎗を握《にぎ》りしめた音がこだました。

5

僅《わず》かに開けた窓から入るすきま風。カーテンを揺《ゆ》らし、山となった書類をめくり、髪《かみ》をそっと撫《な》でていく。

……今日は、ずいぶんと湿《しめ》った風だな。

報告書《ほうこくしょ》を読み進める速度は落とさぬまま、風が触れたうなじの部分にサリナルヴァはそっと手を添《そ》えた。熱風というわけでもなく寒風というわけでもない。服を一枚羽織《いちまいはお》るには暑く、一枚脱《ぬ》ぐには寒い。かといってじっとしていると妙《みょう》にむず痒《がゆ》い。湿《しめ》り気混《ま》じりのひどく半端《はんぱ》な風だ。

〝生温《なまぬる》い風はどうもすかん、こういう時には決まって良からんことが起きる〟

祓名民《ジルシエ》の長老の口癖《くちぐせ》を思いだし、つい噴《ふ》きだしてしまいそうになった。

「いや、まったくだルーファ老。人の経験則《けいけんそく》というものは時として、無自覚ながら非常《ひじょう》に合理的な場合があるからな」

ただ、あの老人が真面目《まじめ》な顔つきでそう告げるのが、自分にとっては無性《むしょう》に面白《おもしろ》く感じてしまうのだ。

「……しかし、そればかり考えていても仕方ないか」

報告書をめくる手が突然《とつぜん》に止まる。山のように積もった報告書の中で、たった一つ気がかりな書類に自然と目が留まってしまったから。

該当《がいとう》書類の決裁名義《けっさいめいぎ》は研究第一課主任《しゅにん》。他でもない、あの薄気味《うすきみ》悪い自称《じしょう》敗者によって侵入《しんにゅう》された実験室の被害《ひがい》報告書だった。

石化の治療《ちりょう》を受けている職員《しょくいん》は三人。いずれも二、三日で現場《げんば》に復帰《ふっき》できると報告を受けた。実験室の修繕《しゅうぜん》には時間がかかる。しかしその間は予備《よび》の部屋を使えばいい。奪《うば》われた物は〈孵石《エッグ》〉一つ。だがそれすら、必要なデータは集計しまとめ終えている。その調査《ちょうさ》書《しょ》も無事。結果的に損害《そんがい》というほどのものではない。単にあの場所で火事が発生した方がよほど被害も大きかったに違《ちが》いない。

「なぜだ、ミシュダル」

カツッ、とペン先で机《つくえ》を穿《うが》つ。

「研究棟《けんきゅうとう》内部、いわばケルベルクの懐《ふところ》まで侵入に成功した。あるいはそれがここを陥落《おと》す唯一《ゆいいつ》の機会だったかもしれないんだぞ？　危険《きけん》を冒《おか》してまで侵入した挙《あ》げ句《く》、〈孵石《エッグ》〉を奪い返しただけだと？」

あまりにらしくない。何か狙《ねら》いがあると疑《うたが》ってしかるべきなのに、何も思い浮《う》かばない。思索《しさく》に耽《ふけ》れば耽るほど、あの男の行動の矛盾《むじゅん》が一層際《いっそうきわ》だつばかりだ。

「……だめだな。思考が冴《さ》えない」

夜、何度目かの嘆息《たんそく》。一度通路脇《わき》の水場で顔でも洗《あら》おうとした時。

トン、扉《とびら》がノックされた。

この時間に誰だ？

「副所長、いらっしゃいますか」

「……なんだ秘書《ひしょ》か」

「秘書ではなく、研究第一課主任です。まあそれはさておき、どうせ今日も徹夜《てつや》されるのかと思って。いつもと変わらないお茶ですけど、お持ちしました」

「む、もうそんな時間だったか」

午前一時半、自分が最も思考の鈍《にぶ》る時間だ。その時間に合わせ、この主任は必ず眠気覚《ねむけ》ましの紅茶《こうちゃ》を淹《い》れて運んでくる。強制《きょうせい》したわけではない、数年の付き合いで自然とそんな関係が日常化《にちじょうか》したのだ。

――研究者らしからぬ配慮《はいりよ》がきくあたり、やはり秘書っぽいよお前は。

苦笑《くしょう》は心中に留《とど》め、サリナルヴァは机《つくえ》から立ち上がった。

「ああ、入ってきてくれ。鍵《かぎ》はかかってない」

「は…………………」

はい、そう言いかけたまま、唐突《とうとつ》に扉の外が静まった。

五秒、十秒。

どれだけ待っても主任が扉を開けて入ってくる気配はない。

「ん、どうした？」

――ッッリィィィ…………ンッ――

返事は、通路で何か硬《かた》い物が割《わ》れた音だった。今のは紅茶のカップ？

「おい、どうした！」

扉へ駆《か》け寄《よ》る、その前に。

――好《よ》い夜だ

「っ！」

扉の直前《ちょくぜん》でサリナルヴァは突然足を止めた。いや、意識《いしき》するより先、全身を走る悪寒《おかん》に足が勝手に止まったのだ。その声は、まさか。

ギィ……重苦しい音を立てながら、扉が徐々《じょじょ》に開いていく。

「…………ぁ…………っ…………副……所長？」

まず目に入ったのは、両足が膝《ひざ》まで石化した状態《じょうたい》で直立する主任の姿《すがた》。

そしてその背後《はいご》、まるで友人であるかのように彼女の肩《かた》に手を載《の》せ、旅装束《たびしょうぞく》風の衣装《いしょう》を纏《まと》った大柄《おおがら》の男が暗闇《くらやみ》と同化するかのように立っていた。

「この時間まで居残《いのこ》りか、その熱意には頭が下がる思いだよ。昔の俺を思いだす、、、、、、、」

顔を隠《かく》すフードの下、僅《わず》かに見える口元は狂気《きょうき》の笑《え》み。

ズッ、ズッ、ズッ。足を引きずるような音を立て、男が一歩だけ部屋に踏《ふ》み入る。

「俺《おれ》が侵入していたことは分かっていたのだろう？　扉に鍵の一つかけておかないのは、お前らしくないな。まるで入ってこいと誘《さそ》っているかのようだ、なあ？」

「当然の推測《すいそく》だな」

ミシュダルからは見えぬ角度、研究服の左ポケットの膨《ふく》らみを手探《てさぐ》りで確認《かくにん》した。

職員《しょくいん》全員に持たせてある小型の警報装置《けいほうそうち》。ただ強烈《きょうれつ》な音を発生させるだけの機械だが、この棟《とう》に響《ひび》き渡《わた》らせる程度《ていど》の音量は十分出る。

だが、この場ですぐにそれを鳴らすわけにはいかなかった。

「何か仕掛《しか》けを用意してあるのなら、なぜさっさと使わない？」

口元の笑みを一層《いっそう》深め、ミシュダルが嘲笑《あざわら》うように続ける。

「ま、俺がお前の立場でも使わないだろうがな。こうして人質《ひとじち》を取った危険《きけん》人物の前で迂《う》闊《かつ》なことをすれば、かえって相手を刺激《しげき》するだけ。人質に何をしでかすか分からない。賢《けん》明《めい》なお前だからこそ使うに使えないといったところか」

「ああ。まったく、嫌《いや》になるくらい図星だよ」

表情《ひょうじょう》が歪《ゆが》みそうになるのを堪《こら》え、サリナルヴァは極力声音《こわね》を平静に保《たも》った。

——やはり、頭の回転は恐《おそ》ろしく速い。

しかし、ならばなおさら今回の襲撃《しゅうげき》は理屈《りくつ》に合わないではないか。いったいなぜ。

「だがあいにく、もはやお前に興味《きょうみ》はない」

一歩、ミシュダルが通路側へと後退《こうたい》する。濃《こ》い闇《やみ》の中、灰色《はいいろ》の旅装束《たびしょうぞく》だけがぼんやりと浮《う》かび上がり、それさえ徐々に霞《かす》んで消えていく。

この最上階から場所を移《うつ》す気か？

「途惑《とまど》い迷《まよ》い悩《なや》む——好《い》い表情だ、サリナルヴァ。しかし俺は最上階のさらに上に用があるんでな。そのついでに挨拶《あいさつ》に寄《よ》っただけだよ。布告《ふこく》と言った方が正しいかな」

「布告？」

それに答えることもないまま、足を石化したまま動けない主任の背後、ミシュダルの姿が影《かげ》と完全に同化する。

「ちっ、ますます分からんことをしてくれる！」

敗者が立ち去ったことを確認し、サリナルヴァは部下の下《もと》へ駆け寄った。

「すまんな、平気か？」

「……外傷《がいしょう》はないけど、歩けないのは平気じゃないです」

「馬鹿《ばか》、あの男に出会ってそれだけで済《す》んだのなら幸運だ」

研究服のポケットをまさぐり、朱《しゅ》に塗《ぬ》られた小型機器を取り出す。最寄《もよ》りの壁《かべ》目がけ、サリナルヴァはそれを全力で叩《たた》きつけた。

耳障《みみざわ》りな警報音《サイレン》が、通路という通路にけたたましく鳴り響く。

「一階の連中にも届《とど》くはずだ、応援《おうえん》もじき来る。……祓名民《ジルシエ》に足を治してもらってすぐ、お前はシェルターに避難《ひなん》しろ」

「ふ、副所長は？」

「私は──」

通路の奥《おく》、一層《いっそう》黒く澱《よど》んだ先を見据《みす》えた。非常階段《ひじょうかいだん》がある方向だ。が、あの男の目的はこの棟から脱出《だっしゅつ》することではない。最上階からもう一つ上、つまりは屋上だ。そこからならばケルベルク研究所のほとんど全敷地《しきち》内が見渡《みわた》せる。

「確《たし》かめたいことがある」

「危険です！　そもそも、何のためにクラウス氏から腕利《うでき》きの祓名民《ジルシエ》を派遣《はけん》してもらったのですか！　副所長だって避難を――」

「私が避難するのは、他の最後の一人が避難を終えてからでいい。それこそ何のためにここを任されているか分からんからな」

ケルベルク研究所本部において所長と呼《よ》ばれる人間は確かにいる。しかしそれはあくまで名目上。今では研究所にやって来ることすら珍《めずら》しい。つまるところ実質《じっしつ》的な最高責任者《せきにんしゃ》は紛《まぎ》れもなくサリナルヴァなのだ。自分も、そして周囲の研究者も誰もが共通の認識《にんしき》を持っている。

「……今度あの役立たず所長が来たら、私あいつ殴《なぐ》っていいですか？」

「その時は私も交ぜてほしいものだな」

「はい。ご無事を」

小さく頷《うなず》き、サリナルヴァは駆《か》けだした。

ズッ……ズズッ…………

むせび泣くようにこだまする敗者の足音。それを目指して。

外は風がやんでいた。無風にして無音。嵐《あらし》の前の静けさか。あるいは既《すで》に渦中《かちゅう》にいるからなのか。

——どのみち、これから嫌でも分かることだな。

カンッ、乾《かわ》いた音を立てながらサリナルヴァは非常階段を駆け上がった。広がる展望《てんぼう》。外灯に照らされ、ケルベルクの敷地《しきち》がさっと眼下《がんか》に展開《てんかい》した。

「まさか一人で追ってくるとは思わなかった。よほどの馬鹿《ばか》か自信家か。お前はどちらだ、サリナルヴァ？」

そう告げる男は、自分から対角線上に位置する隅《すみ》に悠然《ゆうぜん》と立っていた。

「まあ、もはやそれもどうでもいい」

黒塗《くろぬ》りの鉄柵《てっさく》の前で、背《せ》を向けたままミシュダルが片手《かたて》を上げる。さながら、世界を覆《おお》い展開する漆黒《しっこく》の天上《てんじょう》を仰《あお》ぐように。

「私とて好き好んでお前と話したいとは思わん。だが訊《き》きたいことがあったんでな」

一歩、また一歩と近づいていく。距離《きょり》にしてあと十数メートルほどか。

十メートル、八メートル、五メートル。詰《つ》めようと思えば一息に詰められる距離。にもかかわらず、この敗者は背を向けたままだった。

「なぜわざわざここで〈孵石《エッグ》〉を奪《うば》った、いや、なぜ〈孵石《エッグ》〉しか奪わなかった。あそこまで懐《ふところ》に入っておきながら、使い古しの触媒《カタリスト》一つで満足したというのか？」

「満足？」

ゆらりと、眼前《がんぜん》の相手が振《ふ》り返った。

「ふ、はは……はははっ！　満足、満足か！　満ち足りると書いて『満足』！　いいなその言葉、俺にとっては理想の果てに行き着いてもまだ及《およ》ばない言葉だ」

自分ではなく、まるで自らに言い聞かせるように敗者が奇声《きせい》を上げる。

「トレミア・アカデミーで言っただろう？　俺はどれだけ葡萄酒《ワイン》を注《つ》いでも満たされない、穴《あな》だらけの器《グラス》だとな」

ならばなぜ——そう訊き返す前に。

「単なる思い入れだよ」

「思い入れ？」

「このくだらない玩具《おもちゃ》。俺とヨシュアが互《たが》いに傷《きず》を舐《な》めあい、地を這《は》い進み泥《どろ》をすすって生きてきた証《あかし》だからさ。たった一つのものさえ得ることのできない俺たちが、たった一つすがった代替品《だいたいひん》だ。研究に没頭《ぼっとう》することで全《すべ》てを忘《わす》れられた、それだけの愛情《あいじょう》を注いで造《つく》ったんだ。取り返したくもなる」

「取り返した次は何だ？　ネイトやクルーエルに復讐《ふくしゅう》か？」

トレミア・アカデミーにて、浸透者《しんとうしゃ》という名詠生物が二人を襲《おそ》った件《けん》はティンカから報《ほう》告《こく》を受けている。

「復讐？　まさか、俺はあの二人が恋《いと》しくて堪《たま》らないだけだ」

「恋しい？」

「ああそうだ。サリナルヴァ、あの二人は間違《まちが》いなく――引き裂かれるぞ、い、い、い、い」

意味が分からない。この男は何を言っているんだ。

「どんなに幸福だろうと強い想《おも》いだろうと関係ない。時の流れというものは常《つね》に人を油断《ゆだん》させ懐柔《かいじゅう》し、恋人のような笑顔《えがお》を装《よそお》って背中に残酷《ざんこく》な刃《やいば》を振り下ろすのだからな」

「……戯《ざ》れ言《ごと》を」

クルーエルの病を指している？　いや、いくらミシュダルが手を伸《の》ばしたとて、そこまで些細《ささい》な事実をどうやって入手できるだろうか。

「そうではない、歴史は繰《く》り返すのさ、サリナルヴァ。あいつらはかつての俺と酷似《こくじ》しているからな、過去《かこ》を見るかのようにあいつらの行く末が分かる」

「――お前とネイトたちが似《に》ている？」

「あいつらもまた、俺やヨシュア同様に敗者となる他ないのか。だとすればその後に何に縋《すが》るのか、ラスティハイトに縋った俺の選択《せんたく》以外に、敗者を照らす道はあるのか。俺はそれが知りたい！」

男の背後《はいご》で。

夜の帳《とばり》の中、灰色《はいいろ》の飛沫《ひまつ》が虚空《こくう》を舞《ま》う。

——sterei effectis Ezebyt《十二銀盤の王剣者》——

漆黒を切り裂《さ》くように疾《はし》る、十二からなる銀の剣《つるぎ》がミシュダルの周囲を覆う。

「知りたい、だと？　意味が分からん。何が言いたい」

「すぐに分かる。好《よ》い風が吹《ふ》いてきたじゃないか」

目も開けられぬほど強い突風《とっぷう》の中、それに突《つ》き動かされるようにミシュダルが鉄柵を乗り越《こ》えた。転落防止用《ぼうしよう》の柵を越え、屋上の端《はし》ぎりぎりまで歩いていく。

「サリナルヴァ、ここに来たのは僥倖《ぎょうこう》だったな。お前が、敗者の王《ラスティハイト》をその目で見る最初の人間だ」

「敗者の王《ラスティハイト》？　お前は既《すで》に灰色の真精《しんせい》がいるはずだ」

トレミア・アカデミーでこの目で見た。十二の守護剣《しゅごけん》を従《したが》わせた真精だったはず。

そして、一つの名詠色《めいえい》につき詠《よ》び出せる真精は一体。この男とてそれは例外ではない。

「全《すべ》ては通過儀礼《つうかぎれい》だよ。王の守護者が守る奥《おく》に王の座《すわ》る玉座《ぎょくざ》があるように、俺の真精が持つ十二の守護剣を全《すべ》て捧《ささ》げることで、灰色名詠の真精は敗者の王《ラスティハイト》へと変貌《へんぼう》を遂《と》げる」

左手に抱《かか》えた、鱗片《りんぺん》に似た紋様《もんよう》の石。その表面が軋《きし》むように亀裂《きれつ》が入り、そこから形容《けいよう》できぬ色の輝《かがや》きが迸《ほとばし》った。

「それが、〈孵石《エッグ》〉に封《ふう》されていた原触媒《カタリスト》!?」

ミシュダルの、フードの下の唇《くちびる》が奇怪《きかい》な笑《え》みのかたちを描《えが》く。

「最も深くて長い夜の始まりを共に祝おう。俺自身の、覚めることのない悪夢《あくむ》と共に」


風が、吹いた。


目の前で、屋上から敗者が転落していく。

「なっ!」

息をつくのも忘れ、サリナルヴァは柵から身を乗り出した。風に押《お》されたのではない。

今確《たし》かに、あの男は自ら屋上から飛び降《お》りた。投身自殺とでもいうのか?

だがおかしい。ミシュダルが落下した方向をどれだけ隈《くま》なく探《さが》しても、それらしい人影《ひとかげ》が見当たらないのだ。

——*O vilis arsei spil*《謳えよ、諸人》
亡霊《ぼうれい》のような声が空に響《ひび》いた。その声につられ反射的《はんしゃてき》に頭上を見上げ——

旅装束《たびしょうぞく》をなびかせ、自分の遥《はる》か上空にミシュダルはいた。

何かに摑《つか》まっている様子はない。まるで何もない虚空のはずが、足下《あしもと》に確固《かっこ》とした地表があるかのように悠然《ゆうぜん》と屹立《きつりつ》している。

宙《ちゅう》に浮《う》く？　いったいどんな仕《し》掛《か》けが？

じっと目を凝《こ》らす。見上げたミシュダル自身は先と何ら変わらない。今も、何かをしているような様子もない。だが。

唐突《とうとつ》に、ミシュダルの背後から覗《のぞ》く星明かりがぐねりと歪《ゆが》んだ。いや、ミシュダルの周囲だけではない。この研究棟《とう》一帯の風景全体が蠢《うごめ》きだした。

ティンカやミラーから報告《ほうこく》は受けた。これが浸透者《しんとうしゃ》がいる時の現象《げんしょう》であると。つまり、ミシュダルを宙で支《ささ》えているのは浸透者？　しかし――

なんだこの大きさは！

い、い、い、い、い、い、い。

研究棟と同等、いやそれ以上に巨大《きょだい》な何か。それが徐々《じょじょ》に、完全な透明体《とうめいたい》から白霧《はくむ》のような身体《からだ》へと濁《にご》っていく。外灯に照らされ浮かび上がる名詠生物。

……真精？　この化け物が真精？

頰《ほお》を一筋《ひとすじ》の汗《あせ》が伝《つた》っていくのが分かった。

今まで数多くの名詠生物、真精を見てきた。場合によっては対峙《たいじ》しなければならない状《じょう》況《きょう》もあった。冷や汗を拭《ぬぐ》うどころか死地に踏《ふ》み入ったこともある。だが、見上げただけで全身から汗が噴《ふ》き出すような感覚は初めてだ。

灰色名詠の真なる真精──敗者の王《ラスティハイト》。

あまりに近い距離《きょり》のせいで名詠生物の細かい輪郭《りんかく》が摑めない。それでも分かる。威圧感《いあっかん》が違《ちが》う、存在感《そんざいかん》が違う。他の真精と格《かく》が違う。人が詠《よ》び出す真精ながらも、信仰《しんこう》の対象になるだけの威光《いこう》がある。

「……なるほど、あの狂気《きょうき》じみた敗者がこうも妄信《もうしん》するわけだ」

膝《ひざ》がふるえだすのを懸命《けんめい》にこらえ、眼前《がんぜん》を覆《おお》うほどの巨体《きょたい》を持つそれを見上げた。

間奏第四幕『シャオ　―弱き者―』

夜風に撫《な》でられ、森の木々がざわりと騒《さわ》ぐ。

「かつて、名詠式《めいえいしき》の研究に打ちこむ前途《ぜんと》有望な研究者がいた」

周囲を一望できる小高い丘《おか》に、二人分の人影《ひとかげ》があった。

「そんな彼の下《もと》に一人、助手として雇用《こよう》された女性《じょせい》アシスタントがいた。間が抜《ぬ》けておっちょこちょいで、せわしない女性。名前をレインと言った。しかし雇《やと》ったはいいものの、当初その研究者には、レインがただの足手まといとしか映《うつ》らなかった。おせっかいで目障《めざわ》りだとね。そしてそれを面と向かって言ったこともある」

一つは、背《せ》に長大な鎗《やり》を担《かつ》いだ長身の男。

「だけどレインは次の日も、また次の日も彼の下にやってきた。呆《あき》れかえる彼をよそに、彼女が笑顔《えがお》で研究を手伝う日々は続いた」

そしてその隣《となり》に、小柄《こがら》なシルエットが立っていた。深い暗褐色《あんかっしょく》の外套《がいとう》に、表情《ひょうじょう》を隠《かく》すほど目深《まぶか》にかぶったフード。

「その中で少しずつ変化があった。要領《ようりょう》が悪くお世辞にも有能《ゆうのう》とは言えないけれど、この上なく明るい彼女。失敗した時に励《はげ》まされ、成功した時には共に喜んでくれる。そんな彼女に研究者もまた自然と惹《ひ》かれていった。自分にはないものを持っているとね」

ふわりと、そのフードが持ち上がった。

二つの影《かげ》は動いていない。風が、そのフードの覆《おお》いを外したのだ。

「口に出せないながらも、ずっとその関係が続くことを研究者は願うようになった。一月、一年、慎《つつ》ましくも穏《おだ》やかで安寧《あんねい》の日々が続く。しかし——」

淀《よど》みなく綴《つづ》る言葉が、フードを吹《ふ》き上げた風に遮《さえぎ》られ一瞬《いっしゅん》止まった。

「間もなく、突然《とつぜん》の悲劇が二人を引き裂《さ》いた」

艶《つや》やかで均斉《きんせい》がとれた唇《くちびる》、涙《なみだ》に濡《ぬ》れているような深い色に輝《かがや》く黒瞳《こくどう》。少年か少女か分からない、中性的《ちゅうせいてき》な顔立ちがあらわになる。

「きっかけは、たった一本の電気ケーブル切断《せつだん》から始まる短絡《ショート》。しかし小さな火花は消えることなく周囲の埃《ほこり》に着火し、周囲の薬品に燃《も》え移《うつ》り……最後には研究所そのものを巻《ま》き込《こ》んだ火災《かさい》という最悪な現象《げんしょう》を招《まね》いてしまった。その事故《じこ》で研究者は自分の右腕《みぎうで》を失い、レインの方は二度と帰らぬ者となった」

「それって有名な事件か、シャオ？」

訊《たず》ねるように顔を向けるもう一人の男。

「いいや、本当に小さな小さな研究所の事故だから」

肩《かた》に止まった木の葉を手のひらに載《の》せたまま、シャオがそっとまぶたを閉《と》じる。

「右腕を失い、研究者としての誇《ほこ》りも地位も失い、最も愛すべき者さえ失った。文字通り全《すべ》てを失った男はあてもなく大陸をさまよった。あるいは、レインの後を追おうと死に場所を探《さが》していたのかもしれない。けれど、とある荒野《こうや》にて、彼は一人の老人と出会う。自分とまるで同じ過去《かこ》を背負《せお》った老人と。その老人の名は……ヨシュア」

手のひらに載せた木の葉が、再《ふたた》び風に乗って飛ばされていく。その一方で、ざわめいていた森や足下《あしもと》の雑草《ざっそう》はしんと静まりかえっていた。

「老人は男の身の上に同情《どうじょう》の念を抱《いだ》き、語りかけた。互《たが》いに最愛の者を失った者同士、せめて彼女たちに誇れるものを見出さないかと。――その日から、老人と男は狂《くる》ったように研究に没頭《ぼっとう》した。それは何かを成《な》し遂《と》げるというより、愛する者を失った哀惜《あいせき》から抜《ぬ》け出すためのもの。狂気《きょうき》にまみれた執念《しゅうねん》だった」

それはさながら、ありとあらゆるものがシャオの声に耳を傾《かたむ》けているかのように。

「全てを失った二人が求めたのは、決して失われない存在《そんざい》。絶対《ぜったい》で永久《えいきゅう》で不可侵《ふかしん》。言うなれば限《かぎ》りなく信仰《しんこう》に近いもの。だが信仰と違《ちが》うのは、今の二人にとっては非常《ひじょう》に具体的な拠《よ》り所《どころ》が必要だったということだ。目で知覚し肌《はだ》で触《ふ》れ、実感できる拠り所」

　そして、ゆっくりとシャオがまぶたを開ける。

「それが、*Laspha*《主》の名を冠《かん》する王たる真精だった」

　肺《はい》に残る空気を吐《は》き出し、隣《となり》の男へと顔を向ける。

「君が聞きたがっていた、ミシュダルという敗者が生まれたきっかけだよ。アルヴィル」

「しかしなんでまた、あの男はトレミア・アカデミーの連中にご執着《しゅうちゃく》なんだ？」

　背中《せなか》に負う鎗《やり》を地に刺《さ》し、アルヴィルと呼《よ》ばれた長身の男が腕《うで》を組む。

「出会ってしまったんだよ。自らの過去《かこ》を映《うつ》すような二人の少年少女と」

　濡れる黒瞳にケルベルク研究所を映し、シャオが自らの唇を指先でなぞる。なぞった先、そこにはいつの間にか夜色の口紅《ルージュ》が引かれていた。

「夜色名詠式というものを一途《いちず》に練習している少年、あまりに純粋《じゅんすい》でまっすぐで、適度《てきど》に力を抜《ぬ》くということもできない不器用な子。そしてその隣《となり》で少年を支《ささ》える緋色《ひいろ》の少女。似《に》てると思わない？　ネイト、そしてクルーエル。それにミシュダルとレイン。研究者《ミシュダル》と名《ネ》詠士《イト》——境遇《きょうぐう》は違えど、かつての二人にとてもよく似ている関係だったんだ」

「良い表現《ひょうげん》か分からんけど、過去の自分と比《くら》べてその二人に嫉妬《しっと》してるってか？」

「……ううん。きっと、彼は答えを知りたいだけだろうね」

ケルベルク研究所を瞬《まばた》きもせずに見つめ、シャオが首を横に振る。

「最愛の女性と出会って、そして分け隔《へだ》たれた。その後に自分が選んだ敗者の王《ラスティハイト》という選《せん》択《たく》が、本当に自分の望んだものだったのかどうかを」

「だからああもご執心なわけか」

「自らへの憎悪《ぞうお》と憤《いきどお》り、怨念《おんねん》にも似た悲壮《ひそう》。全てを失った空っぽの彼が空白名詠《めいえい》にたどり着くのも、あるいは必然と言えるのかもしれない」

ゆらりと、シャオの周囲の空気が歪《ゆが》む。歪みの方向は、ケルベルク研究所。それを視界《しかい》の端《はし》に捉《とら》えたまま、シャオが再びフードをかぶる。

「アマリリスによって封律《ふうりつ》された敗者の王《ラスティハイト》。だがアマリリスと同じ属性《ぞくせい》を持つ、空白名詠の触媒《カタリスト》たるツァラベル鱗片《りんぺん》ならばあるいは――」

「敗者の王《ラスティハイト》の封律も解《と》ける？」

「いや、おそらくは幻影体《げんえいたい》。だが場合によっては本物を詠《よ》び出すよりもタチが悪い」

シャオの示《しめ》す方向を眺《なが》め、アルヴィルが苦笑《くしょう》にも似た溜息《ためいき》をつく。ケルベルク研究所の真上、空間の亀裂《きれつ》が描《えが》き出す奇怪《きかい》な名詠門《チャネル》。

「だけどよ、それを教えるためにわざわざトレミア・アカデミーへ行ったんだろ？　どうだったんだ」

「全ては伝えてない。だけれど必要な欠片《ピース》は与《あた》えた。あとは彼ら次第《しだい》」

「やれやれ、誰かさんがその空白名詠の真精《しんせい》とやらをきちんと名詠して手なずけていればこんな面倒《めんどう》なことにはならなかったんだがな。六年前だっけ？　一度は成功したんだろ」

鎗《やり》の柄《え》で、アルヴィルがつんとシャオの脇腹《わきばら》をつつく。

「……やめて、くすぐったいよ」

「で、どうなんだっての」

「始まりの島《ツァラベル》でのあの大爆発《ゲシュタルロア》を成功とは呼《よ》べないよ。本来の名詠者たる自分は拒絶《きよぜつ》され、現《あらわ》れた真精《アマリリス》は当時十歳《さい》だった少女——クルーエルを選んだ。〈始まりの女《イヴ》〉と〈牙剝く者《アマデウス》〉が名詠者をネイトしか認《みと》めないように、アマリリスもクルーエル以外を認めようとはしなかった」

そっと自らの右手を眺めるシャオ。

手の甲《こう》に、あたかも花の形のように穿《うが》たれた小さな火傷《やけど》。六年前、風の砕けた日《ゲシュタルロア》によって負った、消えることのない傷跡《きずあと》だ。

同時に、アマリリスによる名詠者に対する反逆の証《あかし》でもある。

「名詠者に対する真精《アマリリス》の反逆から引き起こされた風の砕けた日《ゲシュタルロア》。それを大陸で目撃《もくげき》したヨシュアが始まりの島《ツァラベル》へと赴《おもむ》き、空白名詠の真精アマリリスと出会う。アマリリスを怖《おそ》れたヨシュアは敗者の王《ラスティハイト》を名詠するが、それは逆に封律されてしまう。敗者の王《ラスティハイト》を失ったヨシュアはアマリリスに対抗《たいこう》するため〈孵石《エッグ》〉を精製《せいせい》し、〈孵石《エッグ》〉は後にトレミア・アカデミーへと伝わる。――それが始まりだった」

装束《しょうぞく》の布《ぬの》で、その手を隠《かく》すようにシャオが覆《おお》う。

「〈孵石《エッグ》〉は競演会《コンクール》で暴走《ぼうそう》。同時期、ヨシュアから話を聞いたミシュダルもまた〈孵石《エッグ》〉を利用しつつトレミア・アカデミーへ侵入《しんにゅう》。結果的にクルーエルは、自らに宿ったアマリリスの力を引き出さざるを得ない状況《じょうきょう》に陥《おちい》り、アマリリスの覚醒《かくせい》を招《まね》いた」

このままアマリリスとの衝突《しょうとつ》が続けば、クルーエルの身は保《も》たない。

そればかりか、始まりの名詠として存在《そんざい》する空白名詠の調律者《ちょうりつしゃ》が消えれば、五色全《すべ》ての名詠までもがこの世界から消えてしまうかもしれない。

「それで、今ケルベルクにいる連中でそれを止められる算段《さんだん》は？」

フードを目深《まぶか》にかぶった状態《じょうたい》で、シャオが小さく微笑《ほほえ》む。

「夜明け《ネイト》、彼一人では無理だろうね」

「んじゃ、どうすんの？　まさかお手上げとか言わないよな」

鎗を肩《かた》に担《かつ》ぐアルヴィル。

「トレミアで伝えるべきものは伝えた。あとは調律者《アマリリス》と止まり木《クルーエル》の両者が互いの道行きをどう選択《せんたく》するかで全てが決まる。『*clue-l-sophie neckt*《緋色の背約者（クルーエ・ル・ソフィ・ネクト）》』であれば、空白名詠もろとも全ての名詠が消えるだろう。けれどもう一つであれば」

透《す》きとおったまなざしで、シャオは遥《はる》か彼方《かなた》の研究所を見つめ続けた。

「クルーエルに、もしも彼の声が届《とど》くのならば——」

間奏第五幕『レイン　―名詠式《めいえいしき》って、なんですか―』

〝主任研究者のミシュダルさんですか？　初めまして、このたび求人募集《ぼしゅう》の公告を見て来ましたレイン・アルマーニャです。名詠式のことは全然分からないけど、よろしくおねがいします！〟

最初は、ただやかましいだけの奴《やつ》が来たと思っただけだった。

〝おい、言っておいた実験準備《じゅんび》ができてないぞ〟
〝……すいません。言われた試薬と器具の名前が分からなくて〟
〝前に一通り教えたはずだが？〟
〝あ、あの……全部はまだ覚えきれてなくて〟
〝…………〟

〝……ご、ごめんなさい。わたし、名詠式のこと全然知らなくて！〟

〝なら、なんでこんな求人募集に応募《おうぼ》してきた〟

〝え……っと、家から近いし、それに知らないことも勉強できると思ったからです〟

教えたことへの習得が遅く、覚《おそ》えたとしてもすぐ忘《わす》れてしまう。手先もお世辞にも器用とは言えず、高価な実験器具や試薬をいくつ駄目《だめ》にしたかも分からない。

今まで何度かアルバイトを雇《やと》ったが、これほど無能《むのう》な人間はいないようにも見えた。

唯一《ゆいいつ》の長所と言えば底抜《そこぬ》けに明るく人見知りしない性格《せいかく》ということらしいが、自分にとってはそれも悪いことにしか作用してないように見えた。

〝あら、ミシュダルさんてばまた実験室で寝泊《ねと》まりしちゃったんですか〟

〝……いつものことだ〟

〝あー、どうせまたご飯もろくに食べてないんですね。いいですよ、わたしが朝ご飯作ってあげます。規則《きそく》正しい食事は大切です！〟

〝要《い》らん、それよりこっちの論文《ろんぶん》を至急複写《しきゅうコピー》してこい〟

〝とりあえずパンとハムエッグ、それにサラダは基本《きほん》ですよね。あ、あと紅茶《こうちゃ》かコーヒーはどっちがお好きですか？〟

〝……人の話を聞いていたか？〟

〝もちろんです、ミシュダルさんてば実験室で寝泊まりしたから、朝ご飯食べてないんですよね！〟

〝………………〟

人なつこいと言えば聞こえはいい。だが自分にとってはおせっかいなだけだった。一度思い立ったらテコでも動かない頑固《がんこ》さと、何かに熱中するとすぐ周りが見えなくなるドジでどうしようもない女だと。

けれどそんな中で、それでも何かが変わっていったのは、いつからだっただろう。

〝ミシュダルさんミシュダルさん！〟

〝気が散るから廊下《ろうか》を走るなと言っただろ……もしやまた何かドジをやったのか〟

〝あ、あの、違《ちが》うんです！　実験室で寝かせておいた研究溶媒《ようばい》のうち、フラスコDとFとKに反応《はんのう》があったんです〟

〝――なに？〟

〝しかも、Fのなんか既《すで》に発生が確認《かくにん》できて〟

〃ばか、それを早く言え！〃

〃あ、ちょ、ミシュダルさんてば速っ、置いてかないで！　あ、あのっ！　廊下を走るなって言ったのミシュダルさんじゃないですかぁぁぁっ〃

いつしか、自分もまたそんなどうしようもないゴタゴタに順応《じゅんのう》するようになっていたのかもしれない。いや、たった二人きりだったからだろう。

ろくに実入りのない小さな研究所、他のアルバイトや職員《しょくいん》が次々と大手の研究所、そう、たとえばケルベルク研究所などの最大手に身を寄《よ》せていく中で。

〃あれ、マイスさんは？　今日お休みですか？〃

〃あいつならもう来ない。ミンティア天立《てんりつ》研究所でお偉《えら》い方の使いぱしりになるそうだ〃

〃ふーん。まああっちの方がお給料も良いですしね〃

〃まあな〃

〃……ねえ、ミシュダルさん〃

〃なんだ〃

〃この研究所、とうとうミシュダルさんだけになっちゃいましたね〃

〃そうだな〃

〝……ねえ、ミシュダルさん〟

〝なんだ〟

〝アルバイトも、もうわたし一人になっちゃいましたね〟

〝そうだな。何ならお前も、どっか別の働き口を探《さが》しても構《かま》わんぞ〟

〝え、だめですよ！　ミシュダルさんがどっか行くなら別ですけど〟

〝あいにく、俺《おれ》はここを動く気はない〟

〝じゃあ、わたしもここにいます〟

〝変わった奴《やつ》だな、ここに残ったってろくなこともないぞ〟

〝はい、それは知ってます〟

〝どうしてだ？〟

〝わたし……今まで色んな求人に応募《おうぼ》してきました。でも採用《さいよう》されても……わたしすごく不器用だし要領《ようりょう》悪いからすぐ辞《や》めさせられちゃったんです〟

〝当然だな、俺だってお前ほど使えない助手は初めて見た。……おい、なんだその気味の悪い笑《え》みは〟

〝でも、ミシュダルさんはこのお仕事辞めろって言わないですから。本当は最初の一週間くらいで辞めさせられるかと思って、ずっとビクビクしてたんですよ？　でもそうじゃなかった。それにミシュダルさんは――〟

〝なんだ〟

〝わたしのこと『助手』って言ってくれました！〟

〝……言葉のあやだ〟

〝いいんです、それでも。わたしそれだけですごく嬉《うれ》しいです〟

〝ふん、性格の歪《ゆが》んだ研究者に頭のネジが外れた助手か〟

〝だいじょうぶです、いつか優秀《ゆうしゅう》な助手になってみせますから！　二人だけだけど頑張《がんば》りましょうね！〟

〝……ああ〟

〝あれ、ミシュダルさん？　どうしたんですか。顔赤――〟

〝何でもないっ！〟

レインだけは、ずっと自分と一緒《いっしょ》だった。

なぜ彼女が自分のような面白味《おもしろみ》のない人間の下《もと》で延々《えんえん》と働き続けたのか、それは分からないままだった。分からないまま、それでもいつしか、この関係が続くことを願っている自分がいた。

〝ミシュダルさん、雪ですよ、雪！〟

〝雪なんかこの季節ならいくらでも降《ふ》るだろう？〟

〝そうなんですか？　わたし別の地方の生まれで、雪なんてほとんど見たことなくて〟

〝雪が珍《めずら》しいか。……それなら、午前はどうせ頼《たの》むこともなさそうだから好きなだけ近くで眺《なが》めてこい〟

〝え、いいんですか？〟

〝ああ。それだけ物欲《ものほ》しそうな目で雪を眺められたらこっちが困《こま》る〟

〝わぁっ、ミシュダルさんが優《やさ》しくしてくれたの初めてかも〟

〝……お前、俺を今までどんな目で見てたんだ〟

〝えへへ。ねえミシュダルさん、それならもう一つお願いがあるんです〟

〝なんだ〟

〝少しでいいんです、一緒に外行って雪見ましょう〟

〝あいにく俺は忙《いそが》し――〟

〝……見てくれないんですか〟

〝ああっ、もう分かった！　分かったから泣くな〟

〝ホント？　やったぁ、ありがとうございます！〟

〝……嘘泣《うそな》きか〟

嘘泣きであったことに、なぜかほっとした自分がいた。それに気づかれるのが恥《は》ずかしくて、外に出てからも不機嫌《ふきげん》を装《よそお》っていた。

ただ、彼女にはあっさりとばれていた。

〝ねえミシュダルさん、雪って名詠式《めいえいしき》で詠《よ》び出せるんですか〟

〝ん？〟

〝こんなに綺麗《きれい》なんだもん、名詠できたら素敵《すてき》じゃないですか〟

〝氷の粒《つぶ》をただ詠ぶだけならできるだろうが、こんな感じに降らすことはできないだろうな〟

〝ふぅん……じゃあ、名詠式で恋人《こいびと》を詠ぶことってできますか？〟

〝は？　恋人？〟

〝ええ。理想の相手なんかをぱーんと〟

〝お前、名詠式をなにか勘違《かんちが》いしてないか〟

〝できないんですか〟

〝当たり前だ〟

〝……あー、良かった〟

〝良かった？〟

〝だってもしそんなことができちゃったら、ミシュダルさんはその人につきっきりになっちゃって、わたしのことなんか見てくれなくなっちゃいそうだから〟

〝……レイン？〟

〝ねえミシュダルさん、わたし思うんです。本当に大切なものは名詠式じゃ詠べないんじゃないかって。こんなに綺麗な雪も、恋人も、きっとこの空の星明かりだって詠べない。なら、名詠式の価値《かち》っていったいなんなんだろうって〟

〝名詠式の価値か、難《むずか》しいな〟

〝だからね、わたし思うんです。名詠式で詠び出せるものを詠び出して詠び出して詠び出して、そして最後に——詠び出せないまま残ったものが、本当に大切なものなんじゃないかなって。大切なものを消去法的に教えてくれるのが名詠式なんじゃないかって〟

〝直感的な発想なのがお前らしいな〟

〝あー、なんですかその呆《あき》れ笑い！　ミシュダルさんもあれですか、『女は直感と感情《かんじょう》で動く』みたいなこと言う人ですかぁ！〟

〝いいや、男だって似《に》たようなもんだ。ただ、男はそれを言うと恰好《かっこう》がつかないから、直

感で感じたことにアレコレめんどくさい理由をつけるのさ。後づけでな〃
〃ふーん、それなら女《わたしたち》の方が分かりやすくていいですね〃
〃そうかもしれないな〃
〃……でもね、ふしぎと、間違《まち》ってる気がしないんです。名詠式だけじゃ本当に大切なものは手に入らないって〃
〃だから、それを研究者の俺に言うな。飯のタネがなくなるだろうが〃
〃あ、そうでした！　でも、そうなったら――〃
〃そうなったら？〃
〃二人で、どっかに小さなパン屋さんでも開きましょう。きっとそれも楽しいですよ〃
思えば、そんなくだらない会話をしている時が一番幸せな時間だった。
だが自分は、それに気づくのが遅《おそ》すぎた。
どんなに幸福だろうと強い想《おも》いだろうと関係ない。時の流れというものは常《つね》に人を油断《ゆだん》させ懐柔《かいじゅう》し、恋人のような笑顔《えがお》を装って背中《せなか》に残酷《ざんこく》な刃《やいば》を振《ふ》り下ろす。
研究所のあの事故が、自分から全《すべ》てを奪《うば》っていった。
今は全ては空っぽだ。
だから、今でも夢《ゆめ》に見ては苛《さいな》まれる。

〝二人で、どっかに小さなパン屋さんでも開きましょう。きっとそれも楽しいですよ〟

あの時に、気の利《き》いた言葉の一つもかけてやれなかったことを。

あの場で勇気を出して頷くことだって、苦手な愛想《あいそ》笑いの一つだって、こうなることを知っていれば――

六奏　『目覚めの時、紡《つむ》ぐ約束』

0

「……お前の言うとおりだったよ、レイン」

遥《はる》か上空から真下の研究所をぼんやりと見下ろし、ミシュダルは首を振《ふ》った。

「結局俺《おれ》はお前に何一つしてやることができないまま、こうして代わりに、失わない絶対《ぜったい》的《てき》なものを求めた挙《あ》げ句《く》に最強の真精《ラスティハイト》へと行きついた」

だがこうして詠《よ》び出せたということは、この真精《しんせい》ですら真に自分の欲《ほっ》したものではないのかもしれない。もっとも、それを笑って話す相手はもうどこにもいないのだが。

真精ラスティハイト。

それは、人を模《も》した彫像《ちょうぞう》に似《に》た真精だった。

古代の人間が理想の美を追い求めて彫像に彫《ほ》るような、あの端整《たんせい》で麗《うるわ》しき顔立ち。そのモチーフはおそらく聖衣《せいい》を纏《まと》った聖人。頭の上には茨《いばら》の冠《かんむり》、ただし身体《からだ》は上半身だけ。胸の部分から下は、身体も腕《うで》もその衣《ころも》も綺麗《きれい》に消失していた。それが空中十数メートルを浮《う》いているのだ。翼《つばさ》も何もなく、重力を無視《むし》して宙《ちゅう》に浮く。

だが――自分を背に乗せて浮遊する敗者の王《ラスティハイト》本体は灰色《はいいろ》ではなく、濁《にご》った半透明《はんとうめい》に近い、霧《きり》のように霞《かす》む姿だった。地表に伸《の》びた敗者の王《ラスティハイト》の巨大《きょだい》な影。そこから湧《わ》くように這《は》い出てくる無数の名詠《めいえい》生物も、灰色名詠生物と浸透者《しんとうしゃ》が入り乱《みだ》れた群体《ぐんたい》だ。

「……所詮《しょせん》は虚像《きよぞう》というわけか」

実体ではなく、さながら鏡に映《うつ》った偽《いつわ》りの身。

「『敗者の王《ラスティハイト》はもういない』……なるほど、ヨシュアの言うとおりだな。が、まあそれも構《かま》わん。今の俺にはむしろこいつの方が似《に》つかわしい。俺と同じで空っぽ、さしずめ虚像の王か」

自嘲《じちょう》の笑みをこぼし、ミシュダルは眼下《がんか》に展開《てんかい》する光景を見下ろした。敗者の王《ラスティハイト》の上昇《じょう》は止まらない。七階建ての研究棟すら遥か足下《あしもと》に、ケルベルク研究所の敷地《しきち》がほぼ一望《いちぼう》できる高度まで昇《のぼ》り続ける。

「これが俺にとって最後の名詠だ。だから、さあ教えてくれ」

地上に溢《あふ》れかえる灰色の名詠生物と浸透者。大群《たいぐん》の中で、ミシュダルは頭上を見上げた。

「夜色《よるいろ》名詠の使い手ネイト・イェレミーアス、そしてクルーエル・ソフィネット。お前たち二人は、やはり過去《かこ》の俺やレインと同じ道をたどるのか？　お前たちが頼《たよ》るのは何だ？　俺やヨシュア同様に最強の真精か？　それとも、俺とレインが見出《みいだ》せなかったものを、お前たちは見つけられるのか？」

その答えを、教えてくれ！

1

リィィィ……ン……

研究所に忍《しの》び寄《よ》る異変《いへん》をまず告げたのは、窓《まど》ガラスがどこか遠くで響《ひび》く音だった。

「警報《サイレン》？　上の階から？」

暗闇《くらやみ》の中、ミオは仮眠室《かみんしつ》の天井《てんじょう》を見上げた。停電が起きたかと思ったら、今度は立て続けに警報《サイレン》の音。いったい何が。

「あれ。なにこの、避難《ひなん》訓練みたいなやかましい音」

眠《ねむ》っていた女子も次々と目を覚ます。

……なんだろう、すごく嫌《いや》な予感がする。既視感《きしかん》ではない。もっと現実的《げんじつ》で明確な恐怖《きょうふ》が迫《せま》っている気がしてならないのだ。

「みんな、静かにっ！」

響き渡《わた》るエイダの怒号《どごう》に、周囲でざわついていた女子が静まりかえる。

……ジッ……ジジジッ……

耳障《みみざわ》りな音を立て、天井の照明が明かりを取り戻《もど》す。

「電気が復旧《ふっきゅう》したと思ったけど、そういうわけでもないのね。さてどうしよっか。ここに留《とど》まる？　それとも廊下《ろうか》に出て様子を見る？」

小刻《こきざ》みに点滅《てんめつ》を繰《く》り返す照明を睨《にら》みつけ、携帯《けいたい》していたらしい登山用照明具《カンテラ》をサージェスが鞄《かばん》から取り出した。

――たぶん、何かあったんだ。

こんな大きな研究所で警報機《けいほうき》が鳴り響くなんてちょっと普通《ふつう》じゃない。誤作動と思いたいけれど、こうして停電も重なるなんて。

「しっ、誰《だれ》か来た！」

扉《とびら》の前でエイダが聞き耳を立てる。規則《きそく》正しい足音。歩調が速いということは走っているからだろう。足音は自分たちの部屋のすぐ真正面で止まり――

「おいっ、俺《おれ》だ。開けてくれ！」

声は、教室の男子クラス委員の声だった。

「オーマ？」

扉の鍵《かぎ》を外すなり勢《いきお》いよく扉が開く。息を切らせながら、運動着姿《すがた》の男子生徒が転がりこむように入ってきた。

「どうしたのオーマ、こんな時間に」

「それは俺の台詞《せりふ》だっての！　どうなってんだ。こんな夜中に突然警報《とつぜんサイレン》鳴りだして起こされて、廊下に出てみれば職員《しょくいん》の人が全員血相変えて走ってるときた。こっちが何か訊《き》こうとしても『答えてる時間がない』でろくに相手にされねえし」

手当たり次第《しだい》聞いて回ったのか、彼の額《ひたい》からは既《すで》に大粒《おおつぶ》の汗《あせ》が滴《したた》り落ちていた。

それにしたって職員の人たちが総出《そうで》で？　いったいどれほどのことが——

「よかった、みなさん無事だったようですね」

にわかに、凛《りん》と落ちついた声が通路に響いた。

「ティンカ！」

詰《つ》め寄《よ》るエイダ。一方で、白銀《しろがね》色の髪《かみ》の女医《じょい》は微《かす》かに表情《ひょうじょう》を厳《きび》しくした。

「……みなさん、今日の昼に避難《ひなん》用シェルターの場所は聞いているはずですね。今からそこに向かいます、急いで準備《じゅんび》をしてください」

シェルターに？

「事情は移《い》動《どう》しながら話します、とにかく今は急いで——」

彼女が言い終わらぬうちに。

ぼとっ、と、彼女のすぐ背後《はいご》に何かが落下した。灰色《はいいろ》の鱗《うろこ》に、やけに細長い四肢《しし》と爪《つめ》を持った石竜子《トカゲ》。――こいつは、まさか！

「ティンカ、動くなっ」

石竜子《トカゲ》が無防備《むぼうび》な彼女の背中《せなか》に向けて爪を振《ふ》り翳《かざ》す。それと交叉《こうさ》するタイミングで、エイダの祓戈《ジル》が眩《まばゆ》い銀閃《ぎんせん》を放った。

唸《うな》るような鳴き声を洩《も》らし還《かえ》っていく、灰色の名詠生物。

「ティンカ、平気？」

「ええ。ぎりぎり触《さわ》られる前で助かりました。……しかし、もう棟内に侵入《しんにゅう》しているのがいるなんて。既《すで》に一次防衛線《ぼうえいせん》も突破《とっぱ》されたのね」

煙《けむり》を発し消滅《しょうめつ》する石竜子《トカゲ》をじっと見つめ、ティンカが重苦しい息をつく。

トレミア・アカデミーで目の当《ま》たりにした光景が頭を過《よ》ぎった。あの時と同じように、灰色名詠の生物の襲撃《しゅうげき》を受けている？

「なあミオ、今のって……名詠生物？　灰色だったけど、あんなのいるの？」

こっそりとオーマに耳打ちされ、ミオは小さく首を縦《たて》に振った。忘《わす》れもしない、あの晩《ばん》あの男を前にして味わった恐怖《きょうふ》は並大抵《なみたいてい》のものじゃなかった。

いや、でも決定的に違《ちが》うのはおそらく——今回は、競演会《コンクール》で起きたのと同じくらい大規《だいき》模《ぼ》な暴走《ぼうそう》が起きているということだ。

「なるほど、大体今ので分かってきた。あいつが来たわけね」

鎗《やり》の柄《え》で床《ゆか》を叩《たた》き、鋭利《えいり》なまなざしでエイダが通路の奥《おく》を見据《みす》える。その後ろで、オーマがクラスの男子を引き連れて通路に現れた。

「とりあえず男子はこれで全員。ネイトはクルーエルの方についてるらしいんでいないけどな。女子はどうなの？」

「うちらも平気だよ」

オーマの問いに頷《うなず》くサージェス。

「では行きましょう。多少早足で歩きますが、その間も極力静かにお願いします」

言うなり、ティンカが小走りに近い速さで先導《せんどう》する。その背をミオは慌《あわ》てて追った。

通路沿《ぞ》いの部屋という部屋に照明が灯《とも》ったまま。だが内部は一人の職員も見当たらない。

「幹部《かんぶ》職員は他の棟への連絡、その他の職員もそれぞれ別ルートで避難シェルターへと退《たい》避《ひ》するようにさせました……さて、これから外に出ます。何が起きてもわたくしの指示《しじ》に従《したが》ってくださいね——命に関《かか》わりますので」

非常扉《ひじょうとびら》の前でさらりと告げる彼女の言葉、その一つ一つが鉛《なまり》のように重い。

「……はい」

小声でミオは頷いた。にこりと、小さな微笑《ほほえ》みを浮《う》かべてティンカが扉を開ける。

建物の外は、既《すで》に異常《いじよう》な光景だった。

——石化した職員たちが、扉を開けた先の芝生《しばふ》に何人も転がっていたのだ。

外灯《がいとう》に取りつけられた拡声器《かくせいき》からけたたましく響《ひび》く警報《サイレン》。それに混《ま》ざり、祇名民《ジルシエ》と思《おぼ》しき者の怒号《どごう》と誰《だれ》かが泣《な》き叫《さけ》ぶ声。途切《とぎ》れることのない人の悲鳴が周囲に充満《じゆうまん》し、おぞましく奇怪《きかい》な合唱を奏《かな》でる。

……な……なに、これ。

恐怖から来る嘔吐《おうと》感に、ミオは思わず身体《からだ》をくの字に折り曲げた。

「っっっっ、い、嫌《いや》ぁっっ！」

すぐ背後、絶叫《ぜつきよう》を上げるクラスの女子。男子の何人かも口元を押《お》さえて顔を背《そむ》ける。

……当然だ。自分は一度学校で目にしたからまだ覚悟《かくご》はできていた。けれど耐性《たいせい》がない状態でこれを直視《ちよくし》し、平然としていられるはずがない。

「ティンカさん、生徒たちは？」

名詠士と思しき若《わか》い男性《だんせい》が駆《か》けてくる。

「はい、何とか全員無事でした」

「良かった。早く避難シェルターへ、ここも長くは保《も》ちません！」

傷《きず》だらけの腕《うで》でシェルターへの方向を指し示《しめ》す彼。その姿に、ティンカの双眸《そうぼう》がゆれた。

「あなた……避難路を確保《かくほ》するために残ってくれていたの？」

「後輩《こうはい》は大事にしろ、そう教わってきたんで」

頰《ほお》をかきながらはにかむ名詠士。

……この人。

彼の顔をじっと眺《なが》め、ミオは拳をぎゅっと握《にぎ》りしめた。この人、トレミア・アカデミーの競演会《コンクール》で来賓席《らいひんせき》にいた人だ。来賓席、それも、同窓生《どうそうせい》用の席に座《すわ》っていた人。

「あ、あの」

あたしたちの先輩の人ですよね——思わず口に出しかけて、けれど最後まで言えなかった。彼は、そんな時間の浪費《ろうひ》のためにここに残ってくれたわけではないのだから。

「さ、行って！」

そんな自分の表情にも気づかず、彼の方は厳《きび》しい表情のまま鋭《するど》く告げてきた。

だからミオは、彼の横を走り去る際《さい》にせめて小さく会釈《えしやく》した。彼に伝わったかは分からない。けれど、伝わっているものだと信じたかった。

足下《あしもと》すらろくに見えない夜道を駆《か》け抜《ぬ》ける。

芝生に隠《かく》れた小石に何度もつまずきそうになり、そのたびに友人に助けられた。

「ミオ、平気？」

「……う、うん」

不安げに顔を覗《のぞ》くサージェスに、ミオはかろうじて笑顔を向けた。

進行方向の先の、発光塗料《とりよう》で描《えが》かれた夜間標識《ひょうしき》。昼にミラー教師《きょうし》から案内してもらった時に見た標識だ。あれを越《こ》えればもうすぐのはず。それと同時――

がさっ、と最寄《もよ》りの茂《しげ》みが揺《ゆ》れた。風の吹く方向と違《ちが》う、明らかに異常《いじょう》な揺れ。

「だ、だれかいるの？」

小さく悲鳴を上げ、反射《はんしゃ》的に飛び離《はな》れるクラスメイト。

……いったい、何がいるの。

全員が足を止めてその茂みを凝視《ぎょうし》する。だがどれだけ待てども、茂みから何かが飛び出してくる気配はない。吹《ふ》き荒《あ》れる風にあおられ、茂みの葉が擦《こす》れるざわめきが繰《く》り返されるだけだ。

「風？」

何人かが胸《むね》をなでおろす。だが――

「いや、違う！　みんな離れろっ！」

エイダの声が裏返《うらがえ》る。それとほぼ同時に、茂みの空気がぐねりと歪《ゆが》んだ。

「え？」

呆然《ぼうぜん》と立ち尽《つ》くすクラスメイト目がけて空間の歪みが迫《せま》る。この現象、見覚えがある！

浸透者《しんとうしゃ》とかいう奴《やつ》だ！　灰色名詠の生物が出てくるとばかり思っていたのに、まさか、この敷地には浸透者も溢《あふ》れかえってるの？

「そこ、退《さ》がって！」

エイダに続き、顔を蒼白《そうはく》にしてティンカが叫《さけ》ぶ。だが、そう叫ばれた方の少女は何が起きたかすら分かっていなかった。

「え、……え、え？」

空間の蠕動《ぜんどう》にも気づかず周囲をきょろきょろ見渡す彼女。エイダが、ティンカが駆け寄る。だけど、だめだ、間に合わないっ！

――『Ruguz《青の歌》』――

浸透者の足下《あしもと》の芝生《しばふ》が青く光った。青く輝《かがや》く石が芝生に転がる。サファイア？

ピシリッ。澄《す》んだ音を立て、サファイアと同色に輝く氷柱が、周囲の空間ごと浸透者を氷結させた。

「……間一髪だったわね」

聞き覚えのある声にその場の全員が振り返る。振り返り、クラスの何人かが引き攣《つ》っていた表情をやわらげた。そう、それは自分たちの知った顔だったから。

「……あれ、ケイト先生？」

クラス委員のオーマがぽかんと口を開ける。彼の目の前、若葉色《わかばいろ》のスーツの上に旅行用の上着を羽織《はお》った女性教師《きょうし》の姿があった。

「まったく、夜行列車を乗り継《つ》いできたかいがあったわね——それにしてもあなたたち、よりによってクラスで講義《こうぎ》休んで旅行だなんて、なかなか活動的じゃない。……おかげで学園長から素敵《すてき》なお説教を賜《たまわ》るはめになったし」

……せ、先生ってば、じりじり詰《つ》め寄《よ》ってくるの怖《こわ》いよ。

「あ、あの先生？」

サージェスが慌《あわ》てて手を振ろうとするのを遮《さえぎ》る形で。

「ま、だけど無事で良かったわ」

腕組《うでぐ》みし、ケイト教師が微笑《ほほえ》んだ。

「あなたたちの行動は確《たし》かに身勝手だったけど、その気持ちも分からないわけじゃないから。でもね、今度からはちゃんと教師《わたし》に相談してからにしてちょうだい」

周囲に目をやりつつ早口に告げ、教師がティンカへと小さく頭《こうべ》を垂《た》れた。

「ティンカさん、うちの生徒がご迷惑《めいわく》をおかけしました。状況《じょうきょう》が今も把握《はあく》しきれていないのだけれど、とにかく緊急事態《きんきゅうじたい》ということは承知《しょうち》しているつもりです」

「いえ、こちらこそ。とにかく今はこの先の地下シェルターへ、詳《くわ》しい事情はそこでお話しします」

ティンカが踵《きびす》を返そうとするのを制止《せいし》するように。

「……いや」

上空を見つめ、エイダが低い溜息《ためいき》を洩《も》らした。今までほとんど聞いたことのない、呆然《ぼうぜん》とした声音《こわね》で。

「事情説明は必要なさそうだよ」

空気が、怯《おび》えたように震《ふる》えた。

「じ、地震《じしん》？」

いや、でも地面は揺《ゆ》れてない。揺れてないのに肌《はだ》がびりびりと痛《いた》む。直後、外灯に照らされている周囲に、ひどく昏《くら》い影《かげ》が押《お》し寄せてきた。

なにこの、巨大《きょだい》な影？

ふと横を見渡せばティンカ、ケイト教師が頭上を見上げ共に呆然と佇立《ちょりつ》していた。その視線《しせん》につられてミオも頭上を見上げ――そのまま、言葉を失った。

……なに……あれ。

背筋《せすじ》が怖気《おぞけ》だった。

遥か頭上を旋回《せんかい》するのは巨大な真精《しんせい》だった。人の彫像《ちょうぞう》のような外見。まるで何かの聖人《せいじん》の姿を思わせる。頭上を飛んでいるから分からないけど、大きさは競演会《コンクール》で見たあの五色の怪物《かいぶつ》ヒドラよりあるかもしれない。

しかも、ヒドラとは何かが違う。あのヒドラは怖いというイメージしかなかった。しかし頭上の真精はそれに加え、抵抗意欲《ていこういよく》すら失うような尋常《じんじょう》じゃない緊迫感があるのだ。

――*O vilis arsei spil*　謳《うた》えよ、諸人

合唱を思わせる重厚《じゅうこう》で荘厳《そうごん》な響《ひび》きが、脳天《のうてん》へ叩《たた》きつけるように降《ふ》ってきた。

と同時、真精から伸《の》びた灰色《はいいろ》とも白濁色《はくだくしょく》とも似《に》つかない異様《いよう》な影から、何かが無数に浮《う》かび上がってくる。その形はまるで蛇《へび》、石竜子《トカゲ》、そして有翼石像《ガーゴイル》……まさか！瞬間《しゅんかん》、氷柱で肺《はい》を射貫《いぬ》かれたように呼吸《こきゅう》が凍《い》てついた。

「エイダ、追い払って！」

ミオが叫《さけ》ぶと同時、呆《ほう》けたように頭上を見上げていた彼女がはっと視線を尖《とが》らせた。

「ち、っざけるな！」

完全に実体化する前に、浮かび上がってきた名詠生物へとエイダが鎗《やり》を一閃《いっせん》する。陽炎《かげろう》のように歪《ゆが》む名詠生物の影。そして沸《わ》きたつように煙《けむり》を発して還《かえ》っていく。瀬戸際《せとぎわ》ながら、完全に現《あらわ》れる前に送還《そうかん》したらしい。

「……洒落《しゃれ》にならないね。〈讃来歌《オラトリオ》〉まで使う真精初めて見たよ」

乱《みだ》れた息を隠《かく》そうともせずエイダが吐《は》き捨《す》てるように呟《つぶや》いた。

「ねえエイダ、あたし思ったんだけど、もしかしてあれが――」

ミシュダルという男がずっと探していたという、敗者の王《ラスティハイト》？最後まで言わずとも伝わったのだろう。エイダも無言で頷《うなず》いた。

「エイダ、あなた、アレ倒《たお》せそう？」

「無理。祓名民《ジルシェ》は空飛んでる相手は天敵《てんてき》なんだ。センセ、どうにかして撃《う》ち落とせない？」

「無茶言わないで、そもそもどうやって飛んでるかすら分からないのに」

ケイト教師、そしてエイダが互《たが》いに顔をしかめる。

「ただでさえ空を飛べる真精なんて限られてるのに、その中でアレをどうにかできる真精なんて……」

空を飛ぶ真精、それを聞いてミオがまず思い浮かべたのはクルーエルの黎明の神鳥《フェニックス》だ。でもクルーエル本人は意識《いしき》を失ったまま。それに黎明の神鳥《フェニックス》一体でどうにかなる相手じゃない。大きさがまるで違うのだから。

学園長の疾竜《ワイバーン》？　いや、おそらくはそれでも分《ぶ》が悪い。でも、どうすれば。

「上のアレはひとまず後回しで、地上にいる下《した》っ端《ぱ》を取り除《のぞ》くことを優先《ゆうせん》ですね」

「だけど、あいつを残しておいたらキリがない」

鎗を握《にぎ》りしめるエイダに、ティンカが首を横に振る。

「少なくとも、今のわたくしたちではあの高度上空圏《けん》までたどり着く方法がありません。よしんばできたとしてもあの巨大《おおき》さです。そう容易《ようい》に落とせるとは思えません」

「……対抗策《たいこうさく》が見つかるまで時間稼《かせ》ぎが精一杯か」

ぎりっと、周囲に聞こえるくらい強くエイダが奥歯《おくば》を嚙《か》みしめる。

――でも、あの時はどうしたんだっけ。

競演会《コンクール》でも似《に》たような状況だった。あの時だって本当に絶望的な状況で――

〝トカゲなどではない。小娘《こむすめ》、我《われ》を知らんのか？〟

それは風の悪戯《いたずら》だろうか。懐《なつ》かしいというほど古くもない、けど思いだして胸《むね》がいっぱいになる記憶《きおく》が風に巻《ま》き上げられてよみがえった。聞いたことのある声。そうだ、初めてネイト君と会った時。その肩《かた》に乗っていたのは――

「……あ……あ……っ」

ネイトが母親から預《あず》かったという、あの名詠生物。

夜色の小さな小さなトカゲ。トカゲって言うと怒《おこ》るけど――

そっか、そうだった。

いる……いるよ！　たった一体だけ、遥か頭上の真精までたどり着けるのが！

2

透《す》きとおった黎色《れいしょく》の世界。

蒼碧色《そうへき》の灯《ひ》から生まれたのは、一人の緋色《ひいろ》の髪《かみ》の少女だった。

『敗者の王《ラスティハイト》、虚像《きよぞう》と分かっていてそれを詠《よ》び出すなんて。さすがに長年執着《しゅうちゃく》していただけのことはあるわね。そうは思わない、クルーエル？』

歳の頃《ころ》は十六、七歳《さい》だろう。すらりと伸《の》びた長身に、その背中まで伸ばした艶《つや》やかな髪。髪色と対照的な、深い蒼碧色の瞳《ひとみ》。白磁《はくじ》を思わせるほど白くきめの細かい肌《はだ》に、華奢《きゃしゃ》な腕、折れそうなほどにか細い足。

身を覆《おお》う衣服などない。だが真っ赤に燃《も》える炎《ほのお》の如《ごと》き紅《あか》い長髪《ちょうはつ》が、まるで天衣のようにその裸身《らしん》を愛《いと》しげに雅《みやび》やかに包みこんでいた。

――アマリリス。

それは、まるで裸の自分を映《うつ》し出すかのような真精だった。

「…………」

『どうしたの、そんなに悲しい表情して』

「……わたし、みんなのところに帰りたい」

あんなにみんなに心配かけてばっかり。遠くまで来てもらって、なのにここでもまた、こんな場面に巻き込《こ》んで。

『それはダメ。なぜならあなたは、まだわたしの問いに答えてないでしょう？』

「……だって」

唇《くちびる》を噛《か》みしめ、クルーエルはその場でアマリリスをじっと見据《みす》えた。

「わたしは……そんなの言葉にできないよ」

『それはなぜ？』

「だって、だってそうでしょ？　わたしはネイトと今までずっと一緒《いっしょ》にいて、競演会《コンクール》だったり夏期合宿だったり夏休みだったり、色んなことを一緒に見てきたんだよ！」

自分とまるで同じ容姿《ようし》の真精もまた、自分を試《ため》すかのように見つめてくる。怖《こわ》いわけじゃない、むしろその逆、あまりに優《やさ》しすぎるその瞳に甘《あま》えてしまいたくなってしまう。

——でも、だめ。

決してこの真精に甘えちゃいけない。この真精じゃない、わたしは……もっと別の大事な人がいる場所に帰りたいから。

「あなたはたった数か月だって言うかもしれない。でも時間なんて関係ないもん、すごく近い距離《きょり》で、一緒にいることができたから。だから、その思い出全部を一言で言い表すのなんかできないよ！」

『なにをもって彼を選ぶか、だからそれも言葉に表せない？』

「そうよ、悪い？」

……言葉にしたくなかった。

わたしはミオみたいに勉強だってできる方じゃないし、本だって読む方じゃない。綺麗《きれい》な言葉も知らないし、表現しようとしたってきっとうまくできやしない。

『ならば言葉の代わりに、別のもので証明《しょうめい》して』

「——え？」

それは、どういうことだろう。

『どんなものでもいいの。決して偽《いつわ》りえぬかたちで、あなたと彼の約束をわたしに示《しめ》して。あなたが信じるように、わたしもまた彼を信じられるように』


……地震《じしん》？

テーブルにうつぶせになった状態《じょうたい》から、ネイトはぼんやりと顔を持ち上げた。空気の振《しん》動《どう》で肌がびりびりと痛《いた》む。鼓膜《こまく》も麻痺《まひ》したような感覚だ。

なのにテーブルは震《ふる》えてない。その上に載《の》った花瓶《かびん》も同様だ。地震ではない？　でも空気は確かに震えてる。怯《おび》えたように。

このコテージの中じゃない。この震えは外から？

「夜中だってのにやけに嫌《いや》な空気だな」

ソファーに座《すわ》っていたゼッセル教師《きょうし》が弾《はず》みをつけて立ち上がる。

「外、見に行くの？」

「玄関《げんかん》から辺りを覗《のぞ》くだけだよ」

椅子《いす》から立ち上がろうとするエンネ教師をゼッセル教師が手で制す。もう片手《かたて》に触媒《カタリスト》を携《たずさ》えているのは警戒《けいかい》のためだろう。

「何もなければいいんだけどな」

自分たちのいる待合室から玄関先の扉《とびら》は直結している。自分、そしてエンネ教師の視線を背中に浴び、ゼッセル教師が落ちついた仕草で扉の鍵《かぎ》を解除《かいじょ》した。数センチずつ、ゆっくりゆっくりと時間をかけて扉を開けていく。

延々《えんえん》と茂《しげ》る芝生《しばふ》に花壇《かだん》、そしてその先に広がる森林。扉が全《すべ》て開ききった先は、昼間と何ら変わらない光景があった。

だが――

「……なんだ……」

扉から身体《からだ》半分を覗《のぞ》かせた状態《じょうたい》でゼッセル教師の顔色が豹変《ひょうへん》した。

「ゼッセル？」

「二人とも来てくれ。……はっきり言って、俺《おれ》の目の錯覚《さっかく》だと思いたい」

椅子から跳《は》ね起きるように立ち上がり、ネイトは扉まで駆け寄った。扉脇《わき》に立つゼッセル教師の前を通過《つうか》してコテージの外へ。

──え？

冷たい空気が肌に触れる。だが全身をなめ回すように駆けめぐった悪寒《おかん》は、決してその風のせいではなかった。

「……なんで、研究棟《とう》の方角が赤く燃《も》えてるの」

隣《となり》に立つエンネ教師が呆然《ぼうぜん》と呟《つぶや》く。

ううん、それだけじゃない。研究棟からかなり距離があるにもかかわらず、警報機《けいほうき》の音がコテージにまで嫌《いや》というほど伝わってくるのだ。

──何かあったんだ、それもかなり大規模《だいきぼ》な何かが。

闇夜《やみよ》の中、必死で研究棟の方角に目を凝《こ》らす。その直後。

かさっ。

小さな衣擦《きぬず》れのような音が鼓膜《こまく》を震わせた。今のは……コテージの屋根から？

反射的《はんしゃ》にネイトは頭上を見上げた。同時、三日月形の瞳《ひとみ》と目が合った。灰色《はいいろ》の表皮をした、四肢《しし》の細長い石竜子《トカゲ》。それは自分ではなく、自分とゼッセル教師の間に立つ女性へと照準を映《うつ》し――

「エンネ先生、上っ！」

叫《さけ》ぶと同時、ネイトは全力で女性教師を突《つ》き飛ばした。

屋根から飛来する灰色の名詠生物。

「くそっ、よりによってこいつか！」

それを迎《むか》え撃《う》つかたちでゼッセル教師が力任《ちからまか》せに殴《なぐ》りつけた。地面に叩《たた》きつけられながらもすぐに跳《は》ね起き、石竜子《トカゲ》が再度《さいど》飛びかかる姿勢《しせい》をとる。

「ゼッセル離《はな》れて！」

一瞬《いっしゅん》早く、エンネ教師の携えた指揮棒《タクト》が石竜子《トカゲ》の鼻先を打ち据《す》えた。先端《せんたん》が乳白色《にゅうはくしょく》に輝《かがや》く指揮棒《タクト》。あの輝きは、触媒用《カタリスト》の真珠《パール》？

――『*Nussis*《還れ》』――

金切り声を上げて光の粒《つぶ》となる名詠生物。

「……最っ悪、この前の研究所のは軽く心的外傷《トラウマ》もんだったのに」

苦虫を噛《か》みつぶしたような表情でゼッセル教師が額《ひたい》に手をあてた。

「ここにいるのは今の一匹《ぴき》だけのようだけど、研究棟の方はどうなのかしら」

コテージ内から響《ひび》く足音にエンネ教師が顔を向ける。慌てて外へ飛び出してきたのはケルベルク研究所の女性職員《しょくいん》だった。

「どうですか？」

「……だめです、向こうの通信室は連絡《れんらく》がつきません」

弱々しく首を振る彼女。

「通信どころじゃないってか。向こうには腕利《うでき》きの祓名民《ジルシエ》だって待機してたはずなんだがな。それがこの状況、どんな騒ぎになってるんだか」

指の関節を鳴らし、ゼッセル教師が苦笑《くしょう》する。彼の視線が指す先は研究棟ではなく、さらにその上空だった。

「真《しん》……精《せい》？」

かすれ声と共にエンネ教師が後ずさる。

研究棟の上空を旋回《せんかい》する何か。研究棟から立ち上る火の粉に照らされ浮《う》かび上がるのは、まるで古代彫刻《ちょうこく》を思わせる真精だった。これだけ距離《きょり》があるというのに視認《しにん》できる。実際の大きさがどれだけなのか、想像《そうぞう》するだけで冷や汗《あせ》が頬《ほお》を伝っていく。

──さっきの空気の震《ふる》えは、あいつが原因《げんいん》だ。

ここにいてもなお息が詰まりそうになるほどの圧迫感《あっぱくかん》。初めて見る名詠生物、だが直感的に悟《さと》った。あれが敗者の王《ラスティハイト》なのだと。

「ま、ここで愚痴《ぐち》ってても埒《らち》があかないわな」

「同感。行くなら早く行きましょう」

視線で合図を交《か》わし、教師《きょうし》二人が足早に歩きだす。

「あ、あのっ！」

「来るな、とは言わないぜ？」

振り返らぬままゼッセル教師が片手《かたて》を上げた。

「ただ、あの子をコテージに一人にしてもいいのか？」

――クルーエルさんのこと？

研究棟に行く代わりに彼女を一人にするか。この施設《しせつ》に留《とど》まって彼女を守るか。

両方は、選べない。

「この状況だ、今さら半端に慌てても仕方ねえよ。俺たちは先に行く、お前も来るんだったら精一杯腹《せいいっぱいはら》くくってから来い……迷《まよ》ってる時間はあんまりなさそうだがな」


高速で打ち下ろしてくる不可視《ふかし》の腕を風鳴りで認識《にんしき》。すれ違《ちが》いざまに、エイダは虚空《こくう》を祓戈《ジル》で穿《うが》った。キィィ……ンと甲高《かんだか》い悲鳴が何もないはずの場所から生まれる。

背後《はいご》から忍《しの》び寄《よ》っていた浸透者《しんとうしゃ》の断末魔《だんまつま》だ。

「これで、三体目！」

呼吸《こきゅう》を整える間もなく後方へ跳躍《ちょうやく》。直後、今の今まで自分が立っていた場所へと灰色《はいいろ》の大蛇《だいじゃ》の牙《きば》が襲《おそ》いかかった。

「はっ！」

呼気を一気に吐き出し、大蛇を打ち払《はら》う。

──『*Nussis*《還れ》』──

灰色の煙《けむり》を上げ、名詠光《めいえいこう》を放ちながら消失していく名詠生物。

「サリナ！　そっちの芝生《しばふ》に一人いた！」

「言われんでも分かってる」

倒《たお》れた研究員を背に担《かつ》ぎ、サリナルヴァがシェルターの方向へと運んでいく。

自分が退路《たいろ》を確保《かくほ》しサリナルヴァが救助。即席《そくせき》の連携《れんけい》を組んで三十分足らずだが、その間に発見した研究員は既《すで》に四人目だ。

……この調子だとまだまだいそうだな。

灰色名詠だけならまだしも、その合間合間を縫《ぬ》うように襲って来る浸透者が厄介《やっかい》だった。いつどこからやってくるかも分からない状況《じょうきょう》。ろくに呼吸も整えられない。

「――くそ、それにアレもか！」

　エイダが頭上を見上げると同時、周囲の影《かげ》が突如《とつじょ》暗さを増《ま》した。自分の影に重なるように、宙《ちゅう》を旋回《せんかい》する敗者の王《ラスティハイト》から伸《の》びた影。

　――まずいっ、ここもあいつの射程圏内だ！

　祓戈《ジル》を抱《かか》え、エイダは身を投げ出して影の範囲《はんい》から脱出《だっしゅつ》した。

　吹雪《ふぶき》のように降《ふ》りそそぐ大量の塵灰《じんかい》。続いて聞こえる、ジッ、という奇怪《きかい》な音。振り向いた先、直径十メートルほどの範囲が全《すべ》て灰色に染《そ》まっていた。

　石化した芝生、木々。範囲内にあるものは無差別に、灰の激流《げきりゅう》は呑《の》みこんだもの全てを灰色に凍結《とうけつ》させる。敗者の王《ラスティハイト》が降らす灰色の雨だ。

「落とそうにも近寄ることすらできないってか……」

　石化した名詠士や祓名民《ジルシェ》。彼らを見た時に警戒《けいかい》していなければ、自分もとっくにあの灰の渦《うず》の餌食《えじき》になっていただろう。

「エイダ、平気か！」

「何とかね、それよりさっさと連れていけっての！」

　身を伏《ふ》せたまま、かろうじて聞こえるサリナルヴァの声にこちらも声を張り上げた。

　一向に減《へ》る気配のない灰色名詠の生物。そいつらに注意を払っていれば不可視《ふかし》の浸透者

に不意打ちを食《く》らう。それも回避《かいひ》したとして、頭上を旋回する敗者の王《ラステイハイト》の射程圏内《しゃていけんない》に入ればあの広範囲無差別放射。

「……行ったか」

木陰《こかげ》に身を寄せ、エイダは小さく安堵《あんど》の息をついた。唯一《ゆいいつ》の救いは研究所の敷地《しきち》の広さだ。これだけ広ければ敗者の王《ラステイハイト》とて照準《しょうじゅん》を集中しにくい。

「残りは第二、第三研究棟か。あの真精《しんせい》に見つかる前に急いで見て回ら――」

石化した芝生を迂回《うかい》しようとして。

「なるほど……」

ごくりと、エイダは唾《つば》を飲みこんだ。

「王がいるなら当然その部下だっているはずだもんね」

十二銀盤の王剣者《イーゼハイト》。十二の守護剣《しゅごけん》を保有《ほゆう》する銀色の真精が、自分の進路を断《た》つかたちで立ち塞《ふさ》がっていた。祓戈の到極者《ジルシュヴェッサー》の称号《しょうごう》を持つ祓名民《ジルシエ》と互角《ごかく》の技量《ぎりょう》を持つ真精。こいつとは戦いたくない、エイダをしてそう思わせる数少ない相手でもある。

「……あは、ははは」

こんな状況《じょうきょう》なのに笑いがこみあげて仕方ない。それもどうしようもない憤《いきどお》りが化けただけの笑いだ。……ったく、ただでさえきっつい状況なのに。この不条理《ふじょうり》さったらいくらなんでも泣きたくなるよ。

「女の子《あたし》一人に真精三体ね。ははっ……最悪っ！」

眼前《がんぜん》に立ち塞がる三体の真精へと、駆《か》けた。

＝

カサッ……ササッ
茂《しげ》みの中を這《は》い回る灰色の大蛇。向こうの空間が揺《ゆ》らいで見えるのは浸透者だろうか。

文字通り息を殺し、ミオは木立の陰に身を潜《ひそ》めていた。

――やっぱりだ。

悪い予感が的中した。もうこの研究所全体が、既《すで》に制圧《せいあつ》されかかっているのだ。急がないと、急いであれを取りにいかないと。

「……みんな無事かな」

クラスメイトは自分を除《のぞ》いて皆《みな》がシェルターに避難《ひなん》している。ケイト教師《きょうし》もついているからまずは一安心だろう。気がかりなのは単独《たんどく》行動中のエイダだった。敵《てき》から隠《かく》れて移動《いどう》する自分たちと違《ちが》い、彼女は積極的に『削《けず》る』側だ。危険《きけん》度も段違《だんちが》いのはず。

「今度ばかりは、他人《ひと》のことより自分の身を案じることを優先《ゆうせん》させた方がよさそうです」

柔和《にゅうわ》な視線《しせん》をいつになく細め、隣《となり》に隠《かく》れるティンカが小声で呟《つぶや》く。

「今から探《さが》すもの、とても大事なものでしょう？　まずそのことだけ集中しなければ」

「……うん」

「では参りましょう、どうやら先ほどの相手も別の場所に移動してくれたようです」

足音を殺しながら先を行くティンカの後を追う。足下《あしもと》の草を踏《ふ》む音すら立てないよう移動する。それだけは何があっても守るよう言われたが、それはミオにとって精神をヤスリで削るような作業だった。一メートル歩くだけで気が遠くなる。

「どうやら、ここには何もいないようですね」

木陰でにわかに足を止め、ティンカが正面を睨《にら》みつける。

錆《さ》びた青銅《せいどう》色をした、立方体型の建物。

「ここが薬品保管庫です」

南京錠《ナンキンじょう》のかかった扉《とびら》を前に、ティンカが釈然《しゃくぜん》としない面持《おもも》ちで振り向いた。

「ミオさん、こんなところに本当に目的のものがあるのですか？」

確証《かくしょう》はない。本当はサリナルヴァに訊《たず》ねれば確実だったのだが、そんな話をする間もなかった。

「あるとしたらここしかないから……とにかく探します」

部屋に入った途端《とたん》、薬品と黴《かび》の臭《にお》いが混《ま》じった刺激臭《しげきしゅう》が鼻をついた。薄暗《うすぐら》い空間に、硬質《こうしつ》の床《ゆか》に足音が反響する。よし、まずは扉脇《とびらわき》の壁《かべ》にある照明のスイッチを。

——いや、だめだ。

はたと、スイッチへと伸《の》ばした手を止めた。明かりはつけられない。周囲を徘徊《はいかい》している名詠生物《めいえいせいぶつ》の恰好《かっこう》の目印になってしまう。

「この暗闇《くらやみ》の中ですが、辛抱強《しんぼうづよ》く探すしかないでしょうね」

苦笑《くしょう》を浮《う》かべたティンカが肩《かた》をすくめてみせる。薬品保管庫にずらりと並《なら》ぶ棚《たな》の数、少なく見積もっても百近い。相当の重労働。だけど音《ね》を上げてなんかいられない。

「うん、手分けして探しましょ！　あたしは右列の端《はし》から探しますから、ティンカさんは左列の端からお願いします」

頷《うなず》くティンカに目配せし、ミオは保管庫の通路を小走りに駆けた。

——あたしにできるのはこれくらいだから。

だから、ネイト君も早く来て！

＝＝

トン——

どれだけノックしても返ってくる返事は静寂《せいじゃく》だけだった。もちろん、本当はそれもとうに分かりきっていた。

「失礼します」

暗い部屋。壁伝いに手探《てさぐ》りで進み、やっとのことでネイトは窓《まど》のカーテンへと行き着いた。音を立てないよう静かにカーテンを開く。室内に入る外灯《がいとう》の明かり。その光の中、ぼんやりと照らされる部屋の中央。そして木製《もくせい》のベッド。

昼間とまるで変わらぬまま、彼女はそこで深々と眠《ねむ》りについていた。

「クルーエルさん」

一歩だけ、ネイトは彼女の寝入《ねい》るベッドへと足を進めた。

「僕《ぼく》たちは、名詠式を何のために勉強してるんでしょう」

一歩、また一歩。

「単にすごそうだからという人もいるだろうし、単に興味《きょうみ》があるという人だっているだろうし、中には」

〝ねえ、キミは、名詠が怖《こわ》いと思ったことってない？〟

気づいたときには、彼女はすぐ目の前で眠りについていた。

「クルーエルさんが言ったように、名詠式を悪いように使うために勉強してる人もいるかもしれません。でも僕は、名詠式をこうして勉強して良かったと思ってます……そうでなかったら、僕はクルーエルさんと会えなかっただろうから」

クルーエルさんだけじゃない。アーマだってカインツさんだって、ケイト先生やミオさんエイダさん。クラスメイトの人みんな。

大切な人、もの。全部なくしたくない。だから──

「僕も、行きますね」

研究棟《とう》へ。みんながそこにいるから。だけど──だけどっ──

「……ごめんなさいっ！」

ベッドの端に手を触《ふ》れた途端、言葉にできない激情が胸《むね》の堰《せき》を突《つ》き破《やぶ》った。

「ごめんなさい、ごめんなさい！　本当に、僕っ……」

口を手で覆《おお》ってもなお、指の隙間《すきま》から嗚咽《おえつ》が洩《も》れる。

ずっとずっと我慢《がまん》してたのに、隠《かく》すことも止めることもできなかった。

「クルーエルさんにだけは……何もしてあげられないなんて………」

自分がずっと勉強していたこと。自分が唯一《ゆいいつ》できること。灰色名詠《はいいろめいえい》だって真精《しんせい》だって、名詠式だ。それならきっと名詠式で何とかできる。でもそれだけじゃ、名詠式だけじゃ一番大切な人は助けられない。

――それはきっと、ずっと前に、母さんとカインッさんも通った道なんだ。

「クルーエルさん……僕はクルーエルさんに、何をしてあげられますか」

ここにずっといてあげること?

こうしてずっと声をかけ続けること?

分からない、分からないけど、それはどちらも違う気がする。

「僕、本当に何もできないから……」

クルーエルさんがしてほしいって思うことってなんだろう。

分からない。だから――

〝一緒に詠《うた》ってほしいとか、尊敬《そんけい》してるとかさ。男の子が女の子にそういうの言うのはね、大抵《たいてい》プロポーズの時なんじゃないのかな?〟

〝うんうん。で、キミは何かな。わたしに愛の告白というやつなの?〟

だからせめて――

『おやすみなさいのキスして』って言ったとき〟

〝ねえ、今わたしがそれをお願いしたら、キミは何て答えてくれる?〟

僕は。

〝わたし、キミの返事が聞きたい。割《わり》と本気で。もしキミがだめって言うならいいよ。でも、もし『いいよ』って言ってくれるなら……わたしも、わたしだって……〟

僕は、あの時のあなたに応《こた》えたい。

〝いつか、今じゃなくても、返事を聞かせてくれると嬉《うれ》しいな〟

「僕は……」


——クルーエルさんのこと、大好きです。


「僕、クルーエルさんのこと大好きです！　本当に、ずっとずっと大好きですっ！」

我慢しようとして、だけど叫《さけ》ぶのが止められなかった。

目の前が見えない。それは涙《なみだ》が止まらなかったから。涙が頬《ほお》を伝って唇《くちびる》を伝って、彼女のベッドにこぼれ落ちてなお、止まらなかった。

……泣かないってずっと決めてたじゃないか。

エイダさんの前だってミオさんの前だって耐《た》えてたのに、なんで……なんで。一番隠しておきたかった人の前だと、耐えられないんだろう。

「一緒《いっしょ》に勉強して、遊んで、笑って——ずっとずっと、一緒にいたいんです」

だから、お願い……目を開けて！

〝ティンカが言ってたんだ。クルーエルの病気は祓名民《ジルシエ》にも医者《いしゃ》にも治せないだろうって。クルーエルの心の中の問題だからって。だから、もしクルーエルを助けられるとしたら、きっとクルーエルの心に直接届《ちょくせつとど》くような何かが必要なんだと思う〟

「……おやすみのキスはしませんて、僕決めたんです」

この時この場所でも、それだけは絶対《ぜったい》に譲《ゆず》らない。

だけど、だけども。

〝万一あの子に誰《だれ》かの声《きもち》が届くとしたら、それは、君の声《きもち》だけかもしれない〟

——どうかお願い、届いて。

「クルーエルさん……」

そっと、彼女の前髪《まえがみ》をはらった。

右手で頬に触れる。熱を帯び紅潮《こうちょう》した頬は、あたたかかった。

そして——

彼女の唇に、ネイトは自分の唇を重ねた。

おはようございます、クルーエルさん
もう、目覚めの夜明《あさ》けです

それは本当に一瞬《いっしゅん》のこと。

けれど、今まで生きてきた中で最も長い一瞬だった。

……目を、覚ましてください。

多くは望まない。

ただその想《おも》いだけを願った一瞬だった。

「……すぐ帰ってきます」

触れた感触《かんしょく》を実感する前に、ネイトは自ら唇を遠ざけた。

待ってる人が向こうにも大勢《おおぜい》いる。

だから——

「見守っててください」

3

研究所本部敷地内《しきちない》、中央広場——

「……ふざけるなっての、あんなのありかよ」

がくがくと笑いだす膝《ひざ》に鞭《むち》を打ち、ゼッセルはかろうじてその場に踏《ふ》み留《とど》まった。

灰色名詠《はいいろめいえい》の奴《やつ》らだけかと思ってたらとんだ伏兵《ふくへい》もいたもんだ。

「ゼッセル、平気⁉」

「……んなの屁《へ》でもねえよ」

背中合わせになるエンネに無理やり虚勢《きょせい》を張《は》る。

……ったく、こりゃ肋骨《ろっこつ》が数本イッちまったか。左肩《ひだりかた》も動かねえし。

「油断《ゆだん》したつもりはなかったんだけどな」

目に捉《とら》えられない名詠生物、浸透者《しんとうしゃ》と言ったか。ミラーから事前に報告《ほうこく》を受けてはいた。

だが目に見える灰色名詠の生物を相手に連戦《れんせん》する最中、一瞬だけその存在《そんざい》が頭から消える。

その一瞬が文字通り致命的《ちめいてき》となってしまった。

まるで予期せぬ一撃《いちげき》だったせいで完全に無防備《むぼうび》。おかげで無様《ぶざま》な一撃を食《く》らってしまった。目に見えない、それがここまで厄介《やっかい》な相手だとは。

「おいミラー、何でまたこんなだだっぴろい場所を死守しろってんだ！」

中央広場。中心に巨大《きょだい》な台座《だいざ》が設置《せっち》され、そこから半径十数メートルは見晴らしの良い広場になっている。おまけに東西南北四方向から主要な通路と繋《つな》がっているため、当然の如《ごと》く敵の数も桁違《けたちが》いだ。

「最後の生命線だ」

埃《ほこり》で曇《くも》った眼鏡《めがね》のブリッジを押《お》し上げ、ミラーが淡々《たんたん》と告げてくる。

「既《すで》にここ以外の主要ポイントはほぼ全《すべ》て陥《お》とされた。残るこの広場は各棟からシェルターへ抜けるための必須《ひっす》退避路。さらに言えば、他のブロックで奮闘している祓名民《ジルシエ》や名詠士との連絡も、ここが陥ちれば途絶《とだ》えてしまう。他にも——」

「あー、わかった、もういい！　十分！」

オーケイ、死んでも守れってことか。

動かない左手の代わりに歯でフラスコのコルクを噛《か》んで固定、右手を使ってこじ開ける。触媒《カタリスト》となる赤く揺《ゆ》れる液体《えきたい》を周囲に撒《ま》き散らす。いや、その直前に。

「そこの三人、台座の陰《かげ》に隠《かく》れろ！」

サリナルヴァの絶叫《ぜっきょう》が広場に響《ひび》いた。

……ん？

「ゼッセル、上！」

サリナルヴァの絶叫を引き継《つ》ぐようにエンネが悲鳴を上げた。刹那《せつな》、広場全体が一際《ひときわ》暗さを増した。夜闇《よやみ》の中、何か巨大な影が広場を包み込む。

ぞくっ。身もだえするほどの寒気に、握《にぎ》っていたフラスコが滑《すべ》り落ちた。この威圧感《いあつかん》。

——あいつか！

本能的《ほんのう》に、恐怖《きょうふ》が身体《からだ》を動かした。ミラー、エンネと共に台座の陰に転がり込む。直後、一瞬にして広場全域《ぜんいき》が灰色の灰燼《かいじん》に呑《の》みこまれた。

「数十秒だ、その間は絶対に灰を吸《す》いこむな！」

広場に続く舗装路《ほそうろ》から聞こえるサリナルヴァの怒号《どごう》。

……吸いこむか肌《はだ》に触《ふ》れると石化ってわけか。

息を止めたままゼッセルは声にならない笑い声を洩《も》らした。轟音《ごうおん》と砂埃《すなぼこり》を巻《ま》き上げ、頭上を凄《すさ》まじい勢《いきお》いで通過《つうか》する敗者《ラスティハイト》の王。敷地内を一定周期で旋回し、標的を発見すれば今のような灰燼の雨。地上からでは近寄ることすらできないとは。

さて、もしこの広場は死守したとしても、あの親玉どうするかね。


……なにこれ。

舗装路を駆ける足を不意に止め、眼前《がんぜん》に展開《てんかい》する異様《いよう》な光景にネイトは息を呑んだ。目の前、直径十メートルほどの範囲《はんい》全《すべ》て。それが円周状に綺麗《きれい》に石化していたのだ。木も芝《しば》生《ふ》も、路面も灰色に染《そ》まっている。

今まで見てきた灰色名詠の仕業《しわざ》じゃない。いったいどんなことをすればこんな真似《まね》ができるのか。

「これが……敗者の王《ラスティハイト》？」

つっと顎《あご》を伝っていく冷たい汗《あせ》。……ううん、でもだめだよ。こんなとこで怖《お》じ気づいてたらこの先一歩だって前に進めない。こんなところで立ち止まってちゃだめなんだ。

「――急がないと」

黒の帳《とばり》が降《お》りた夜の道。外灯がぼんやりと照らすとはいえ、せいぜい視界《しかい》は数メートル。足場も不安。敵に不意をつかれたら逃《に》げる余裕《よゆう》もない。その状況《じょうきょう》を知った上で、あえてネイトは路面を全力で駆け抜けた。時間がない。クルーエルの体調も、おそらくは研究棟の状況も。

全力疾走《しっそう》に心臓《しんぞう》が悲鳴を上げ、呼吸も肺が握《にぎ》りつぶされたように苦しい。不安定な足下《あしもと》に視界のきかない闇夜《やみよ》。こうして走るだけで精神が摩耗《まもう》していく。

ふと、唐突《とうとつ》に視界が開けた。

中央に巨大《きょだい》な台座《だいざ》のある広場。十数本の外灯に照らされて、床《ゆか》に積もった大量の灰燼が鈍《にぶ》い色に光り輝《かがや》く。まるでそこだけ灰色の雪が降ったかのようなありさまだ。

カツッ……

ハイヒールの音が広場手前の通路から届いた。

「サリナルヴァさん？」

長身に癖《くせ》っ毛の髪《かみ》、赤いハイヒール。サリナルヴァ・エンドコートに間違いない。だが彼女は自分などまるで目に入っていないように、視線《しせん》を彼女自身の真正面に向けたままだった。

研究服をなびかせ、通路を風のように彼女が駆け抜ける。と思いきや、彼女が突然頭部を守るように腕《うで》を十字にクロスさせた。

「っぐ……！」

刹那《せつな》、小さい呻《うめ》き声を上げ、長身の彼女が優《ゆう》に数メートル吹《ふ》き飛んだ。まるで虚空《こくう》にはじき飛ばされたように。……既視《きし》感。かつて、トレミア・アカデミーでエイダにまるで同じことが起きた。

まさか浸透者《しんとうしゃ》？

「サリナルヴァさんっ！」

「ネイト？」

一瞬、ぽかんと呆《ほう》けたように口を開け、だがすぐに彼女は表情を鋭利《えいり》なものにした。

直後、サリナルヴァの真正面に人形《ひとがた》の歪《ゆが》みができる。

「いや……だめだっ、来るな！」

が、ネイトはそれにかまわず浸透者の背後《はいご》へと一気に距離《きょり》を詰《つ》めた。

「ネイト、何を」

右手に黒曜石《こくようせき》の欠片《かけら》を握《にぎ》りしめ、浸透者の朧気《おぼろげ》な体表を全力で殴《なぐ》りつけた。もちろんそれだけでは浸透者は倒《たお》せない。だけど、今ならきっとできる。

絶対《ぜったい》すぐ戻《もど》る。そうクルーエルさんと約束したから。

――『*Nussis*《還れ》』――

ピシリッと音を立て、ガラスに罅《ひび》が入ったような亀裂《きれつ》が虚空に生じた。反唱の作用と浸透者の反作用。右手に走る激痛《げきつう》に肩が落ちそうになる。

だが、その均衡《きんこう》は一瞬だけだった。

チリン、鈴を鳴らしたかのような清らかな音と共に空間の歪みが消失していく。

「……消えていく？」

呆然とした面持《おもも》ちで、口を半開きにしたまま彼女がぼんやりと呟《つぶや》いた。

「平気ですか」

「まさか、浸透者を反唱で還《かえ》したのか？」

驚愕《きょうがく》のまなざしで瞬《まばた》きを繰《く》り返す彼女。

「ええ、それは少し前に一度できましたから。ホントは今も無我夢中《むがむちゅう》でしたけど」

「ティンカからそれらしいことは聞いていたが、まさかこの目で直接《ちょくせつ》見られるとはな。い

や、だが正直助かった」

コートにまとわりつく灰《はい》を手で払《はら》い、サリナルヴァがゆらりと立ち上がった。

「少年、お前が浸透者を相手にできることは心強い。だがさて、どうしたものか」

目の前の敵が消えてなお、彼女の表情は厳《きび》しいままだ。

「有象無象《うぞうむぞう》の下っ端《ぱ》を倒したところで、どうも素直《すなお》に解決《かいけつ》するわけでもないらしい」

遥《はる》か上空を旋回《せんかい》する真精《しんせい》を見上げ、サリナルヴァが毒を吐《は》くような声音《こわね》で呟く。

自分たちの広場からまだ距離はある。だがやはり、遠目からでもあらためてその巨大さと形容《けいよう》できぬ重圧感がひしひしと伝わってくる。それこそ肌《はだ》がざわつくほどに。

天上を完全に支配《しはい》しつつある敗者の王《ラスティハイト》。あの高度までたどり着け、なお敗者の王《ラスティハイト》に対抗できるとしたら――

「あの……サリナルヴァさん、協力してほしいことがあるんです」

「何か手があるのか？」

夜色名詠の真精。おそらくは、それが最後の希望になる。

問題は、詠《よ》び出す前の段階《ステップ》だ。

〈讃来歌《オラトリオ》〉はいい。真精の名前も分かる。あと一つ、夜色名詠の真精を詠び出すための特有触媒《カタリスト》。それをいかにして準備《じゅんび》するか。

「夜色の炎《ほのお》、分かりますか」

一瞬《いっしゅん》怪訝《けげん》なまなざしで片目《かため》を細め、しかし彼女はすぐに興奮《こうふん》したように声を上げた。

「夜色……炎色反応《えんしょくはんのう》か！　それがお前の真精に必要な触媒《カタリスト》なのか？」

「はい。だけど炎も相当大きな場所で焚《た》かないと」

「ああ、それは中央広場《こいっ》を使え。派手《はで》に燃《も》やしてやればいい」

言うなり、彼女が白衣をひるがえす。

「あとは炎色反応に使う薬品を取ってくればいいんだな」

「いえ、その必要はないでしょう。既《すで》にミオ・レンティアが保管庫《ほかんこ》に向かっています。保管庫の場所と鍵《かぎ》は付き添《そ》いのティンカさんが」

からんと小石を踏《ふ》みつけ、眼鏡《めがね》をかけた教師《きょうし》が歩いてくる。その後ろにはゼッセル教師、そしてエンネ教師の姿も。

「そうか……さっきあの二人とすれ違いに会ったから何かと思ったが」

半分ほどが石化したハイヒールで地を踏みつけ、サリナルヴァがとある通路の先を見据《みす》えたまま動きを止めた。

「しかし、だとしたら遅《おそ》くないか？　とうに戻《もど》ってきてもいいはずなのに」

＝

「……これも違う、これも、これも」

棚《たな》に並んだ薬品を取り出し、ラベルを確認《かくにん》しては床《ゆか》に並《なら》べていく。床には既に、足の踏み場すらないほど敷き詰《し》められた何十にも及《およ》ぶガラス瓶《びん》。一つ一つ棚に戻す時間すら惜《お》しい状況《じょうきょう》での苦肉《くにく》の策《さく》だが、それすら限界《げんかい》に近づいてきた。

「これもかぁ……」

右手と左手に抱《かか》えた瓶を床に降ろし、ミオは疲《つか》れ混《ま》じりの声で呟いた。

もうこれで何個目だろう。既に百を数えているかもしれない。収穫《しゅうかく》がないまま焦《あせ》りだけがつのる。もうかなりの時間ここに留《とど》まっている。いつ灰色名詠の生物が襲《おそ》ってくるかも分からないのに。

「ミオさん、これかしら」

「え？」

唐突《とうとつ》に名を呼ばれ、はっと我《われ》に返った。

振り向けば、茶色のガラス瓶を抱えティンカがすぐ隣《となり》に立っていた。

「え、あ、え……」

ガラス瓶に貼《は》られたラベル名を何度も何度も確認した。

原子番号37、『Rb』——ルビジウム。

「こ、これです！」

渡《わた》されたガラス瓶を胸《むね》に抱え、ミオは思わず飛び跳《は》ねた。間違いない、夜色名詠の第一音階名詠《ハイ・ノーブルアリア》を彩《いろど》る夜色の炎、その生成に必要不可欠《ふかけつ》な物質《ぶっしつ》だ。

「ティンカさんも持てるだけ持ってくれますか」

「はい、もう持ってますよ」

両手に一瓶ずつ抱えたまま彼女がくすりと微笑《ほほえ》む。

「では急ぎましょう。あとはコテージにいるネイト君をサリナルヴァが呼んでくればいいんですよね？」

「きっと……何とかなるはずです」

ぎゅっと、瓶を抱える両手に力を込《こ》めた。そうだ、この瓶さえあれば。きっと何とかなる。この状況からだって逆転《ぎゃくてん》の余地は必ず……

——ピキッ——

え？

不意に鼓膜《こまく》を揺《ゆ》らした音に息が詰まった。

今の音、なに？

最初は手に持つガラス瓶が割れたのかと思った。何か硬い物に罅《ひび》が入った、そんな感じの音だったから。

「ミオさん……あれを」

ティンカが表情《ひょうじょう》を強張《こわば》らせる。その視線《しせん》が見つめるのは、保管庫の奥《おく》にある明かり採《と》りの小窓だった。言われるままにじっと目を凝《こ》らす。ふと、窓の外で何かが蠢《うごめ》いた。

何か、細長いもの。

外部の外灯に照らされ、影絵《かげえ》のようにゆらゆらと蠢く灰色の影。

……まさか。

その窓の亀裂が一際《ひときわ》大きさを増《ま》した。そして、同時だった。ティンカの悲鳴と、窓ガラスが割れるのは。

「見つかった！　ミオさん、走って！」

言われる前に、ミオは反射《はんしゃ》的に駆けだしていた。床に散らばるガラス瓶を蹴飛《けと》ばし、ただただ出口までの最短距離をひた走る。呼吸《こきゅう》すら止め、無酸素《むさんそ》運動で出口まで——

だが、ミオは見てしまった。

扉《とびら》のすぐ脇《わき》から伸《の》びた影。それはまるで翼《つばさ》を持っている石像《せきぞう》のような。

「まさか、有翼石像《ガーゴイル》？」

ティンカの声が裏返《うらがえ》る。それほどの窮地《きゅうち》だということを実感する前に、有翼石像《ガーゴイル》の影が確《たし》かに嗤《わら》った。

歪んだ鎗《やり》を片手《かたて》に、扉の陰から石像が躍《おど》りかかる。

前に有翼石像《ガーゴイル》、背後《はいご》にも灰色名詠《はいいろめいえい》の蛇《へび》が。

「だめっ、これだけは渡《わた》さないもんっ！」

ガラス瓶を抱える手が真っ白になるくらい、ミオは必死に瓶を抱えた。

これがなきゃ夜色の炎《ほのお》は生まれない。夜色の炎がなければ夜色名詠だって完成しない。

何があっても、これだけは――

汚《よご》れた牙《きば》を見せて大蛇《だいじゃ》が飛びかかってくる。

ガラス瓶を抱えたままミオは目をつむり――

その途端、目の前いっぱいに迫《せま》っていた灰色が、虹色《にじいろ》に変わった。

な、なにこれ！

目の前で日が射したような強烈《きょうれつ》な光の奔流《ほんりゅう》。それが津波《つなみ》のように薄暗《うすぐら》い部屋に流れ込んできた。息が詰まるほどの眩《まぶ》しさに思わずミオは目を閉《と》じて……

……え？

再《ふた》びまぶたを持ち上げてすぐ、ミオは我《わ》が目を疑《うたが》った。

なんで。なんで、飛びかかってきたはずの大蛇が、有翼石像《ガーゴイル》が、灰色の煙《けむり》を上げて還《かえ》っていくの？

「やれやれ、方向音痴《おんち》が役に立ったのは初めてかもな」

コツッと、誰《だれ》かの靴音《くつおと》が聞こえた。

扉の向こうから、まず見えたのは枯《か》れ草《くさ》色のコートだった。

……あ……あっ……。

枯れ草色のコート、そして今の、虹色の名詠光。それだけで、扉の向こうに誰がいるのか知るには十分だった。

「やあ間一髪《かんいっぱつ》だったね」

くすりと微笑《ほほえ》みかける彼。その仕草にあわせ、茶とも金とも区別のつかない髪がそっとゆれる。

「まったく、本当にずるいタイミングで現《あらわ》れるものですね」

「そう言わないでくださいティンカさん、ボクの方も色々あったもので。ここに着いたのもほんのさっきなんです。でも大方の事情《じじょう》は把握《はあく》しているつもりですから」

「そう、それは助かります」

さっきまであんなに緊迫《きんぱく》した表情のティンカすら、彼を見て安堵《あんど》の息をついていた。

そう、彼がここにいる。

それだけで、あんなに苦しかった空気がこんなにも穏《おだ》やかになるなんて。

「平気かい」

じっと見つめられる。

「あ……あ……」

声が出なかった。声が出ないのに、代わりに目の端《はし》から何かがこぼれてきた。だめだ、またあの時と同じだ。名前が出てこない。あの時は緊張《きんちょう》のせいだったけど、今度は嬉《うれ》しさのあまり頭が真っ白になってしまっていた。

やっぱり、やっぱりだ。

夢《ゆめ》にまで見た、あたしが世界で一番憧《あこが》れてる人。やっぱり、胸《むね》を張《は》って言える。この人こそ最高の名詠士だ。

「そんなに大切に抱えているなんて、そのガラス瓶《びん》、とても大事なものなんだね」

「あ……あ……あの」

この瓶、あたしの代わりに持っていってもらえませんか——

そう言おうとして、だけどその言葉は全《すべ》て、肩《かた》を彼に触《ふ》れられて吹《ふ》き飛んでしまった。

「それは君の仕事だよ」

「——え？」

「それを守り通したのはボクじゃなくて君。だから最後までやりとげよう。ね？」

理屈《りくつ》じゃない。でもその言葉には力があった。あたしの中にある崩《くず》れかけていたものを修復《しゅうふく》し、前より一層《いっそう》強くするくらいの力が。

「……は、はいっ！」

「いい返事だ。さ、行こう」

そう言って、彼が枯れ草色のコートをひるがえす。その背に、ティンカが再《ふたた》び。

「希望、あなたに託《たく》していいのかしら？」

独《ひと》り言かも分からないその呟《つぶや》きに。

「さあどうでしょう。気まぐれで優柔不断《ゆうじゅうふだん》なボクなんかより、お似合《にあ》いの二人がいるかもしれませんよ」

悪戯《いたずら》っぽく幼《おさな》い笑顔《えがお》で、彼——カインツ・アーウィンケルは片目《かため》をつむってみせた。

「だからこそ、あとは彼女次第《しだい》なのかもしれませんね」

おはようございます。

4

時間の流れる感覚すらない、全ての光という光が消えたその場所で――

唇《くちびる》に、何か温かいものが触れた気がした。


……あ。

同時に、すごく懐《なつ》かしいものを、思いだした。

『クルーエル、どうしたの？』

歩きだす自分の背にかかる、疑《ぎ》問《もん》調ながらも優《やさ》しい声音《こわね》。本当に、少しでも心を許《ゆる》せばすぐにでも受け入れてしまいそうになるほど甘《あま》くて懐かしくて、心地《ここち》よい声。

「……思いだしたの」

自然とうつむいていた顔を、クルーエルはそっと上げた。

「あのね、わたしやっぱり、帰らなくちゃいけないみたい」

『それはなぜ？　ここにいる限《かぎ》りあなたは安全なのに。ここでわたしが傍《そば》にいる限り、あなたを傷《きず》つけるものは何もない。ほら、こんなにも暖かい場所で、安らげる場所で、それ以上にあなたは何を望むというの？』

「……違うよ」

乾《かわ》いた涙の跡《あと》を手で拭《ぬぐ》い、クルーエルは首を振《ふ》った。

「わたしは何も望まないよ。ここがそうだって言うんなら、暖かい場所も安心な場所も欲《ほ》しくない」

『それはなぜ？』

「だって、ここはすごく寂《さび》しい場所だから。ここにはわたしとあなたしかいないから」

そう、あの時、小生意気な名詠《めいえい》生物が教えてくれた。

〝今小娘《おまえ》は板ばさみにあっている。成長と停滞《ていたい》の葛藤《かっとう》。殻《から》を破《やぶ》りかけ、だが抜《ぬ》け出せずにいる雛《ひな》のようなものだ〟

〝暖かく安全な場所からあえて抜け出ることは容易《ようい》ではない〟

ようやく、わたしは実感できた。

こんなにも独《ひと》りぼっちの世界だからこそ、あの時の言葉の意味が分かった。

〝それを、あの二人は殻から抜け出した。だから任《まか》しただけのことだ。案ずることもない〟

あの時の自分には、そう告げてきた相手の真意が分からなかった。

そんなわたしに、返ってきた言葉は——


〝お前にもいつか分かるだろうさ〟


やっと分かった。

こんなにも、どんなに叫《さけ》んでもわたしの声が届《とど》かないくらい遠い場所。それから抜け出すことがどれだけ苦しく辛《つら》い痛《いた》みを伴《ともな》うか。でも、それでも。

「もう決めたの。ここがどんなに暖かくて安全でも、わたしはこの殻《ばしょ》を抜け出したいの。それでみんなのところに帰るよ。一人ぼっちは寂しいもん」

『だとして、あなたはどうやってここを出るつもり？』

そう、それがアマリリスからの絶対的な提題《ていだい》。

あらためて、クルーエルは周囲の空間を見回した。とてつもなく広い場所だった。捻《ねじ》れたメビウスの環《わ》の如《ごと》く、どこまで行ってもまたもとの場所に帰ってきてしまう。

行って、戻って、現れては還って。ここはもしかしたら、名詠式が生まれる場所にとても近い場所なのかもしれない。

けれど、もう平気だ。

わたしは――

『ここから出たいのならばわたしに教えて。決して偽《いつわ》りえぬかたちで、あなたと彼の約束をわたしに示《しめ》して。あなたはまだ、わたしが訊《たず》ねた問いに対する答えを見つけ――』

「見つけたよ」

『……え？』

振《ふ》り返る。

そして、クルーエルは自分の生き写しのような真精《しんせい》に向かって両手を広げた。

「まだまだちっちゃくて華奢《きゃしゃ》で、おっちょこちょいで挫《くじ》けっぱなしで、お姫様《ひめさま》を守ろうなんてこと言えそうもない子。一度決めたらすごく意固地《いこじ》になっちゃって、その割《わり》に何かあったらすぐ自信なくしちゃって悲しい顔する子。ねえ、それが誰か分かる？」

無言のまま、アマリリスが首を横に振る。答えが分からないのではなく、問いの意味そのものが分からない――彼女の蒼碧《そうへき》色のまなざしが素直にそう告げてきた。

だから、両手を広げたまま、クルーエルはにこりと微笑《ほほえ》んだ。

もう一人の自分に、自分の想《おも》いが伝わるように。

「ただ単にね、放《ほう》っておけないと思ってたの。うん、最初は本当にそれだけだった。だけど少しずつ、彼の良さが見えてきた。呆《あき》れるくらいまっすぐで前向きで、一途《いちず》。だけどそんなことどうだっていいくらい――彼は優しかった」

不器用な言葉しか知らないし、出てこない。うまい単語が使えるくらい器用じゃない。

でも、それでも溢《あふ》れる想いは枯《か》れることがなかった。

「一緒《いっしょ》にいてすごい派手《はで》な思い出とかがあったわけじゃないよ。でもね、一緒にいてすごくほっとできた。一緒にいてくれる、ただそれで嬉《うれ》しかったし暖かかった。だから、彼のところに帰りたいの」

もう一度、キミの隣《となり》にいたいから。

おはようございます。


――ピシリッ――

目の前の空間に、小さな、本当に小さな亀裂《きれつ》が走った。

真っ暗な空間に、光が射《さ》しこんだ。

夜明け色の光。温かい光。

『詠《うた》？……いいえ、違う！　これは――』

光を真っ正面から受け止め、アマリリスが目を見開いた。

『……ただ一瞬《いっしゅん》のくちづけ？……うそ、そんな！　〈讃来歌《オラトリオ》〉でも何でもない、ただそれだけのことで、この場所まで声が届くなんて……クルーエル！　まさかこれが、あなたの答えだと……いうの！』

眩《まばゆ》く輝《かがや》かしい光を受け、名詠門《チャネル》のかたちに空間の亀裂が広がっていく。

もう夜明《あ》け《さ》です。

優しい光を全身に浴び、クルーエルはそっとまぶたを閉《と》じた。

……呼《よ》んでくれて、ありがとう。

こんなに遠い場所だけど、それでもキミの声は届いたよ。

そして――

――クルーエルさんのこと、大好きです。

こんなわたしを……好きになってくれてありがとう。

光の扉《とびら》をくぐる直前でぴたりと足を止めた。背後《はいご》にいる、自分とまるで同じ姿《すがた》をした真精《しんせい》。彼女が自分の片腕《かたうで》を摑《つか》んでいた。

『ねえ、なぜわたしじゃだめなの。わたしならあなたの望みを全《すべ》て叶《かな》えられる。あなたを心から愛してる……それでも、わたしが嫌《きら》い？』

「ううん、そうじゃないよ」

これだけ奇妙《きみよう》な空間に誘《さそ》いこまれ閉《と》じこめられて、それでもふしぎと怒《いか》りは感じなかった。いや、最初はあったのかもしれない。だけど、目の前に溢《あふ》れている優しい夜明けが、その濁《にご》った感情すら流してくれた。

「でもね、一緒に詠《うた》いたいのはネイトなの。それ以外思いつかないよ」

自身《じしん》の写し身に、クルーエルはくすりと微笑《ほほえ》んだ。

『……あなたの選択《せんたく》は決して最良のものではないわ。残酷《ざんこく》な流れに引き裂《さ》かれるかもしれない。それでも、あなたはネイトを選ぶの？』

「うん、もう迷《まよ》わない」

どんなに離《はな》れていても届くものがある。それが分かったから。

『──ふふ』

「何がおかしいの？」

『いえ、ごめんなさい……あのね、今なんだか、すごくあなたらしいと思ったの』

「え?」

初めて見た。

目の前の真精が、本当に微《かす》かにだけど、小さく微笑《ほほえ》んでいたのだ。

『あなたの答えはとても稚拙《ちせつ》。子供《こども》っぽくて幼《おさな》くて、とてもじゃないけど人に誇《ほこ》れる答えじゃない。だけどそんな答えを誇らしげに答えられるくらい、今のあなたは幸せなのね』

幸せ。面と向かって誰《だれ》かから訊《き》かれたのは初めてだった。けれど……うん、今ならはっきり言える。わたし、トレミア・アカデミーに入学して良かった。

——彼と出会うことができたから。

『そうね……あなたの選択《せんたく》が正しいかどうかは、今もわたしには分からない。だけど、あなたが自らの意志《いし》でそれを選ぶというのなら』

光の粒《つぶ》が目の前の真精を包んでいく。

儚《はかな》く淡《あわ》く透《す》けていくその身体《からだ》。

『お行きなさい、わたしの愛する子。どうか、あなたを守る黎明《れいめい》の翼《つばさ》が永久《とこしえ》に穢《けが》れることのなきよう』

幽《かす》かな、それは目の前の自分ですら見逃《みのが》してしまいそうになるほど小さな表情。

けれどアマリリスが口元に浮かべたのは、紛《まぎ》れもなく優しそうな微笑みだった。

「――うん」

その微笑みに小さく頷《うなず》き、クルーエルは夜明け色の扉《とびら》をくぐった。


……まぶしいや。

横顔を照らす月明かりに、クルーエルはまぶたをこすった。数回、小さくまばたき。薄《うす》暗《ぐら》い部屋にも少しずつ目が慣《な》れていく。

「……わたし、帰ってこれたの？」

自分の声が、鼓膜を通じて確かに聞こえた。夢《ゆめ》じゃない。わたし、帰ってこれたんだ。

胸《むね》に手をあてて呼吸《こきゅう》をととのえる。ずっと、今まで息すらしていなかった。そんな錯覚《さっかく》を覚えるくらい、長い夢を見ていた気がする。だけど、そんなぼうっとしてる時間なんてない。みんなのところに行くって決めたんだから。

「これ、わたしの服だよね」

自分の制服《せいふく》はタンスの一番上の棚《たな》に折りたたんで入っていた。しわ一つない制服に腕を通す。そのさらりとした感触《かんしょく》すら懐かしい。

と、唐突《とうとつ》に扉が開いた。

「物音……その部屋、誰かいるの？」

扉が半分ほど開き、見知らぬ女性《じょせい》が顔をのぞかせた。胸元《むなもと》に揺《ゆ》れるケルベルク研究所のネームプレート。

「あ、あの――」

反射的に会釈《えしゃく》しようとする自分を見た途端、彼女の動きが固まった。

「……く、クルーエル・ソフィネット？　うそ、まさか……あなた、目が覚めたの？」

「はい、ずっとご迷惑《めいわく》かけたかもしれませんけれど」

はにかむように笑って会釈し、クルーエルは部屋の窓《まど》へと歩いていった。かけたままの鍵《かぎ》を外して窓を開けた瞬間、心地《ここち》よい風が髪をなでた。

「だ、だめよ無理に歩き回っちゃ！　まだ安静にしてないと！」

「ごめんなさい、でもわたし、行かなくちゃいけないから」

「行くって……いったいどこに」

険《けわ》しい表情を崩《くず》さない彼女に、クルーエルはそっと目元をやわらげた。

「わたしの大切な人たちのところです」

その声に応じるかのように、紅《あか》い風が吹《ふ》いた。いつの間にか制服の肩《かた》に留《と》まっていた一輪の花。それが風に溶けるように細分化し、緋色《ひいろ》の輝きを発しだす。

花が姿を変えた緋色の輝きが、さらに無数の緋色の羽へと移《うつ》り変わっていく。

〝どうか、あなたを守る黎明《れいめい》の翼《つばさ》が永久《とこしえ》に穢《けが》れることのなきよう〟

……そっか、この子に必要な触媒《カタリスト》って、血じゃなくても良かったんだ。

緋色の花《アマリリス》、自分の一番好きな花こそが──

『お帰りなさい、クルーエル』

窓の外、優雅《ゆうが》なまでに煌《きら》めく翼を広げ、黎明の神鳥《フェニックス》が地に降《お》り立つ。

「え、え……な……まさか……フェッ……ニ……クス？」

ぺたんと、後ろの女性《じょせい》が目を瞠ったまま床《ゆか》にしゃがみこんでしまった。

「あ、あの、だいじょうぶですか」

驚《おどろ》きのあまり声が出ないらしく、代わりに必死でこくこくと頷《うなず》く彼女。

「……副所長からそれとなく話は聞いてたんだけど、本物って初めて見たから。……でも、そんなの詠《よ》び出せるくらいなんだから、私が心配することもないのかな」

「はい、──わたし、もう本当にだいじょうぶです」

目眩《めまい》に似《に》た頭痛《ずつう》も、骨《ほね》の髄《ずい》まで灼《や》かれるような熱も、自分でもふしぎなくらい綺麗《きれい》に治まっている。そしてきっと二度と起きない。そんな気がする。

「もう一度、あなたの背中に乗っていい？」

輝く紅の翼をそっとなでる。

『そのために来たのです。さあ、道行きを教えて。クルーエル、あなたはどこに飛ぶ？』

「うん、わたしは——」

わたしは、わたしが行きたい場所は。

5

「ったく、どういうことだよこれは！」

広場に、ゼッセル教師《きょうし》の溜息《ためいきま》混じりの叫《さけ》び声が響《ひび》いた。

——広場に集結する敵《てき》の数が一層《いっそう》増《ふ》えてきてる？

大粒《おおつぶ》の汗《あせ》を拭《ぬぐ》うことも忘《わす》れ、ネイトは擦《かす》れた呼吸《こきゅう》をととのえることに専念した。サリナルヴァが浸透者《しんとうしゃ》をおびき寄《よ》せ、自分が反唱《はんしょう》で送り還《かえ》す。即席《そくせき》の連携《れんけい》が噛《か》み合い、浸透者はこれで五体を送還した。だが数は一向に減《へ》った気がしない。

「おい少年、お前にはまだ肝心《かんじん》の仕事が残ってるんだ、今から無理してどうする」

「だって……」

慣《な》れぬ反唱の反作用か、相手に直接触《ちょくせつ》れた両腕《りょううで》がひどく痛《いた》む。赤く腫《は》れたりするような箇所《かしょ》はないのに、指をろくに曲げることすらできないのだ。

「……浸透者に効《き》く反唱ができるのは僕《ぼく》だけだから」

「それは二の次だ、お前には大仕事がある。違《ちが》うか？」

叱《しか》るようなまなざしでサリナルヴァに見つめられた。

それはもちろん自分だって分かってる。だけど——

「その表情だとあまり納得《なっとく》してないな、まあそんな頑固《がんこ》なところは少年らしいよ。……しかしミラー、ネイトをこれ以上浸透者と戦わせてられん。お前たち三人で何とか防《ふせ》げ！」

「善処《ぜんしょ》しますよ、むしろ最初からそうです」

エンネと背中合わせになる教師が淡々《たんたん》と頷く。

「しかしこの灰色名詠《はいいろめいえい》生物の数。察するに、この場所以外の重要拠点《きょてん》は全て制圧《せいあつ》されたということでしょう」

「分かってるなら死ぬ気であたれ！　もはやここ以外、まともに広い場所などないぞ！」

一定面積以上の、広い空間。そう、夜色名詠の第一音階名詠《ハイ・ノーブルアリア》に必要な特有触媒《カタリスト》たる夜色の炎を燃《も》やすために必要な空間だ。

「モノはミオとティンカが取りに行っているんだったな。じき戻ってくる、それまでこの人数でやるしかないだろう」

　ゼッセル、エンネ、ミラー教師。自分と、それにサリナルヴァ。

　たった五人で小さな防衛線《ぼうえいせん》を作り、広場に次々と集結する名詠生物を相手にする。その困難《こんなん》さを再認識《さいにんしき》し、ネイトは表情をしかめた。今の時点で既《すで》に、他人の身を案ずるどころか自分のことだけで精一杯《せいいっぱい》だったから。

「問題はここの死守だけではないです。敗者の王《ラスティハイト》に対抗《たいこう》できるという夜色名詠の第一音階《ハイ・ノーブル》名詠《アリア》。万一ミオさんティンカさんが戻《もど》ってきても、それを成功させるには大事な条件《じょうけん》があります——夜色の炎の発生、そしてネイト君の〈讃来歌《オラトリオ》〉の完成が同時であること！」

　反唱用の宝石《ほうせき》が組み込《こ》まれた指揮棒《タクト》を振《ふ》り翳《かざ》し、エンネが声を張《は》り上げた。その視線は遥《はる》か上空を旋回《せんかい》する敗者の王《ラスティハイト》へ。

「触媒《カタリスト》として炎が燃え立てば、当然上空のアレにも見つかります。そうなれば途中《とちゅう》で妨害《ぼうがい》されるのは必至《ひっし》でしょう」

　炎が燃えれば確実に見つかる。

　だから、見つかることは前提《ぜんてい》の上で、炎の発生と同時に名詠が完成しなければならない。

「……しかし、炎を詠《よ》び出せる赤色名詠士《ゼッセル》が既に肩を傷《いた》めてる」

「あ？　俺《おれ》は余裕《よゆう》だっての、んなこと言ってる暇《ひま》あったらミラーもエンネも動け！」

額《ひたい》に汗《あせ》をしたたらせながらゼッセル教師が豪快《ごうかい》に吠《ほ》える。

「少年、お前だけでも先に〈讃来歌《オラトリオ》〉の用意を――」

「それは、だめです」

右手に石炭の欠片《かけら》を握《にぎ》りしめ、ネイトは即座《そくざ》に答えた。

〈讃来歌《オラトリオ》〉途中の名詠士ほど無防備なものはない。それに一度〈讃来歌《オラトリオ》〉を始めてしまえば、その途中で浸透者が来た時に反唱が使えない。ギリギリまで、自分も広場の防衛役として粘《ねば》らなくては。

「言うと思ったよ。だが本当に、〈讃来歌《オラトリオ》〉を詠《うた》うための余力だけは残しておけ！　そうでなければ全《すべ》ての努力が水の泡《あわ》だ」

「はい！」

近づいてくる灰色名詠の石竜子《トカゲ》を牽制《けんせい》するように睨《にら》みつける。その途端《とたん》、石竜子《トカゲ》がまるで飛び退《の》くように後退《こうたい》した。

逃《に》げた？

一瞬の安堵《あんど》は、瞬《まばた》き一回分にも満たない僅《わず》かな時間だった。キン、という硬《かた》い音を立て空中から何かが降《ふ》ってくる。ネイトが身をひねって回避《かいひ》できたのは本当に偶然《ぐうぜん》だった。

首筋《くびすじ》を掠《かす》めて地に刺《さ》さるのは、一本の銀剣《ぎんけん》。これは！

「……ちび君、逃《に》げろ！　一体……そっち……行っ、た！」

広場に通じる建物の陰から、祓戈《ジル》を支《ささ》えによろよろとエイダが現《あらわ》れる。顔面は蒼白《そうはく》、脇《わき》腹《ばら》を押《お》さえた手は真っ赤に濡《ぬ》れて――

「エイダさんっ！」

その場に膝《ひざ》をつく彼女。が、その身を案じる間も与《あた》えられはしなかった。

先に飛び退いた石竜子《トカゲ》を従え、銀色の真精がじわりじわりと距離《きょり》を詰《つ》めてくる。ケルベルク研究所で遭遇《そうぐう》した時と変わらない、対峙《たいじ》するだけで冷たい汗《あせ》が一気に噴《ふ》き出すほどの重圧感《じゅうあつかん》。


――まずい。

内心、ネイトはほぞを噛《か》んだ。生半可《なまはんか》な名詠では相手にもならない。かといって長大な〈讃来歌《オラトリオ》〉を詠うだけの距離も既にない。


好《い》い表情だ夜色名詠士、お前のその表情が見たかった。

脳天《のうてん》に直接《ちょくせつ》降りそそぐように、低い嗤《わら》い声が上空で轟《とどろ》いた。同時、周囲の影が一層《いっそう》濃さを増《ま》す。まさか……すぐ真上に。

見上げたそこに、上空全域《ぜんいき》を覆うほど巨大な真精と、その肩《かた》に乗る敗者の姿《すがた》があった。

「やれやれ。どこに隠《かく》れているかと思い探《さが》してみれば……まさかそんな広場に堂々と突っ立っているとはな」

地上の人間がケシ粒《つぶ》に映《うつ》るほどの遥か頭上。

「クルーエルという女はどうした？　まさかお前一人で俺《おれ》をどうにかするつもりだったとは言うまい？」

遥かな高みから、ミシュダルが声を張り上げる。

「クルーエルさんのことなんか、お前には関係ないじゃないか！」

「ははっ、何をそんなに動揺《どうよう》している。そうだな……そういえば以前あの学園で会った時、あの女はたいそう顔色が悪かったたな」

――やっぱりそうだ、この男は知っててわざと言ってきてたんだ。

「なあお前まさか、そのクルーエルとやらを助けられると本気で思っているのか」

「クルーエルさんは助かるもの！」

途端、その言葉を待っていたかのように、ミシュダルが満面の笑《え》みを浮《う》かべた。顔すら見えないほどの上空にいるはずなのに、それだけは分かった。

「いいや。お前たちはやはり俺と同類だよ、逃《に》げられない糸に搦《から》め捕《と》られた蝶《ちょう》のようなものだ。全てを失って拠《よ》り所をなくし、俺と同様、地に這《は》う敗者となる」

……そんなことない。

「クルーエルさんは僕《ぼく》が助ける！　お前なんかに負けないんだから！」

「悲しいな。この状況《じょうきょう》で、それは遠吠《とおぼ》えにしか映らんよ」

地上に灰色名詠《はいいろめいえい》の真精、上空には敗者の王《ラスティハイト》を従えたミシュダル。加えて、今も刻一刻《こくいっこく》と広場に無数の名詠生物が集《つど》いつつある。そんなことは百も承知《しょうち》。だがそれでも、この時だけは譲《ゆず》れなかった。ここで心を折ってしまったら、クルーエルもまた二度と目覚めない。

そんな気がしたから。

「僕は……諦《あきら》めないもん！」

絶対、絶対に。

クルーエルさんと一緒《いっしょ》に学校に帰るんだ。

「では、お前の縋《すが》るものを俺に教えてくれ！　俺と違《ちが》う道があるというのならな！」

夜の帳《とばり》の中、敗者の王《ラスティハイト》の全身がぼんやりと発光していく。朧気《おぼろげ》に光を放ち、徐々《じょじょ》に空中で凝固《ぎょうこ》していくそれは大量の灰燼《かいじん》だった。

「いけないいっ、ちび君逃げろ！」

「ネイト！」

エイダ、サリナルヴァの絶叫《ぜっきょう》。

真上から降りそそぐ瀑布《ばくふ》の如《ごと》き灰の雨。放射範囲《ほうしゃはんい》が広すぎる。自分はおろか広場の全員が、回避など到底《とうてい》間に合わない。

ミシュダルの歪んだ笑みが一際《ひときわ》強まり——

ザァッという波飛沫《なみしぶき》のような音と共に。

今しも広場に降り積もるはずの灰の雨が、一瞬にして虹色《にじいろ》の光の中に蒸発《じょうはつ》した。

「……っ！」

目を見開いたのは自分だけではなかった。広場にいた全員が、ミシュダルが、目の前に起きた現象に皆《みな》が言葉を忘《わす》れて立ち尽《つ》くす。

——*Selah pheno sias orbie Laspha*《世界の半分は、虹色に染まり》——

極彩色《ごくさいしき》の光が、夜の空を真っ二つに切り裂《さ》いた。

洪水《こうずい》のように光が天上に浸透《しんとう》する。世界中あらゆる宝石《ほうせき》をちりばめたような煌《きら》びやかさと、幽玄《ゆうげん》たる月影《つきかげ》の清廉《せいれん》さが融和《ゆうわ》した至高《いとたか》き輝《かがや》きが。

「っ！　なんだ……っ？」

ミシュダルの口をついて出る驚愕《きょうがく》混じりの怒号《どごう》。

溢《あふ》れる光に照らされ、剣を持った灰色の真精《しんせい》が消えていく。敗者の王《ラスティハイト》が小刻《こきざ》みに震《ふる》え、光にまぶたを灼《や》かれたミシュダルが目を閉《と》じる。

光の洪水の中、たった一人、歩いてくる人がいた。

七色に染《そ》まった世界の中、枯《か》れ草色のコートだけは不思議と色を失っていなかった。

「久しぶりだね」

ようやく戻った夜色の帳。片手《かたて》を上げる彼の姿が外灯に照らしだされた。

「……カインツさん？」

器用に彼が片目をつむってみせる。その背後《はいご》から。

「えへへ。おまたせー、ネイト君」

ひょっこりと、金髪《きんぱつ》童顔のクラスメイトが顔をのぞかせた。……ミオさんまで？

「感謝《かんしゃ》してよー？　怖《こわ》い思いして取りにいったんだから！」

その両手に、大きなガラス瓶《びん》を山ほど抱《かか》え。

「ふん、まったくお前の遅刻癖《ちこくへき》を何とかしたいものだな。さて、あとは少年が〈讃来歌《オラトリオ》〉を詠《うた》い終えるまでここを死ぬ気で守り通さないとな」

足下《あしもと》に降り積もった灰燼を踏《ふ》みつぶし、サリナルヴァが深々《ふかぶか》と息を吐《は》く。ところがその隣《となり》に立つカインツは落ちついた様子で首を横に振った。

「いえ、その必要もないでしょう」

ミシュダルでも敗者の王《ラスティハイト》でもない。

虹色名詠士《めいえいし》が見つめるのは——自分だった。

「あの時より少しだけ凜々《りり》しく見える。大切なもの、見つけたみたいだね」

「——はい」

だから、ネイトもまたじっと彼の視線《しせん》を受けとめた。

「でも思うんです。……それはもしかしたら、名詠式だけじゃ手に入らないものかもしれないんだって」

だって僕の本当に大切なものは。ううん、大切な人は……

「そう。本当に大切なものは名詠式では手に入らない。なぜなら名詠式は、大切なものを守るためにあるものなのだろうからね。失ったものを手に入れるためのものじゃない」

口元を引き締《し》めて彼が頷《うなず》く。そして。

「名詠式では大切なものは手に入らない。だけど、本当に大切なものが何なのか、それを教えてくれるのも名詠式なのかもしれないね。そしてそれが分かったならば——」

意味深なまなざしで彼は頭上を見上げた。

「君の声は、きっと彼女にも届《とど》いたはず。そうは思わないかな」

ひらひらと、雪の結晶《けっしょう》のように地表に降りそそぐ真紅《しんく》の羽を彼が指さす。

あ、あれ……真紅の……羽？

この真っ赤な羽は、あの鳥の。

……うそ、だってクルーエルさんは今も——


わたしがどうしたって、ネイト？


すぐ真上で、赤い何かが羽ばたく音。それに誘《さそ》われて頭上を見上げ——

「ごめんね、お待たせ」

降り積もる真紅の羽に交じる、無数の紅《あか》い花びら。

そう、それは彼女が大好きな花だった。

「……あ………」

声が、でなかった。

代わりに、なにか温かいものが目の端《はし》からこぼれた。

「もう、なにそんな顔くしゃくしゃにしてるのよ」

優《やさ》しげなまなざしをたたえたまま彼女が苦笑《くしょう》し、緋色《ひいろ》の髪《かみ》がふわりとそよぐ。

「だって……だってだって！」

「あーあ、泣きそうな顔しない。男の子でしょ？」

「……泣いてません」

目の端を拭《ぬぐ》い、ネイトはじっと彼女を見つめた。黎明の神鳥《フェニックス》から飛び降り、彼女が隣に並《なら》ぶ。

「おはよう、ネイト」

小さく、小さく微笑《ほほえ》む彼女。それだけで十分だった。

「──おはようございます、クルーエルさん」

おかえりなさい。

言葉にしなくても彼女は頷いてくれた。

「キミの声、届いたよ。だから次は、わたしがキミのお願いに応《こた》える番だね」

彼女が意識《いしき》を失う前、屋上で交《か》わした細《ささ》やかな願い。

〝いつか、一緒に詠ってくれますか〟

あの日あの時の、約束の続き。

「……いいんですか」

夜色の瞳《ひとみ》と、蒼碧《そうへき》色の瞳が重なった。

「もちろん、わたしで良ければ喜んで」

瞳の中で、彼女がにこりと微笑んだ。

彼女と背中合わせに、ネイトは広場の台座《だいざ》に立った。見つめ合う必要はなかった。背中越しに、相手の確《たし》かな鼓動《こどう》が感じとれたから。

そして——

はじまりは　いつだつたのだろう
deus SeR la ele fears
　黄昏（はじまり）の鐘を鳴らしましょう
——*sheon auf dimi-l-shadi rien-c-soan*

沢山の道を歩いてきた　振り返つても思い出せないくらい多くの道
YeR et dia balie tis, fert ele sm thes, neckt ele
　わたしはあなたを愛（のぞ）みます
——*elma Ies neckt evoia twispeli kei*

世界をしっとりと濡《ぬ》らす雨のように——

研究所の敷地《しきち》を越《こ》え、大陸を越え、遥《はる》か彼方《かなた》までもその詠《うた》は静かに浸透《しんとう》していった。

6

研究所、地下シェルター。

そこはオーマたち生徒にとって、必ずしも心落ちつける場所ではなかった。傷《きず》だらけの名詠士に手当をほどこす医師《いし》たち、石化した者たちの治療《ちりよう》にあたる祓名民《ジルシエ》たち。呻《うめ》き声、泣き声、怒声《どせい》もが入り混じった閉鎖《へいさ》空間。耳を塞《ふさ》いでないと自分まで胸が詰《つ》まって苦しくなる部屋だった。

「……サージェス、そっち全員ちゃんといるか」

女子が集《つど》う場所まで歩き、オーマはそこに座《すわ》っていた女子の隣に腰掛《こしか》けた。

本当は、そんな行動に意味はない。全員いるのは何度も確かめたこと。けれど、そんなことでもして気を紛《まぎ》らわせなければやっていられなかった。

「クルーエルとミオを除《のぞ》いたらね」

同じ事を考えたのか、隣に座るサージェスが妙に大仰《おおぎよう》な仕草で首を振る。

「そういやミオどうしたんだ」

探《さが》し物があるとティンカと共に行動しているはずの彼女。探し物ったって、こんな状況で何を探してるんだ？

「わたしも分かんない。……無事だといいんだけど」

サージェスと顔をつき合わせ、オーマは内心首を傾《かし》げた。

自分が驚《おどろ》いたのは、この状況の敷地を歩き回れるミオの精神力《せいしんりょく》だ。頭は良いけど運動は駄目《だめ》で、おっとりした控《ひか》えめな性格《せいかく》の女子。そうだとばかり思っていたのに、まさかあんなに気丈《きじょう》な一面があったなんて。

——ん？

シャッターの開く音に、反射《はんしゃ》的にオーマは扉《とびら》の方向へと振り返った。また誰《だれ》か怪我人《けがにん》が運び込《こ》まれたのか、最初はそう思ったが。

「良かった、さすがに名詠生物もここまでは来ていないようですね」

扉の前に立つのは、白銀《しろがね》色の髪が特徴《とくちょう》の女性医師だった。

「ティンカさん、外はどうなってますか。ミラー教師やエンネ、ゼッセル教師は？」

真っ先に口を開けたケイト教師に頷き、続いて、彼女は何かを含《ふく》んだ視線でじっと自分たちを見てきた。俺《おれ》……いや、うちのクラス全員を？

「みなさんにお願いがあるんです。多少の危険《きけん》を冒《おか》すことになりますが、シェルターを出て外の中央広場に来て頂《いただ》きたいんです」

「広場に来いって、どういうことですか」

訝《いぶか》しげなまなざしで訊《たず》ねるサージェスに、ティンカは優《やさ》しげな表情《ひょうじょう》を崩《くず》さぬまま。

「ミオさんからの伝言です、『みんなにお願いしたいことがあるの』って」

ミオの？

「だけど、シェルターの外はどうなってるんですか。多少の危険とは？」

続けざまに問い詰めるケイト教師を、真正面から彼女が見つめ返す。

「そのままの意味です、みなさんが避難《ひなん》した時から、今も事態《じたい》は解決《かいけつ》していません」

「そんな状況で——」

「ですから、事態を解決するための、最後の大仕事をみなさんにしてほしいんです。……」

あら、もう始まってますね」

始まる？

「耳を澄《す》まして。この詠《うた》、聞こえませんか」

何度も転んで、道に迷って、うつむいて
mibbiy xedia, arma-c-dowa tis
世界（誰も）があなたを忘れても　僕は、あなたのことを忘れない
——*O la laspha, yupa Lom dremre neckt lostasia U meide*

詠が、聞こえた。

シャッターを閉じていても確かに聞こえる。いや、シャッターの壁《かべ》に浸透するように響いてきた。

まさか〈讃来歌《オラトリオ》〉？

だがそれは、今まで聞いたどんなものとも違う、ふしぎな音色の旋律《せんりつ》だった。

nevaliss Lor《それでもあなたは》 *et zely Yem jas yumy, yupa solin*《わたしの腕を離さず優しく握っていてくれた》
――*zette*《だからこそ》 *Yer cana arcasha Loo ifex*《あなたが何処で泣こうとも》 *LoR zarabearc sm ferme*《誰より先に迎えにいきます》

jes qo, et isel《小さな秘密の心の日記》 *Lom pheno getie-l-yutie zeon lef cirkus*《はじめてあなたの名前を書き記した》
――*Lom giris leya*《あなたは此所にいる》 *mibbya lef hid, ravience Stalwari*《至美者（願い高き人）》

初めて聞く旋律。なのにどこか懐《なつ》かしく感じる。それはもしかしたら、その詠を口ずさむ声に聞き覚えがあったからなのかもしれない。

……この声。

目を閉《と》じてても分かる。他《ほか》ならぬクラスメイトの歌声だった。

「なあ、これクルーエルの声じゃね？」

耳打ちするようにサージェスに呟《つぶや》くと、その彼女も無言で頷いてきた。

「うん、それにネイティっぽい声も聞こえるね」

まさかこの〈讃来歌《オラトリオ》〉を詠っているのはネイト、そしてクルーエル？

だとすれば……

まったく。あいつら厄介事《やっかいごと》を押《お》しつけやがって。

「あー、ケイト先生？」

呆《あき》れ笑いを隠《かく》す気にもなれず、オーマは頭を乱暴《らんぼう》にかきむしった。厄介事な気もするけど、どうも行かなくちゃいけなそうだ。それも、クラス全員で。

「なんか俺ら、やっぱり行かなくちゃいけない感じしませんか」

詠が、旋律がそう思わせる。

自分たちも、呼《よ》ばれているのだと。

＝＝＝＝＝＝

ケルベルク研究所を一望できる小高い丘《おか》で――

O la laspha, elmei orator da evoia miqvy《忘れないために　身近に留めておきたくて》
——*Hir qusi clar, cori, Ema lef memori*《約束しました　わたしの歌を贈ります》
O la laspha, clue phes da leya dis lucs bid zayixuy《伝わるぬくもりよ　どうか永久(とこしえ)に》
——*jes kless qusi sari lef sophit, faite lef zarabel*《その旋律は　心の刻(ふるえ)　涙の讃歌(まつり)》

丘を越え、背後《はいご》の森までも浸透していく交響歌《こうきょうか》。

「アマリリス。なるほど、それがクルーエル・ソフィネットと共に出した答……『*clue-l-sophie*《緋色の》 *neckt*《背約者》』ではなく、『*co lue -l-sophie nett*《旋律を息吹く者》』を選んだのか」

かぶっていたフードを外し、シャオが濡《ぬ》れる黒瞳《こくどう》を細めた。

「やれやれ、どこぞの馬《ば》鹿娘《かむすめ》もこれくらい上品に歌でも嗜《たしな》んでくれればな」

鎗《やり》を地に刺《さ》したまま、ふてくされるようにして男が芝生《しばふ》に寝転《ねころ》がる。

「エイダ・ユンのことかい、アルヴィル？」

「あいつ絶対《ぜったい》、俺と会ったら鎗振り回して追いかけてくるぜ？　やってられるかっての」

「それもまた、好かれている証拠《しょうこ》だよ」

アルヴィル、そう呼ばれた男がそっぽを向くように顔を背《そむ》ける。だが彼の視線《しせん》は、あくまで研究所を見つめていた。

「ていうかどうなってるのかね。そもそも合唱って発想自体、名詠式にはないはずなんだけどな。いや、合唱でもないか。いったいどんなことすればあんな真似《まね》ができるんだか」

空白（からっぽ）の地に注がれた一欠片の愛（かな）しみは　今でもわたしの秘密の宝物
meh getie memori, meh muzel byne, opha sm EgunI lins
それは世界を濡らす　愛しい夜の抱擁（うた）なのだから
——*Hir sinka I, bekwist HIr qusi celena poe lef wevirne spil*

共に別の詠《うた》を奏《かな》でている。なのにその旋律は互《たが》いに互いを打ち消し合うこともなく、むしろ相手を補《おぎな》うように。

一つずつの詠は、もしかしたら決して完成度の高いものではないのかもしれない。けれど二つあるから、重なって響《ひび》くからこそ、こうも胸《むね》を締《し》めつける旋律が生まれる？

「〈全《すべ》ての歌を夢見《ゆめみ》る子供《こども》たち〉……そうか。イブマリー、伝えるべきものは伝えていたというわけか」

目を細めるシャオに、長身の男はやおら芝生《しばふ》から上半身だけを起き上がらせた。

「ったく、お前が手伝えっていうからわざわざ一緒《いっしょ》にミシュダルを追って来たってのに。どうすんの？」

すると、訊《き》かれた当人は返事の代わりにそっと微笑《ほほえ》んで。

「うん。あえて言うなら、もう少しこの詠を聴《き》いてたいな……羨《うらや》ましいくらい綺麗《きれい》な詠だ。自分にはあんなに優《やさ》しい詠はできないよ」

「これまた控《ひか》えめなご発言で、それじゃ俺ら何のために来たんだか」

「そうふてくされないで。ちゃんと理由もあるんだ」

口元の笑みを消し、シャオの黒瞳が研究所をじっと映《うつ》し出す。

「かつてアマリリスは力で以《もっ》て敗者の王《ラスティハイト》を封律《ふうりつ》した。だがその一方で、力という一方的な力による支配《しはい》は繰《く》り返しを描《えが》く。真精という力に抑圧《よくあつ》された者は、復讐心《ふくしゅうしん》からまたそれを超《こ》える力を求めるだけ。

歪《ゆが》みゆえミシュダルという敗者は諦めなかった」

「矛盾《むじゅん》のようにも聞こえるけどね、敗者の王《ラスティハイト》という力に妄信《もうしん》したミシュダルを止めるのは、あの敗者より弱い者でなければできないことかもしれない。だからこそ――」

花の形状に痕《あと》の残る腕《うで》を天に向かって伸《の》ばす。

「あの二人が、詠わなくてはならないんだ」

……なんだ、この詠《うた》は。

泉《いずみ》の如《ごと》く地上から悠然《ゆうぜん》と溢《あふ》れ、そこから天上へと注がれる〈讃来歌《オラトリオ》〉。

畏《おそ》れにも似《に》た感情にミシュダルは全身をふるわせた。

だからこそ、その日あなたが奏でた詠を
zette, noel clar et yeble Weo ele
夜色の祝謡（ちかい）をあなたの下へ　遍（なが）く、永久（なが）く、いつまでも
――*Yer she saria stig lef xeoi, Yer zayixuy-c-olfey she ora*

今でもわたしは、心の奥にじっと大切に抱えてる
xshao jes medolia os qusi Yem libit
世界（誰も）があなたを忘れても　僕は、あなたのことを忘れない
――*ifex I lostasia Loo, xshao Years neckt lostasia Loo*

心の琴線《きんせん》を震《ふる》わせ、さらに奥《おく》の深い部分へと浸透していく旋律《せんりつ》。なのに、それは奇妙《きみよう》なほどの安らぎがあった。胸の内を開いて澱《よど》みの尽《ことごと》くを洗《あら》い流すかのような。

身体《からだ》が言うことを聞かない。

命令を与《あた》えていたはずの敗者の王《ラスティハイト》すら、宙《ちゅう》に浮《う》いたまま動きを止めていた。

――まさか、真精《しんせい》すらこの旋律に聴き惚《ほ》れているとでもいうのか。

力の具現《ぐげん》とでも言うべき敗者の王《ラスティハイト》が、まさか、こんなたった一つの詠で？

「……ふざけるなっ、そんな馬鹿《ばか》げたことがあるか！」

力に溢《あふ》れた巨大《きよだい》な真精。

その威光《いこう》に縋《すが》る自分が、これではまるでちっぽけな存在《そんざい》に見えてしまうではないか。

「俺は……間違《まちが》ってなどない！」

レイン、お前なら――――お前ならなんて言ってくれる？


ティンカに誘導《ゆうどう》されるまま、オーマは広場に続く最後の曲がり角に足を進めた。

「なんか変な気分だな」

怖《こわ》いくらい周囲が静まっていた。聞こえるのは背後のクラスメイトの足音と、そして研究所内に流れている神秘《しんぴ》的な詠だけなのだ。

あれだけ暴《あば》れ回っていた名詠生物たちが、しんと息をひそめて動きを止めていた。

……これじゃまるで、子守歌《こもりうた》ですやすや眠《ねむ》ってる子供みたいだ。

それでも周囲に目を配りつつ、ティンカの背中を追って角を曲がる。建物で埋《う》め尽《つ》くされていた視界がさっと広がった。

まず最初に目に入ってきたのは、広場の一番外側で灰色名詠生物《はいいろめいえい》と対峙《たいじ》する、端整《たんせい》な顔立ちの名詠士だった。枯《か》れ草色のコートに、茶か金か判断《はんだん》に迷《まよ》う髪色《かみいろ》の。

「あれ、あのコート着た人って虹色名詠士《にじいろ》の……」

伝説とも言うべき虹色名詠士、カインツ・アーウィンケル。一度トレミアの競演会《コンクール》で遠目に見ただけだが間違いない。

そしてそれだけではなかった。

ゼッセル、ミラー、エンネ教師《きょうし》。それにケルベルク研究所の副所長、エイダ。その六人が集《つど》うその中心——広場の台座の上に立ち、そろって詠う二人の姿《すがた》があった。

夜色の髪に夜色の双眸《そうぼう》をした中性的な顔立ちの少年。そして。

今の今まで病気で倒《たお》れていたはずのクルーエル。

「……クルーエル、病気が治ったのか？」

「あ、みんな来てくれたんだね！」

ガラスの瓶《びん》をいくつも抱《かか》え、金髪童顔の小柄《こがら》な少女が走り寄ってきた。

「ミオ、あんた平気だったの！　心配したんだからね」

声を上げるサージェスに、ミオが普段《ふだん》の柔和《にゅうわ》な表情のまま頷《うなず》いた。

「ごめんね心配かけちゃって。でも話はあと、みんなこれ一個《こ》ずつ持って！」

遮光《しゃこう》用の黒い小瓶をミオがクラス全員に渡《わた》していく。ちょうど片手《かたて》で持てるほどの大きさの小瓶。それをじっと眺《なが》め、オーマは首を傾げた。

「って、なんだよこれ」

「えへへ。魔法《まほう》の道具だよ」

片目をつむって嬉《うれ》しそうにミオが言葉をはずませる。しかしそれもそこそこに、彼女は広場に響《ひび》き渡るほど大きな声で。

「みんな、今から言うこと聞いてちょうだい！」


なんだ、何をやろうとしている……？

トレミアの生徒らしき学生が次々と広場に集まり、台座の周りを囲むように輪を作っていく。その様子を、遥か上空からミシュダルは見下ろした。

何かを企《くわだ》てようとしているのは間違いない。この状況《じょうきょう》で何かができるとも思わないが、それでも不安材料は減《へ》らすに越《こ》したことはないはずだ。

そう、蹴散《けち》らすだけならいくらでもできただろう。そのはずなのに——

lu wi lis, orbie clar onc Yem qbaon lef paje《落つことさないように、無くさないように》
——*Isa da boema foton doremren O bearsa neighti loar*《さあ　生まれ落ちた子よ　新しい風が吹き始めました》

いつか二人が大人になって、多くのことを忘れても
balie pheno yun defea fel Yem nuel, nevaliss
微睡（ゆりかご）の時間は　約束の鐘によって終わりを告げたのです
——eposion lef hypne, eposion lef xeo, elmei jes muas defea

……なぜだっ、なぜ動けない！

唇《くちびる》から血が噴《ふ》き出すほど強く歯を噛《か》みしめてなお、膝《ひざ》をついた状態《じょうたい》から立ち上がれない。

敗者の王《ラスティハイト》も、地上の名詠生物も、全ての詠《よ》び出されし名詠生物《こどもたち》がその詠の旋律に打たれ、しんと静まりかえっていた。

そういえば——レイン、お前と一緒《いっしょ》に歌ったことは、なかったな。


「クルル、準備《じゅんび》できたよ！」

広場の中央に立つクルーエルに向かい、ミオが両手を振って合図する。〈讃来歌《オラトリオ》〉を詠《うた》いながら、クルーエルがミオに向かって頷いてみせる。

そして——

胸に秘めた秘密の日記がぼろぼろになって崩れても
da vequ uc solitie xin, shadi kaon, nevaliss

クルーエルは、空を仰《あお》ぐように両手をいっぱいに広げた。

優しい風が吹いた。無数の紅《あか》い羽が彼女を包み込《こ》む。それはまるで、競演会《コンクール》で彼女が見せた名詠の続きであるかのように。

緋《ひ》色《いろ》の花の花弁《かべん》を両の手のひらにそっと載せ、クルーエルが祈《いの》るように手を合わせて瞳を閉じる。そして次の瞬間。

Ze la Selu ora elmei sophie doremren《あの日に聴いた、君の歌は忘れやしない》

無数の紅い羽が赤光を放ち、そこから眩《まばゆ》いまでの炎《ほのお》が生まれた。

「……っ、何だ？」

吹《ふ》きこむ真紅《しんく》色の風に、オーマはあやうくまぶたを閉じかけた。

竜巻《たつまき》のような炎《ほのお》の渦《うず》が広場を覆《おお》う。汗《あせ》が噴き出すほどの熱量と上昇《じょうしょう》気流に、広場に積もった灰が煽《あお》られどこか遠くへ飛んでいく。

なのに、その渦の中心にいる自分たちはまるで火傷《やけど》をしないのだ。そう、まるでおとぎ話にでも出てきそうな幻想《げんそう》的な炎だった。

――クルーエルすげぇじゃねえか。

今の今まで病気で倒《たお》れていた学生にできる名詠とは思えない。てか、こんなんできるなら競演会《コンクール》で見せてくれよ。

「いやはや、わたしもびっくり」

珍《めずら》しくサージェスまでもが溜息《ためいき》をつく。

「ほらぁ、サージェスもオーマも感心ばっかりしてないで！　用意はいい？」

小瓶を抱え、ミオが肩《かた》を怒《いか》らせる。

「はいはい、男子《おれら》は準備《じゅんび》はとっくにできてるっての」

「女子《うちら》もだよ。ね、みんな？」

一斉《いっせい》に頷くクラスメイトたち。

「じゃあ行くよー！　せーの」

ミオの号令で、周囲を舞《ま》う紅い風に向け、生徒たちが一斉にガラス瓶を投げ入れた。

響き渡《わた》る、ガラス瓶の割《わ》れる音。

その一瞬後に。

目の前一面に広がる紅い炎の風が、瞬《また》く間に夜色の炎へと姿を変えた。

広場に集う者たちが歓声《かんせい》を上げる、その中で──

ネイトは、クルーエルに向き直った。

〝……ありがとうございます〟

詠を続けたままだから声には出せない。だけど、彼女には伝わってくれた。

〝お礼はみんなにもね。わざわざ来てくれたみたいだよ〟

片目をつむってクルーエルが微笑《ほほえ》む。

〝さ、最後は君の番だよ〟

そっと、添《そ》えるように手を握《にぎ》られた。

〝だいじょうぶ。わたしも一緒にいてあげる。一緒に詠《よ》んであげるよ〟

彼女の想《おも》いに応《こた》えるように、ネイトは無言で頭上を見上げた。夜色の輝《かがや》きに満ちた天上。

きっと自分たちを見てくれているであろう相手に向けて。

夜色の炎が空へと昇《のぼ》り、輝く名詠門《チャネル》を形成する。

そして、ネイトは、クルーエルは、共に詠の終始を紡《つむ》ぎ終えた。

わたしの涙を拭ってくれたその歌は
O sia Selah pheno……
そして　あなたは
——ende Wer she pridia

その　歌　は　　　　夜明け色の歌だった
Miscross via-ol-dia ris ——co lue -l-sophie nett
黄昏の、始まりの女（イヴ）　あなたは夜明けに微笑んで
——Ive lef Armalaspha ——Lears she maria sm neight

終奏　『あなたは詠《うた》うように微笑《ほほえ》んで』

0

夜色《よるいろ》の天上に輝《かがや》く、星屑《ほしくず》よりもなお煌《きら》びやかに浮《う》かび上がる夜色の名詠門《チャネル》。

「なんだ、あの馬鹿《ばか》げた大きさの名詠門《チャネル》は」

一度見ただけでは、ミシュダルをしてそれが現実《げんじつ》とは信じられなかった。

敗者の王《ラスティハイト》のものと互角《ごかく》、いやそれ以上？

まぶたをこすり上空の名詠門《チャネル》を凝視《ぎょうし》しようとした瞬間、乾《かわ》いた音を立てて名詠門《チャネル》が光の粒《つぶ》となって破裂《はれつ》した。——名詠《めいえい》の終了《しゅうりょう》？

思わず息を呑《の》んだ刹那《せつな》、猛烈《もうれつ》な衝撃《しょうげき》が全身を襲《おそ》った。

「……っ！」

突風《とっぷう》に似《に》た衝撃波に打たれ、あやうく敗者の王《ラスティハイト》の肩から転落しそうになった。慌《あわ》てて体勢《たいせい》を立て直す。が、敗者の王《ラスティハイト》はまだ衝撃の余韻《よいん》で動けずにいる。

なんだ、なにが起きた？

この高度上空域《じょうくういき》。それも敗者の王《ラスティハイト》が体勢を崩《くず》すほど重い一撃を与《あた》えられるような奴《やつ》が、この世のどこに存在《そんざい》する？

地上からなんらかの狙撃《そげき》？　いやそんな様子はなかった。ではいったい――

視線を自分のいる高度に戻《もど》した途端《とたん》、巨大《きょだい》な影《かげ》が目の前を通り過《す》ぎた。

「っ！」

……あれは。

夜空を滑《すべ》るように疾走《しっそう》する一体の名詠生物。あまりに大きく雄大《ゆうだい》、畏敬《いけい》の念などとうに捨《す》てたはずの自分ですら思わず見とれるほどの威厳《いげん》を備《そな》えた真精《しんせい》。

それは、夜色の竜《りゅう》だった。

1

「研究者としての不幸、ここに極《きわ》まれりか」

最初に口を開けたのはサリナルヴァだった。

「敗者の王《ラスティハイト》に続いてこんなとんでもない真精《もの》を見せられてしまったら、あと十年は今日を超《こ》える驚《おどろ》きに巡《めぐ》り会えなそうだ」

夜色の竜が降《お》り立つ風圧《ふうあつ》で髪《かみ》が逆立《さかだ》つ。

目も開けていられないほどの突風の中、ネイトは必死で目を見開いた。竜が降り立つ衝撃で地が揺《ゆ》れる。その真精を見上げる自分と、自分を見下ろす真精。

「あ、あの……」

目の前の存在に対しかける言葉を探《さが》しあぐね——

『ネイト、相変わらず背《せ》は伸《の》びてないようだな』

先に口を開けたのは竜の方だった。相手は声を抑《おさ》えているはずなのに、軽く呼《よ》びかけられただけで津波《つなみ》のように音の衝撃が押《お》し寄《よ》せてきた。

「……アーマ？」

『なんだ、よもや我《われ》を忘《わす》れたとは言わさんぞ』

「あの、えっと、ちょっと見ない間にすっごく大きく育っちゃってない？」

『…………』

なぜか沈黙《ちんもく》する目の前の竜。あれ、なんでだろう。僕《ぼく》もしかして変なこと言っちゃったかな。——と思いきや。ぽん、とクルーエルに肩《かた》を叩《たた》かれた。

「気にしないでいいわよネイト、ただでかいだけの飛びトカゲだから」

『む、そのやたら挑発的《ちょうはつ》な声は小娘《こむすめ》？』

まるで気づかなかったと言わんばかりにアーマが首を持ち上げる。

「ったく、相変わらず出てくるの遅《おそ》すぎなのよ！」

見上げても視界に収めきれないほどの巨体の竜。周囲の者のほとんどが緊張《きんちょう》で自然と口を閉《と》ざす中で、彼女だけは威勢良く声を張《は》り上げていた。

「でも、出たからにはちゃんとそれっぽいことしてくれるんでしょうね？」

『それはネイト次第《しだい》だな』

竜の三日月形の瞳《ひとみ》が、再《ふたた》び自分を照らす。

「……僕？」

「君が、自分で決着をつけなくちゃいけないということさ」

沈黙を保《たも》っていたカインツが頭上の敗者の王《ラスティハイト》を、そしてミシュダルを指さす。

『そういうことだ。さっさと乗れ、連中はいつまでも待ってはくれんぞ』

そう言うなり、竜は翼《つばさ》を勢《いきお》いよく羽ばたかせた。

風の音しか聞こえない。

目が回るほどの急激《きゅうげき》な上昇《じょうしょう》に息が詰《つ》まる。数回瞬《まばた》きする間に、もう地上の人は爪《つめ》の先ほ

どの大きさになっていた。

「アーマってちゃんと飛べたんだ」

『前からうまく飛べただろう』

吹《ふ》き荒《すさ》ぶ突風《とっぷう》の中、ぽつりとこぼした呟《つぶや》きに、竜《りゅう》が耳ざとく答えてくる。

「え……ちっちゃい時は確《たし》か四十秒くらいが限界《げんかい》で」

『何を言う。そんなはずは』

がくんと。言い終わる前に、突然に竜の姿勢《しせい》が崩れた。

「──いま、ちょうど四十秒だったわね」

隣《となり》にいるクルーエルが妙《みょう》に青ざめた表情《ひょうじょう》で呟いた。

『むぅ、どこぞの小娘の体重が凶悪《きょうあく》この上ないせいかもしれんな』

「なっ……、そんなわけないでしょ！」

青ざめていたはずの顔を真っ赤にして怒鳴《どな》るクルーエル。それを愉快《ゆかい》げに眺《なが》め、竜が翼を大きく羽ばたかせた。

『それより、なぜ小娘までついてきた？』

「悪い？　最後までネイトと一緒《いっしょ》にいるって決めただけだもん！」

『ふ、まあ構《かま》わんがな。それより摑《つか》まっていろ、多少派手《はで》に動くぞ』

直後、猛烈《もうれつ》な勢いで竜が空中で進路を直角に切り替《か》えた。あまりに唐突《とうとつ》な転回に一瞬《いっしゅん》気が遠くなる。あやうく背に摑まっていた手を離《はな》しかけた。

意識《いしき》を覚醒《かくせい》させたのは、すぐ鼻先をかすめた灰色《はいいろ》の驟雨《しゅうう》。

——敗者の王《ラスティハイト》。

『素直《すなお》に近づかせてはくれないらしい、それなりに追い込《こ》むぞ。だがネイト、お膳立《ぜんだ》てをしてやるのはそこまでだ』

「うん、ありがとうね」

僕が、決着をつけなくちゃいけない。

あの男の拠《よ》り所は絶対不可侵《ぜったいふかしん》な存在《そんざい》だ。力の象徴《しょうちょう》として敗者の王《ラスティハイト》を求め、学園ではクルーエルの力に興味《きょうみ》を示《しめ》し、その果てに空白名詠《めいえい》にまでたどり着いた。

仮《かり》にアーマが敗者の王《ラスティハイト》を倒《たお》したとしても解決《かいけつ》にはならない。単にミシュダルの信仰《しんこう》の対象が敗者の王《ラスティハイト》から、より強い真精《アーマ》へと移《うつ》るだけなのだから。それでは何一つ変わらない。

「ネイト」

はたと、手にクルーエルの指先が触《ふ》れた。

「……ううん、ごめん、やっぱり何でもないの」

何かを言いたげなまなざしで、けれど躊躇《ちゅうちょ》するように彼女が下を向く。それでも、彼女の伝えようとしていたことは確かに伝わった。

「ごめんね、こんな時に言うことじゃないよね」

「――いいえ」

こんな時だからこそ、必要なのだと思う。

だから、ネイトは自分から彼女の手に自分の手を添《そ》えた。

「クルーエルさん。これが終われば、また一緒に学校に行けますね」

蒼碧色《そうへき》の瞳をじっと見つめる。

瞳の交叉《こうさ》。互《たが》いに無言で、どれだけそうしていただろう。悠久《ゆうきゅう》を感じさせるほど長い時の経過《けいか》を感じながら。最後に。

「うん、待ってるからね！」

にこりと、満面の笑《え》みで彼女は頷《うなず》いた。

『さて、行くぞ』

敗者の王《ラスティハイト》が放つ灰燼《かいじん》の嵐《あらし》を急降下《きゅうこうか》でかいくぐり、その真下から螺旋《らせん》を描《えが》くように一息に上昇する。敗者の王《ラスティハイト》の鼻先を竜の翼が掠《かす》め、その風圧で一瞬灰色《はいいろ》の真精《しんせい》が怯《ひる》んだように動きを止めた。

飛べ！

それは誰《だれ》が言った言葉だろう。アーマか、クルーエルか、あるいは地上にいる誰かかもしれない。そして、もしかしたら——彼ら全員かもしれない。

背中《せなか》を後押しする声に応《おう》じるように、ネイトは夜色の竜から飛び降《お》りた。

十数メートル上から、眼下《がんか》の敗者の王《ラスティハイト》へ。

敗者の王《ラスティハイト》が頭にかざす茨《いばら》の冠《かんむり》へ。

茨の冠のさらに中心、そこにそびえ立つ〈孵石《エッグ》〉の台座《だいざ》へ。

光り輝《かがや》く〈孵石《エッグ》〉。ただ一つそれだけを見据《みす》え、ネイトは息を止めたまま飛び降りた。

「馬鹿《ばか》な……真精に頼《たよ》らず、お前一人で敗者の王《ラスティハイト》を止めようとでもいうのか！」

急速に近づいてくる茨の冠。その真下に、まさに自分が落下するであろう場所でミシュダルが迎《むか》え撃《う》つ姿勢をとる。

「なぜだ。なぜ真精に頼ろうとしない、なぜ名詠式に頼ろうとしない！」

怒号《どごう》でも雄叫《おたけ》びでもない。

それはミシュダルの、初めて他人に見せる本心だった。

〝名詠って、難《むずか》しいものだと思う？〟

病床《びょうしょう》の母の言葉が脳裏《のうり》によみがえる。

カインツさんと母さんだって、出会ったきっかけは確《たし》かに名詠式。だけどそれだけじゃなかった。二人がずっと想《おも》いを忘《わす》れずにいたのは、二人が――

〝必要なのは技術《ぎじゅつ》じゃない〟

〝自分にとって大切な人の存在。その人を守りたいという気持ち〟

「なぜだ、答えろ！　ネイト・イェレミーアス！」

「大人は……ううん、あなたは」

真下にいる男へと、ネイトは声の限《かぎ》りを振《ふ》り絞《しぼ》った。

「あなたは、大切なことを忘れてる！」

名詠式はあくまで手段。大切なものを守るための。

なのに大人はみんな、すごい真精が詠《よ》べるとか、沢山《たくさん》の名詠色が使えるとか、新しい触《カタ》媒《リスト》を見つけたとかそんなことばかり。でもそれは、名詠式そのものしか見ていない。

大切なものは名詠式そのものじゃない。

守りたい大切なものがあるからこそ、僕は、母は、名詠式を使えるようになりたかった。

「では、お前は違《ちが》うというのか！」

「僕は……」

宙《ちゅう》でぎゅっと拳《こぶし》を握《にぎ》る。慣《な》れぬ反唱《はんしょう》の連続で既《すで》に灼《や》けつくような痛《いた》みが奔《はし》る自分の手。

だけど、温かかった。大好きな彼女が優《やさ》しく触《ふ》れた手だったから。

「僕は、大切なものを見つけたから！」

拳を振り上げる男、落下するまま拳を振り降ろす少年。

二人の姿《すがた》が一瞬《いっしゅん》重なり——

着地したネイトが、赤く腫《は》れ上がった拳を抱《かか》えてうずくまる。一方で——ミシュダルの振り上げた腕《うで》は、最後まで上がりきらぬまま動きを止めていた。

そして。

──リィィ……ィィ……ン──

澄《す》みきった音を立て、〈孵石《エッグ》〉の内部に入っていたツァラベル鱗片《りんぺん》が砕《くだ》け散った。

2

静かだった。

音もなく、小刻《こきざ》みに身もだえするように震《ふる》える敗者の王《ラスティハイト》。

徐々《じょじょ》にその身体《からだ》が稀薄《きはく》に透明《とうめい》に近くなっていく。虚像《きょぞう》を実体化させていた触媒《カタリスト》を失い、灰色《はいいろ》の真精《しんせい》の身体が徐々に崩《くず》れて消えていく。

「……レイン。最後の最後まで、お前は俺《おれ》を混乱《こんらん》させてばかりだよ」

振り上げた腕の先に、一瞬見えた女性《じょせい》の姿。

目の霞《かす》みに過《す》ぎない。そう頭では分かっていても、ミシュダルは振り上げた拳をそれ以上先に突《つ》き出せなかった。

「まあ……こういう終わりもそれらしいな」

胸部《きょうぶ》から下が消え、肩先《かたさき》が消え、ただ一箇所《かしょ》残った敗者の王《ラスティハイト》の頭部。

消滅《しょうめつ》していく敗者の王《ラスティハイト》。いや、虚像《きょぞう》の王か。

「ようやく全《すべ》ての拠《よ》り所を失うことができた、か」

最後まで残った茨《いばら》の冠《かんむり》に乗ったまま、ミシュダルは目をつむって肩をふるわせた。

顔に触れる微風《そよかぜ》。

顔を覆《おお》っていたフードが、腕を振り上げた拍子《ひょうし》に外れていた。

「灰色名詠《めいえい》も敗者の王《ラスティハイト》も、名詠も全てを失って……」

思えば、顔を隠《かく》すフードが外れたのと同時だった。

今まで心の内に押《お》し隠していた、レインの顔が思い浮《う》かんだのは。

「おかげでレイン、やっとお前のことだけを思いだせそうだ」

俺自身が覆いによって自ら顔を隠していたように……結局、お前を遠ざけていたのは俺自身だったようだな。

遥《はる》か地上を見下ろし、ミシュダルはわずかに息を吐《は》いた。本当に小さな笑《え》み。ともすれば自分自身すら気づかないほど小さく。だがそれは今までの歪《ゆが》んだ笑みではなく、一点の曇《くも》りもない純粋《じゅんすい》な笑みだった。

不意に、足下《あしもと》が消失した。

遥か上空から落ちていく。その中で、聞こえてきたのは風鳴りではなく、彼女がかつて口ずさんでいた名も知らぬ歌だった。

「……やれやれ、後悔《こうかい》してばっかりさ」

彼女の口ずさむ歌、断片《だんぺん》しか覚えていない旋律《せんりつ》が微《かす》かによみがえる。

〝二人で、どっかに小さなパン屋さんでも開きましょう。きっとそれも楽しいですよ〟

「あの時、気を利《き》かせて頷《うなず》いてやれば良かったかもしれないな」

〝えー、だめですよ、そんなの〟

――レイン?

きっと風の悪戯《いたずら》だろう。普段《ふだん》なら一笑《いっしょう》に付しているところだ。

けれど今だけは……

〝ミシュダルさんがそんな優しいこと言ってくれたら、わたし逆《ぎゃく》に気持ち悪いですよ。いつものミシュダルさんじゃないって〟

「……ふっ、はは、確《たし》かにそうだな」

可笑《おか》しくてたまらなかった。腹《はら》が捻《ねじ》れそうになるほどに。

落下しながら、心の底からミシュダルは笑い声を上げた。何年ぶりだろう。笑い方などとうに忘《わす》れたと思っていたのに。

徐々に、地上が近づいてくる。

だらだらと回り道もしてみたが、ようやくお前の場所にいけそうだよ。

〝え、それはだめです〟

……だめだと？

〝はい。ぜーったい、だめです。死んじゃだめです。そんなこと言ってるミシュダルさん、わたし嫌《きら》いになっちゃいますよ？〟

途端《とたん》、背中《せなか》に何かが触《ふ》れた。

地面？　いや違《ちが》う。もっと柔《やわ》らかい、まるで羽毛《うもう》のベッドのような——

『寝床《ねどこ》にするのは百歩譲《ゆず》って構《かま》いませんが、羽はむしらないでくださいね』

その翼《つばさ》は紅《あか》く、夜空を疾走《しっそう》しながら燃《も》えるような輝《かがや》きを放っていた。

これは、黎明の神鳥《フェニックス》の背中か！

『礼は、幼《おさな》いあの子らに言いなさい』

横になったままかろうじて首を動かす。

夜色の竜《りゅう》の背に乗る二人が、じっとこちらを見ていた。

……馬鹿《ばか》馬鹿しいっ、何て目で見つめてやがるんだあいつら。あんなに敵対《てきたい》していたのに、なぜこんな短期間で、さっきまでの敵をそんな心配そうな目で見られる？

「……これだからガキは嫌いなんだ」

『おや、余計《よけい》なおせっかいでしたか？』

しばし沈黙《ちんもく》し。

「いや……」

はにかむように、ミシュダルは首を横に振《ふ》った。

〃はい。ぜーったい、だめです。死んじゃだめです。そんなこと言ってるミシュダルさん、わたし嫌いになっちゃいますよ？〃

まったく、危《あぶ》ないところだった。

「礼を言う、あやうくレインに嫌われるところだった」

3

地表に降《お》り立つ黎明の神鳥《フェニックス》、それから数秒置いて、今度は夜色の竜が地鳴りと共に着陸。

それを待っていたかのように、一斉《いっせい》にその周囲に群《むら》がる生徒たち。

その光景を眺《なが》めながら――

「素敵《すてき》な歌だったね。少し羨《うらや》ましいよ」

コートの襟《えり》をそばだて、カインツはこっそり呟《つぶや》いた。

夜色の竜から降りる少年と少女。見守る側《がわ》からは多少なりとも冷や冷やした面もあったが、とりあえずは無事だったようだ。

「ねえイブマリー、これなら安心して彼らを見ていられるんじゃないかな？」

『さあ、それはどうかしらね』

カインツの背に隠《かく》れるように佇《たたず》む、少女のかたちをした透明感のある透《す》きとおった影《かげ》。

「少しだけ、あの時の恰好《すがた》で会えることも期待してたんだけどね。その窮屈《きゅうくつ》そうな黒いドレスなんかじゃなくて」

『……ばか、他《ほか》に言うことないの？』

「うん、あったけど、君に会えたら全部忘れちゃった」

虹色《にじいろ》名詠士の背に隠れるように佇む、少女のかたちをした影。

だがそれは、もし他人が見れば背に隠れているのではなく、さながら背にぴったりと寄《よ》り添《そ》っているように映《うつ》っただろう。

「今度は、どれだけ一緒《いっしょ》にいられるんだい？」

『あまり長くはないわよ。ネイトはアーマがついているし、今さらわたしが何か言うべきものも残ってないしね』

「……そっか」

コートの衣嚢《いのう》に手を入れたまま、カインツは空を見上げた。今までの自分なら、空を見上げるのではなくうつむいてしまっていたかもしれない。けれど——

……ボクも、少しだけ大人になったのかな。

たなびく雲を見つめ、カインツは小さく微笑《ほほえ》んだ。

「それにしても今回は全《すべ》て、あの二人と黒い竜に任《まか》せっきりだったね。育ての親から見て、冷や冷やした部分はなかった？」

『そんなの今に始まったことじゃないもの。それに……』

ためらうかのような口調で、彼女が続きを紡《つむ》ぎ上げる。

『今わたしやあなたに頼《たよ》ってしまえば、それをあの子が後悔《こうかい》する時がきっと来る。それはあの子にも、クルーエルさんにとっても辛《つら》いことだろうから』

それは偶然《ぐうぜん》だろうか。

思えばあのアマリリスという少女もまた、それと似《に》た危惧《きぐ》を抱《いだ》いていた。

『……黄昏《たそがれ》は夕暮《ゆうぐ》れの始まり。真夜中の、星明かりも月明かりもない夜と向《シャオ》き合わなければならない時がいつかきっと訪《おとず》れる。たとえその時でも、どうかあの子には歩くことを諦《あきら》めないでほしいの』

すっと、少女の影がうつむくように顔を下に向けた。まるで不安に怯《おび》えるように。それ

は、学生時代においてもまず見せなかった仕草だった。

「らしくないよ、イブマリー」

うつむくその肩《かた》に、カインツはそっと手をのせた。

少女のかたちをした影は、触《ふ》れても体温すら感じさせない。けれど、触れただけで折れそうなほど華奢《きゃしゃ》でか細い肩は、紛《まぎ》れもなくかつての彼女を想《おも》わせた。

『カインツ？』

「子供《こども》が不安なら見守ってやればいい。それが大人としてのボクらの役割《やくわり》のはず。それにそもそも、ボクはあの二人ならきっと平気だと思うんだけどね」

カインツが目線で示《しめ》す方向を彼女はじっと見つめ——

『……うん。そうね、そうかもしれない』

彼女の声はいつしか、安らかで優《やさ》しげなものになっていた。

虹色名詠士と夜色の少女が横顔で見つめるその先に——

わいわいと騒《さわ》ぎ立てる生徒と教師《きょうし》、そして。

その騒ぎからこっそり逃《に》げだそうとするネイトとクルーエルの姿《すがた》があった。

顔を赤らめながらも、互《たが》いにぎゅっと手を握《にぎ》り合ったまま。

贈奏『始まりは、風歌うこの場所で』

1

トレミア・アカデミー。

大陸に広く名を知られるゼア・ロードフィルが創設《そうせつ》した名詠専修《めいえいせんしゅう》学校である。

大陸中央から離《はな》れた辺境《へんきょう》の地にありながら、生徒数千五百人を数える巨大《きょだい》校であり、その教育水準《すいじゅん》も大陸中央部の名門校に劣《おと》らないという評判《ひょうばん》だ。

その、とある場所で――

眩《まばゆ》く輝《かがや》く陽射《ひざ》しに、ほのかに黄色く染《そ》まった木《こ》の葉がさらさらと鳴った。

「……秋が近づいてきたのかな」

黒い手鞄《てかばん》を胸元《むなもと》に抱《だ》き、小柄《こがら》な少年が木の葉を一枚《まい》拾い上げる。夜色《よるいろ》の髪《かみ》に夜色の瞳《ひとみ》をした、線の細い印象の少年だ。

「あれ、まだかなあ。もうそろそろ約束の時間なのに」

まだ幼《おさな》さの残る顔つきで、彼はじっと目の前の建物を眺《なが》めていた。

トレミア・アカデミー女子寮《りょう》。三階建ての長方形状《じょう》の建築物《けんちくぶつ》である。黄土色に塗《ぬ》られた外壁《がいへき》が、朝日を浴びて金色にも似た光を放っている。

じっとその玄関《げんかん》を見つめていると、見覚えのある女子生徒が女子寮のロビーから姿を現《あらわ》した。黒髪長身、運動に長《た》けていそうな細身の身体《からだ》つきをした少女。

クラスメイトのサージェス・オーフェリアだ。

「あ、おはようございます、サージェスさん」

「……やあ……おはようネイティ」

ネイティとは少年の本名、ネイト・イエレミーアスの愛称《あいしょう》である。しかしそれはともかく、どうにも目の前の彼女は様子がおかしかった。

「あの、どうしたんですかサージェスさん？　なんかいつもの元気が」

「え、だって……今日、試験なんだよ。追試なんだよ」

ふらふらと、今にも倒《たお》れそうな様子で告げる彼女。

「それはまあ、僕《ぼく》たち無断《むだん》欠席してましたから」

ケルベルク研究所への無断訪問《ほうもん》と、学校の無断欠席。

　ケイト教師やサリナルヴァの援護《えんご》もあり、クラス全員の欠席分は特別免除《めんじょ》。ただしその条件《じょうけん》として、クラス全員には反省レポートと追試が待っている。

「帰りの列車の中で、遊びすぎたのがまずかったわ」

　ぐったりと肩《かた》を落とす彼女。

「つまり、単なる準備《じゅんび》不足？」

「……う……ん……すぅすぅ」

「うわっ、ちょっとサージェスさん！　話しながら寝《ね》ないでくださいってば！」

　ぐったりと寄《よ》りかかってくる彼女を激《はげ》しく揺《ゆ》する。女子寮に帰ってからも遊びふけっていたのだろう。彼女の目の周りには鮮《あざ》やかな隈《くま》ができあがっていた。

「ネイティ、あたしもう無理……今日は学校休むよ」

「そんなこと言わず！　ほら、校舎《こうしゃ》はあっちの方角ですから、しっかり！」

「ふゅあぁぁ」

　もはや正常《せいじょう》な言葉を発する気力もないのか、怪《あや》しげな言葉を発しつつ、ふらふらと一年生校舎の方向へと歩いていく彼女。

　……なんか、ものすごく心配。

　呆然《ぼうぜん》と頬《ほお》をかき、ネイトはその背中《せなか》を見送った。もし自分の手が空いているなら付き添《そ》うこともできたのだが、あいにく今日は、とある人と一緒《いっしょ》に登校する約束があったのだ。

——まだかなぁ。

授業《じゅぎょう》開始の時刻《じこく》が近づくにつれ、ばらばらと女子寮から姿《すがた》を見せる女子生徒。けれど待てども待てども、その中に待ち合わせの人物らしき姿はなかった。

自分が来る前に女子寮を出てしまった？　いや、それはないはずだ。そのためにも、今日はいつもより二時間早く男子寮を出たのだ。二時間、こうしてずっと待っている。

……でも、本当に朝の予鈴《よれい》が鳴っちゃう時間だ。

胸元《むなもと》から懐中時計《かいちゅう》を取り出して時刻を確認《かくにん》。朝のホームルームの時間まで、今すぐにここから歩いてギリギリ間に合うかどうか。

「今日お休みなのかな」

「こら、勝手に人のこと欠席扱《あつか》いにしないの」

ふと。目の前、すぐ近くから声がした。それも、すごく馴染《なじ》みのある。

「——え」

視線《しせん》を懐中時計から正面へ。

「おはよ、ネイト」

まず真っ先に、視界に飛び込《こ》んできたのは色鮮やかな緋色《ひいろ》の長髪《ちょうはつ》だった。それからトレミア指定の白い学生服。その裾《すそ》と襟《えり》部分に縫《ぬ》いこんだ赤の線。最後に……

「お待たせ、さ、いこっか。早くしないと遅刻《ちこく》しちゃいそうだね」

最後に、自分の知る、優《やさ》しげな表情《ひょうじょう》で微笑《ほほえ》む彼女の顔が瞳《ひとみ》に映《うつ》った。

「はい！」

2

講義終了《こうぎしゅうりょう》の鐘《かね》が鳴り響《ひび》く中で――

「あー、ようやく追試も終わったね。なんか、本当に久《ひさ》しぶりの学校って感じだよ」

芝生《しばふ》に腰《こし》を下ろした恰好《かっこう》で、クルーエルが周囲を見回した。

「ここも、だいぶ秋が近づいてきたんだね」

色づき始めた木の葉を拾い、愛《いと》しげなまなざしで彼女がそれをじっと見つめる。

彼女と最初に出会ったのは夏の真《ま》っ盛《さか》り。

ついちょっと前に出会ったと思っていたけれど、こうした季節の移《うつ》り変わりは、流れる時を感じさせた。

「誰《だれ》も周りにいないというのが寂《さび》しいですけどね」

広場を見渡《みわた》し、ネイトはぽつりと呟《つぶや》いた。

「誰もいない、か。それなら――」

にやりと、妙《みょう》に悪戯《いたずら》っぽい笑顔《えがお》でクルーエルがじっと見つめてきた。

「な、なんですか？」

「ふふ。さあなんでしょう」

返事の代わり、クルーエルが芝生にばったりと仰向《あおむ》けに倒《たお》れこんだ。

「クルーエルさん？」

「ネイト。約束、覚えてる？　わたしが元気になったら返事を聞かせてくれるって」

目をつむったままでくすっと彼女が微笑《ほほえ》む。

〝今じゃなくても、返事を聞かせてくれると嬉《うれ》しいな〟

〝たとえば、そうだなあ――返事の期限《きげん》はわたしが元気になったら、とかね〟

「あ……」

ケルベルク研究所から戻《もど》ってきて今まで、慌《あわ》ただしさの中ですっかり忘《わす》れてた。

「口に出して言いづらいなら、行動で応《こた》えてくれてもいいよ？」

くすくすと、楽しそうに表情をほころばす彼女。

「こ、行動⁉」

　ど、どういうことなんだろう。

　すると彼女は、どこか遠くを見るような瞳《ひとみ》で。

「『おやすみ』のキスはいいや。『おはようございます』って、眠《ねむ》ってるお姫様《ひめさま》にキスして起こしてくれるの。わたしね、子供《こども》の頃《ころ》そんな絵本読んですごいドキドキしたことがあったの。それ、お願いしちゃだめかな」

　だめも何も……

　ケルベルク研究所でのことを思いだし、ネイトは思わず後ずさった。

　ぼ、僕……それ、ケルベルク研究所で……あああ、だめだだめだっ、今思いだすだけでも恥《は》ずかしいもん！

「あー、約束破《やぶ》る気？」

　横たわったまま、クルーエルが怒《おこ》ったように口を尖《とが》らせる。ただし、口調はいつもより楽しそうにはずませて。

「……うぅ、こんな場所でですか？」

「うん、人がいないうちにね」

　横たわる彼女をじっと見つめる。

その唇《くちびる》に、ネイトは顔を近づけて——

『む、どうしたネイト、そんなに小娘《こむすめ》に近づいて』

「ひゃ、ひゃぁっ！」

突然《とつぜん》背中《せなか》にかかった声に、ネイトは声にならない叫《さけ》び声を上げた。

「ア、アアアア……アーマ？」

ばさばさと翼《つばさ》を羽ばたかせる夜色トカゲ。

『うむ、どうしたそんなに慌《あわ》てて』

「な、ななな、なんでもないよっ！」

み、見られたかな。いやでも、この様子だとアーマは気づいてなさそうだ。

『む、よく見れば小娘が倒れている。おや、しかし顔がやけに真っ赤だな。むむ、今度は顔がひきつってきたぞ。これはいったい——』

全部を言い切る前に。

「こ……この……ばぁかトカゲえええ！　なんて時に来てくれるのよっ！」

がばっと、顔を真っ赤にさせてクルーエルが跳《は》ね起きた。

「あ、ネイト君。クルルもいたー。アーマと一緒《いっしょ》に探《さが》したんだから」

通学鞄《かばん》を小脇《こわき》に抱《かか》え、とてとてとミオが走ってくる。

『おお、良いところに来た。この小娘がな、なぜか顔を赤くしたまま寝そべってだな』

「言うなぁぁあっっ！」

『なっ、ちょっ、待てこむす――ぬ、ぐぅぉおおおおっっ？』

尻尾《しっぽ》をがしっと掴《つか》み、顔を真っ赤にした彼女が夜色トカゲを盛大《せいだい》に振《ふ》り回す。

「……あ、あの……クルーエルさん？」

激《はげ》しく言い争《あらそ》う両者。それを「まあまあ二人とも」と間に入るミオ。

なんで、いつもこの一人と一匹は喧嘩《けんか》ばっかりになっちゃうんだろ。

「あ。でも、なんか懐《なつ》かしいや」

その様子を眺《なが》め、ネイトはこっそり苦笑《くしょう》した。

だってその光景は、一番初めに自分とアーマがトレミア・アカデミーにやってきて、初めて交《か》わした会話とすごく似《に》たものだったから。


――母さん、僕、この学校に来て良かったです。

視界一杯《しかいいっぱい》に広がる青空を仰《あお》ぎ、ネイトは深呼吸《しんこきゅう》した。

うん、焦《あせ》ることなんてない。

〝大好きです〟

あの夜、眠る彼女に告げた想《おも》い。それは決してその場のためだけの気持ちじゃない。

いつかどこかで、またきっと――

その時まで、その気持ちを大事に抱《かか》えていればいいんだから。

「ネイト、わたしとキミ、なんか職員室《しょくいんしつ》に呼《よ》ばれてるんだって」

「あれ？　そうなんですか？」

クルーエルに呼ばれ、ネイトは目をぱちくりと瞬《しばたた》かせた。

「そうだよー、いってらっしゃい。あたしとアーマここで待ってるから」

「うん、すぐ帰ってくるね。いこっか、ネイト」

ミオ、アーマが声を揃《そろ》えて言ってくる。

『早く帰ってこい』

「はい」

歩きだすクルーエルの横に並《なら》び、ネイトは歩きだした。

「クルーエルさん、僕、少し背《せ》伸《の》びてませんか」

隣《となり》に歩く彼女を見上げると、彼女はしばし自分を見つめ――

「どうかな。あんまり変わってないかもね」

「あれ、やっぱりそうですか？」

「あはは、冗談《じょうだん》よ冗談。帰ったら身長測《はか》ってみようか。もしかしたら一センチくらいは伸びてるかもね」

ひとしきり愉《ゆ》快《かい》そうに笑い、クルーエルがそっと肩《かた》をすくめた。

「わたしは別に、今のキミのままでもいいよ？」

「でも、もうちょっとだけ伸びるといいなあ」

歩きながら、つま先を伸ばして小さく背伸び。ただそれだけのことで、彼女との心の距《きょ》離《り》も縮《ちぢ》まる気がしたから。

「あの、そういえばクルーエルさんの心の中にいた真精《しんせい》は結局何だったんですか？」

「えっと……それがね、わたしにもよく分からないの。でも仲直りできたっていうか、最後には納得《なっとく》してくれたみたい。どっかに消えちゃった」

唇に指先をあて、クルーエルの視線は頭上の雲へ。

「でも、どうやって仲直りできたんですか」

「んー、どうしよっかな。まだ内緒にしよっかな」

「あ、ずるいですー。教えてくださいよぉ」

「ふふ、女の子の心の中のことだもん。まだキミには少し早いんじゃないかな？」

とても嬉《うれ》しそうに、そしてどこか悪戯《いたずら》っぽいまなざしで微笑む彼女。

「あ、でもサリナルヴァさんとティンカさんも気になってるみたいですよ。『ここまで騒がしておきながら肝心《かんじん》のことを黙秘《もくひ》するようなら、近々とっても楽しい人体実験に付き合ってもらおうか』って、二人して怪《あや》しげに笑ってましたから」

「……う、冗談に聞こえないからこわいのよね」

げんなりとした様子でクルーエルが肩を落とす。けれどそんな暗い仕草もそこそこに。

「でもね、その真精……えっと、自分のことアマリリスって言ってたんだけど」

彼女はさっと顔を持ち上げて。

「夢《ゆめ》の中みたいな場所で色々言われたけど、アレが心の底から悪いって感じはしなかったの。なんだかよく分からないけど、すごくわたしのことを心配してくれてた気がする」

照れたように、微《かす》かに紅潮《こうちょう》したその頰《ほお》。

「そういう意味では、キミが言ってくれたことがやっぱり正しかったんだなって」

そう告げる彼女の表情《ひょうじょう》もまた、とても安らかだった。

「えへへ、だから僕《ぼく》言ったじゃないですか。クルーエルさんが詠んだ真精なら、悪い真精なはずがないって」

「うん。なんかさ、今まで慣《な》れないこと色々考えてたのがばからしくなっちゃった。わたし元々難しいこと考えるの苦手だし、しばらく頭の中を空《から》っぽにするのもいいかなって。自分の思ったことをね、思ったままにしたいの。それで全部今まで通りかなって」

両手を後ろに回し、弾《はず》むような歩調《ほちょう》のクルーエル。その横に並びながら、ネイトも大きく頷《うなず》いた。

「僕も、そっちの明るいクルーエルさんの方が好きです」

――うん、本当に、そっちのクルーエルさんの方がクルーエルさんらしいもの。

「お、同感。俺もさ、小難《こむずか》しいこと考えるとすげえ眠くなる性格《タチ》なんでな」

――え？

突如《とつじょ》聞こえてきた声は、ネイトのすぐ後ろからだった。

「っと、驚《おどろ》かせちまったか？」

振り返った目の前に、銀のネックレスを身につけた長身細身《ちょうしんほそみ》の男が飄々《ひょうひょう》と立っていた。

余計《よけい》な頬の肉を全て削《そ》ぎ落《お》とした鋭利《えいり》な顔立ちに、爛々《らんらん》と輝くどこか子供っぽい瞳。だぶついた麻色《あさいろ》のズボンに半袖《はんそで》シャツ、肩までの長さの黒獣皮《くろじゅうひ》で織《お》られたジャケットという出《い》でたちの男だ。

「……僕たちに何かご用ですか？」

「んー、ご用かと聞かれたらそうかもな。ま、大した用じゃないけど」

──今の今まで、僕たちのすぐ後ろを尾《つ》いてきてた？

気配《けはい》に気づくどころか違和感《いわかん》さえ感じなかったことに、背中に一筋《ひとすじ》の汗が流れていった。

それはクルーエルも同じ、警戒《けいかい》するように男をじっと睨《にら》みつけている。

「用って何ですか。僕たちも別の用事があって急いでるんですけれど。それに、そもそもあなたは？」

「あー俺の名前ね。面倒《めんどう》だから黙秘《もくひ》じゃだめか？　どうせ言っても分からないと思うぜ」

言葉を濁《にご》す男に、間を空《あ》けずにクルーエルが詰《つ》め寄《よ》った。

「あなた、失礼ですけど学校の関係者ですか？」

「関係者かどうかってか。そうだな……あんたらのクラスにいるエイダの知り合いの男ってことにしておいてくれ。それでいいか？」

エイダ？　男の出した名前にネイトは心の内で眉《まゆ》をひそめた。エイダの知り合いということは、この男もまた祓名民《ジルシエ》なのだろうか。

けれど彼女からこんな人物は聞かされたことがない。エイダの父親たる首領クラウス、長老ルーファ、その二人以外にもエイダにとって特別な祓名民《ジルシエ》が？

「ま、いいやそんなことは。どうせ俺だってここに長居《ながい》する気はないんでね。とりあえずネイトとやら、うちのリーダーからお前さんに伝言があるんだとさ」

口調《くちよう》すら変え、劇《げき》でも演《えん》じるかのように男が悠々《ゆうゆう》と諳《そら》んじたものは——

〝真言《しんごん》〈全ての約束された子供たち〉の目覚《めざ》めは近い。もし空白の真言と向かい合う気があるならば、この世界に根を下ろす全ての真実を受けとめるだけの覚悟が必要になる〟

〝そして今、この世界でその真実に最《もっと》も近い人物は、君の母親がよく知る勝者の王だ〟

真言……全ての……？

全ての真実——まるで分からない。分からないはずの単語ばかりなのに、それを聞いた瞬間《しゅんかん》から胸が突然に痛《いた》みだした。それになぜだろう、動悸《どうき》が止まらない。

「……誰からの伝言ですか」

「お、てっきり知ってると思ったんだがな。お前と反対の名前の奴だよ。この伝言は謝礼《しゃれい》だとさ。本来《ほんらい》俺たちがどうにかするはずだったミシュダル。それを代《か》わりに抑《おさ》えてくれたことへの礼代わりだそうだ」

ミシュダルのことまで知っている？　そして僕と反対の名前。まさか、あの空白名詠《くうはく》の詠《うた》い手の夜《シャオ》という——

しかしそれを口にするより先、男が唐突《とうとつ》に背を向けた。

「というわけで俺は退散《たいさん》。……あーあ。ったく、敵《てき》に塩《しお》を送るどころか盛大《せいだい》に招待《しょうたい》して歓《かん》迎《げい》するなんて、あの脳天気《のうてんき》リーダーは頭のネジが外《はず》れてるんじゃないかね」

「あの、待ってください！」

立ち去ろうとする彼にネイトは慌《あわ》てて声をかけた。

「ん、なんだ」

「あなたの言ってること、僕には良く分かりません。でも……誰かと対峙《たいじ》するとか喧嘩《けんか》するとか、そういうのはする気がないですって、その人に伝えてください」

するとアルヴィルはきょとんと、驚いたような表情になり。

「へえ。お前さん、そこだけはシャ、シャ、シャオとそっ、そっ、そっくりだな」

瞬間、その表情が一変《いっぺん》した。今までの人を食《く》ったような視線から、面白いものを見つけた子供のような無邪気《むじゃき》なまなざしへ。

「……そっくり？」

でもさっきの伝言を聞く限りは、自分と対峙する気ならばって——

「なるほど、シャオが気にかけるくらいだからどんな奴かと思ってたら、そういう意味での異端者《かわりもの》か」

独《ひと》り言《ごと》のように呟《つぶや》き、男が不敵《ふてき》な笑みを浮かべる。

「俺はアルヴィル。アルヴィル・ヘルヴェルントだ。面倒だから言う気なかったけど気が変わった。後は覚《おぼ》えるのも忘れるのもお前の自由ってことで。それじゃあな」

背を向け、堂々と学園の歩道を歩いていくアルヴィルという男。

彼が立ち去ったその場所で。

「……あの人」

その場に立ち尽くした恰好《かっこう》でネイトはぽつりと呟いた。考えても思いだそうとしてみても、何一つ見えてくるものがない。まるで真《ま》っ暗闇《くらやみ》を手《て》探《さぐ》りで進んでいくような——

「ネイト、そんな難《むずか》しそうな顔しないの！」

「い、痛《いた》っ……クルーエルさん？」

背中を勢いよく叩かれ、ネイトは慌てて振り向いた。

「さっき言ったばかりでしょ、たまには頭の中を空っぽにしましょって」

「で、でも」

「でももだってもダメ！　いい？」

肩を怒《いか》らせながら、クルーエルがぐいっと顔を近づける。

「ここって、そんな重苦《おもくる》しいことばっかり考える場所？　違《ちが》うよね」

……どういうことだろう。

クルーエルに迫《せま》られ、ネイトは反射的に周りを見回した。

「わたし、キミと一緒に歩くの本当に久しぶりなの。それなのに余計な荷物《かんがえごと》を背負って歩くのなんかつまらないでしょ？」

ちょっとだけ恥《は》ずかしそうに、彼女がもじもじと手を差《さ》しだす。その仕草《しぐさ》に、ようやく彼女の気持ちの全てが伝わってきた。

……そっか、僕、クルーエルさんと一緒に歩くのってそんなに久しぶりだったんだ。

トレミア・アカデミー。彼女と共に勉強し、遊び、そして一緒に歩くための場所。

「わかった？　わかったら返事をしましょう」

「――はい！」

彼女が差しだすその手をネイトはぎゅっと握りしめた。温《あたた》かい。でもそれ以上に、ふしぎと心がほっとする。

そう、今はまだ僕の知らないことがたくさんある。アマリリスという真精《しんせい》のこと、それに夜《シャオ》という名の人物。セラフェノ音語《おんご》。空白名詠。真言《しんごん》。中でも特に、シャオという名前が頭の片隅《かたすみ》から離れない。その人物とはきっといつか巡《めぐ》り会う。そんな気がする。

だけど——今この時だけは、そんなこと考えたってしょうがない。

余計《よけい》な荷物は、今は全部ここに置いていこう。今は少しでも長く、隣《となり》にいる彼女と歩くことだけを考えていたい。

そんな小さな小さな幸せを、少しでも長く感じていたいから。

あとがき

先日《せんじつ》、初めてデジカメを買いました。

関東周辺のどこかの森や公園にて、素人《しろうと》っぽい物腰《ものごし》で風景を撮《と》っている怪《あや》しい人物がいればば自分の可能性が高いです。それが雨の日ならさらに可能性は三割増しといったところでしょうか（寒くない日限定）。雨の音は昔から割《わり》と好きなのです。

ちなみにデジカメをもっていない時は、傘《かさ》を持ったまま森の中で意味なくぼうっと立っているのも好きでした。時間がある日限定だけれど。

……あれ、いつからこんな雨を愛する嗜好《しこう》になっちゃったんだろう。


お久しぶりです、細音《さざね》啓《けい》です。

『黄昏色《たそがれいろ》の詠使《うたつか》いV　全ての歌を夢見る子供たち』、手にとって頂《いただ》きありがとうございます。物語の『Episode I』の山場《やまば》ということを目指して書いた今作ですが、少しでも楽しんで頂ければ幸《さいわ》いです。

さて、せっかく一巻刊行から一年が経《た》ったのだからとここまでを振り返ったところ——ここまで物語を描《えが》いてくるにあたり細音が最も四苦八苦《しくはっく》したのは、もしかしたら主人公のネイトだったかもしれないという気がしてきました。

ここまでのお話はネイトが主人公として活躍《かつやく》する話ではなく、異色《いしょく》の転入生が徐々《じょじょ》に主人公になっていくまでの成長話……そんな雰囲気《ふんいき》が出るよう描ければいいなとほのかな願いをこめていたのですが、書いている間はとにかく自分の実力不足との戦いで、果たしてそれができたかどうかも自分では分かりません。

けれど、それでも多くの応援《おうえん》のおかげで、ネイトやクルーエルも二人なりのペースで少しずつ前に歩けたのではないかと思います。

去年一年間の応援、本当にありがとうございます。あらためてお礼申し上げます。

そういえば去年ファンレターを頂いた中には受験生《じゅけんせい》の方も多かったのですが、この巻が出る二月はまさに受験シーズンなんですよね。この巻が出るのは二月の下旬なので受験も終わってしまっている方が多いのかもしれないけど、ふと自分の受験時代を思いだして懐《なつ》かしくなりました。

まだ受験が終わってない方も、どうか身体には気をつけてください。試験間近《しけんまぢか》には睡眠《すいみん》時間も惜《お》しいと思う時があるけれど、時にはぐっすり寝ることも心がけてみてくださいね。あと、風邪《かぜ》には要注意です！

……細音は、受験時代には覚えていたのに今は覚えてないってものがすごく多いです。受験を終えるまでの一時的な暗記《あんき》と割りきっていたことが原因《げんいん》なのだろうけれど、やっぱりもうちょっと有意義な勉強方法をしておけばよかったと今さらながら思います。

◆近況《きんきょう》

ところで、話題は変わりますがちょっとだけ近況を。

去年の十一月十八日放送分の「富士見ティーンエイジファンクラブ」というラジオに出演しました。内容は『黄昏色の詠使い』についてのインタビューみたいなものです。細音の放送回も富士見書房のＨＰからまだ聴けると思います。

し、か、し。

ここまで言っておいて今さらなのですが……もし興味のある方がいられても、できれば細音の回は聴かずにそっとしておいてもらえるとすごくありがたかったり。（……いや、単に細音がすごく恥《は》ずかしいからという情けない理由なだけですが！）

ちなみに録音中《ろくおんちゆう》は、その場に同席してくれた編集Kさんからは、

「細音さん表情硬《かた》いです、もっと笑顔で！　笑って！　もっともっと！」

その回を聴いた知り合いの作家さんたちからは、

「あっはっは。細音さんが緊張《きんちよう》してたの、すごくよく伝わってきましたよ？」

こんな具合《ぐあい》。……みんなあんまりだ（涙）

とまあそれはさておき――

その時のラジオでもお話しさせて頂く機会《きかい》があったのですが、この『黄昏色の詠使い』は一巻が刊行される前、あえて言うなれば『イヴは夜明けに微笑《ほほえ》んで』を富士見ファンタジア大賞に応募するかなり前から温《あたた》めていた物語でもありました。

当然、最初から最後まで――最終巻となる物語のエピローグの最後の場面、最後の一会話に至《いた》るまで、自分の中では既《すで》に明確《めいかく》なものが決まっています。

……と、そんなことを言うと今までのお話の全てが計算ずくであったかのようですが、実際はそんなうまいことといくわけもありません。

今まで温めていた細音の思惑《おもわく》も初期構想《こうそう》は本当に拙《つたな》いもので、実際にこうして五巻までの刊行にあたっては、少しでも良い物を作り上げるために何度も何度も再構築が必要でし

た。

しかしなにぶん初めてのことばかり。改善《かいぜん》することはとてもワクワクすることだけど、実際にどう修正を加えていけばいいのか途方《とほう》に迷った一年でもありました。

そんな時、それを全力で支《ささ》えてくださったのが担当編集者のKさん、そしてイラストレーターの竹岡美穂《たけおかみほ》さんでした。今年もまたお世話になりっぱなしになってしまうかもしれないけど、どうかよろしくお願いします。

そのお二人に支えられながら何とか刊行にたどり着き、そこからは実際にこの本を手にとって下さった方々の応援がありました。家族や友人。そしてこの本を手にとってくださった方々に支えられていることを実感《じっかん》する毎日です。


あと、一つご報告がありまして。

『このミステリーがすごい』などでも知られた宝島社さまから二〇〇七年十一月に刊行された『このライトノベルがすごい！２００８』にて、『黄昏色の詠使い』がランキングトップ10入りを果たしました。

トピックの中の「心がふるえた名台詞」にも取り上げて頂いてまして、そのお知らせを頂いた時は自分でもちょっとビックリしたくらいです。まだ本屋さんなどでも並んでいますので、もしよろしければこちらもチェックしてみてください。

この件につきるわけではなく常日頃《つねひごろ》のことになりますが、あらためて、温かい応援を頂き本当にありがとうございます。

こうした多くの応援もありまして『黄昏色の詠使い』は、一巻が刊行される前から思い描いていた最後の物語まで、なんとか頑張《がんば》りたいと思っています。

そして、次の巻のことを少しだけ——

次の六巻は隔月刊行《かくげつかんこう》となる、二〇〇八年の四月刊行となるよう執筆中《しっぴつちゅう》です。

この五巻が終わった後でどんな内容になるのか気になる方もいらっしゃると思いますが、肝心《かんじん》の中身はというと全八話からなる構成となっています。

《VI巻予告》

◆赤奏『あなたに贈《おく》る小さな黒歌（月刊ドラゴンマガジン二〇〇七年二月号増刊ファンタジアバトルロイヤル掲載）』
◆緑奏『探せ、そいつはあたしのだ！（月刊ドラゴンマガジン二〇〇七年八月号掲載）』
◆青奏『アマデウスを超《こ》えし者（書き下ろし）』

◆白奏『花園《はなぞの》に一番近い場所（書き下ろし）』
◆黄奏『走れ、そいつはあたしのだ！（書き下ろし）』
◆虹奏『また会う日までの夜想曲《ノクターン》（月刊ドラゴンマガジン二〇〇七年九月号掲載）』
◆？？『――――（書き下ろし）』
◆？？『――――（書き下ろし）』

今まで登場機会の少なかったネイトのクラスメイトの話とか、あまり描《えが》くことのできなかった学園のほのぼの日常に、大騒《おおさわ》ぎの大暴れ話など、トレミア・アカデミーでのちょっと変わった学園生活が盛《も》りだくさんの内容になってます。

そしてもちろん、六巻としての名にふさわしい、『黄昏色の詠使い』の物語の上で必須《ひっす》となる大切なエピソードも。

さらにはこれら短編に加え、この巻では色々と仕掛《しか》けがあります。どうかお楽しみに。

そして六巻の最後を飾る、タイトルを伏せている二つの短編ですが、これは五巻のエピローグから二か月後を描いたお話となります。

是非、実際に六巻を手にとってお確かめください。

物語もいよいよ、ネイトとクルーエルが迎えるべき最後の試練《しれん》に突入します。名詠式《めいえいしき》とこの世界をめぐる全ての謎《なぞ》が明らかになる『Episode II』――と同時に、本当の意味での主人公《ネイト》の物語。一巻から引き継いできた大事なものを落《お》っことさないように抱えつつ、最後まで頑張りたいと思っています。

一巻も、そしてそこから続いてきたこの五巻も、さらにはここから綴《つづ》られる物語も、全ては最終話の最後の詠《うた》へとその旋律を繋《つな》げるために。

どうか最後まで、もう少しだけ、ネイトやクルーエルたちの詠と道行きを見守って頂けますように。

それでは、四月の六巻でお会いできることを願いつつ。

二〇〇八年　一月　　細音　啓

HP　『http://members2.jcom.home.ne.jp/0445901901/』

（え、ええと……今年こそHP内の『黄昏色』解説ページも更新できるよう頑張ります）

あとがき。

おつかれさまでした〜〜！

つづく。

あたしの制服って破損率
高すぎないで!?
また買いかえだねえ。

竹岡美穂

http://www.nezicaplant.com/

細音啓先生と竹岡美穂先生に応援のお便り、お待ちしてます！

〒一〇二―八一四四
東京都千代田区富士見一―十二―十四
富士見ファンタジア文庫編集部　気付
細音啓（様）
竹岡美穂（様）

富士見ファンタジア文庫

黄昏色の詠使いV
全《すべ》ての歌《うた》を夢見《ゆめみ》る子供《こども》たち
平成20年2月25日　初版発行

著者——細音《さざね》　啓《けい》

発行者——山下直久
発行所——富士見書房
〒102-8144
東京都千代田区富士見1-12-14
電話　営業　03(3238)8531
　　　編集　03(3238)8585
振替　00170-5-86044

印刷所——暁印刷
製本所——BBC

落丁乱丁本はおとりかえいたします
定価はカバーに明記してあります
2008 Fujimishobo, Printed in Japan
ISBN978-4-8291-3260-9 C0193

富士見ファンタジア文庫

ライタークロイス

川口 士

帝都に行って、聖獣を駆る騎士になりたい！ そんな夢を持って帝都へ騎士登用試験を受けにやってきたカイン。帝都に出てきたまでは良かったが、スリにあうは、宿は無いは、知り合った仲間はトラブルを持ち込んでくるはで災難つづき。こんなことで、本当に騎士になれるのか!?

第18回ファンタジア長編小説大賞の川口士が贈る青春成り上がりファンタジー!!